偽りの眼 下

JN031956

おもな登場人物

リー・コリアー――弁護士
キャリー・デウィンター――リーの姉
ウォルター・コリアー――リーの別居中の夫。消防士組合の法律顧問
マディ・コリアー――リーとウォルターの娘
アンドルー・テナント――テナント自動車販売の後継者
リンダ・テナント――アンドルーの母親。テナント自動車販売の現経営者
シドニー・ウィンズロウ――アンドルーの婚約者
コール・ブラッドリー――リーの所属する法律事務所のトップ。テナント家の友人
ジェイコブ・ガディ――同法律事務所のアソシエイト
オクタヴィア・バッカ――弁護士
レジー・パルツ――調査員。アンドルーの友人
ニック・ウェクスラー――アトランタ市警の巡査部長
タミー・カールセン――犯罪被害者
キーリー／ルビー・ヘイヤー――マディの友人とその母親
フィル――リーとキャリーの母親
ドクター・ジェリー――獣医師
バディ・ワレスキー――工務店の経営者。故人

10

水曜日

リーは時計に目をやった。午前八時ちょうどで、道路はすでにラッシュアワーで混み合っていた。またアウディの運転席に乗っているが、陸地で溺れているような気分がしないのは数日ぶりだった。ゆうべキャリーがワレスキー家の天井裏であんなものを見つけたのに安堵《あんど》するのは矛盾しているようだが、アンドルーが父親の死に方を知っていることはその前からはっきりしていた。正気を失いそうになるほど怖かったのは、彼がどうして知っているのかわからなかったからだ。そのどうしてがわかったので、彼の脅威はやや弱まった。

ヒントをくれたのがキャリーだったから、ますます気分がよかった。アンドルーが**ドローンの秘密戦隊を飛ばしてたわけじゃない**と妹が言ったとき、リーの頭のなかでなにかがカチリとはまった。十八歳のときは住宅の構造の基本的な知識すらなかった。壁があって、床があって、天井があって、どういう仕組みなのか、蛇口からは水が出るし電灯まで電気が通っている。夫が週末に実家の母親を訪ねることにしたからといって、水道の元栓を探して地下室をうろうろさせられたことはない。知りたがり屋で賢い娘にばれないよう、天井裏にクリスマスプレゼントを隠したこともない。

　アンドルーと再会した瞬間から、リーは罪を犯したあの恐ろしい夜の一部始終を何度も何度も思い返し、なにを見落としていたのだろうと考えた。そしてブランコを漕《こ》いでいたとき、自分たちが上だけは捜していなかったことにようやく思い至った。

　わかってしまえば、それ以上の驚きはなかった。リーはハイスクール時代、毎年クリスマスシーズンに家電量販店〈サーキット・シティ〉の音響映像機器売り場でアルバイトをしていた。給料は歩合制だったので、妻を満足させつつ自分も使える高価なものを探して、土壇場でさまよいこんできた哀れな男たちを釣るために、リーはタイトなシャツを着て髪をブローして店頭に立った。キヤノン・オプチュラのビデオカメラなら、それこそ何十台も売った。収納ケースも三脚もケーブルも予備のバッテリーも売ったし、ＶＨＳテープも売りまくった。ミニカセットはせいぜい九十分撮影すればいっぱいになるので、中身を消去するか別のテープに保存しなければならないからだ。

　キャリーは天井裏の装置の写真を何枚か撮ったが、彼女がおりてくるのを待つまでもなく、天井裏がどうなっているのかリーは完全にわかっていた。ＲＣＡケーブルの一方はカメラに、もう一方はビデオデッキに接続されている。カメラのボタンを押し、ビデオデッキの録画ボタンを押せば、映像は最初から最後までビデオテープに保存される。ただ、キャリーが撮った写真がきっかけとなって、バディのズボンのポケットにリモコンを見つけたことを久しぶりに思い出した。あのとき怒りにまかせてリモコンを放り投げたせいで、電池カバーがはずれたのだった。

バディは四六時中リモコンを携帯していたわけではない。バーカウンターのカメラのミニカセットをブラック&マイルドの箱にこっそりしまったのと同じで、意図的にリモコンをポケットに入れたのだ。キャリーと格闘になる前から食卓の真上の隠しカメラをリモコンで作動させたのは、法律用語でいうところの予謀だ。バディ・ワレスキーがカメラを作動させた理由はたったひとつ、キャリーを傷つけるつもりでキッチンへ追いこんだからだ。

そしていま、バディの息子がその一部始終を録画したテープを持っている。

リーは、アンドルー・テナントがその録画を利用してなにをしていないか、頭のなかでひとつひとつあげていった。警察に通報していない。コール・ブラッドリーにテープを見せていない。リーに罪の証拠を突きつけていない。あの動画の使い途《みち》がわかる人物に話していない。

なにをしたかといえば、リーに不本意なことをさせた。リーは会議室で、タミー・カールセンのカルテをテーブルから取った。治療記録を読んだ。そしてその情報を利用してタミーを屈服させる方法を、とにかく頭のなかでは練りあげた。

現時点でリーの犯した罪は、盗んだものを受け取ったことだけだ。リーはアンドルーの弁護人であり、カルテを盗むように指示したり、自身で違法行為を犯したりしてはいないので、罪は軽い。いや、カルテが盗まれたものであるとは断言できないのでは？　プリンターさえあれば、本物と見まがうような偽の資料を作れるのではないか。ひまな時間がたっぷりあれば、両面印刷でざっと百三十八ページの、六十回を越えるセラピー面接の記録を偽造できるのではないか。

リーは信号が青に変わるのを待ちながら、バッグに目をやった。上部からファイルホルダーが突き出ている。小説本並みに分厚い書類の束がなかに挟まっている。初期の面接のタミーの痛々しい様子、徐々に明かされたハイスクール時代の恐怖と屈辱。何度もつまずきながら、飲酒と自傷と過食を克服していく道のり。うまくいかなかった自己の再統合の試み。過去は変えられなくても未来を形作ることはできると、少しずつ了解していく過程。カルテを読んでなにより伝わってくるのは、タミー・カールセンが聡明で洞察力があり、愉快で努力家の女性であることだ――けれどリーは、最後のページを読みながら、**どうして妹はこんなふうになれなかったのだろう**と思わずにいられなかった。

リーの理性的な部分は、依存の仕組みを理解している。オキシコンチン濫用者の三分の二が好奇心で手を出した愚かな若者たちで、薬を手放せなくなった慢性疼痛《とうつう》の患者ではないことも知っている。しかし、疼痛患者のなかでも、依存症になる者は十パーセント以下だ。四パーセントから六パーセントがヘロインに移行する。六割以上は依存から脱出、つまり自然回復と呼ばれる経過をたどる。依存状態に倦《う》み疲れ、薬をやめる手立てを見つける——そのうち三分の一は治療なしで回復する。治療法では、施設入院の成功率は低く、家族や友人の自助会はほぼ無力だ。メサドンやブプレノルフィンを投与する療法の研究は進んでいるが、薬物による治療は厳しく統制されているので、この療法が認可された最初の一年間で百名以下、それ以降でも二百七十五名しか救えていない。

その一方で、アメリカ全土で一日に百三十人がオーバードーズで命を落としている。

キャリーはだれよりもそれらの事実を知っているはずだが、だからといって切羽詰まった気持ちで断薬したことはなかった。いや、断薬しても長続きしたためしがなかった。この二十年間、キャリーは自身が作りあげた幻想の世界に住んでいる。その世界では、いやなことや面倒なことはすべてオピオイドや頑《かたく》なな拒絶によってぼんやりとかすんで消える。はじめてオキシコンチンを呑《の》みくだしたときから、キャリーの情緒の成熟は止まっているかのようだった。自分に危害を与えない動物、過去が舞台なので結末がわかっている本、決して深いつきあいにはならない人たちでまわりを固めている。ネットフリックスを見てくつろぐことはない。デジタルの足跡は残さない。わざと現代社会になじまないようにしている。かつてウォルターは、二〇〇三年までのポップカルチャーがわかればキャリーがわかると言ったくらいだ。

カーナビが次の信号を左折しろと指示した。リーは左折車線に割りこんだ。先に入っていた男性ドライバーに、肩越しに手を振った。男が中指を立ててわめきだしたが、無視した。

ハンドルを指で小刻みに叩《たた》きながら、信号が変わるのを待った。ゆうべから、妹がどこかで腕に針を突き立てたまま死んでいませんようにと祈ってばかりいた。天井裏から出てきたキャリーは廃人同然だった。歯がカチカチ鳴っていた。いつまでも腕をさするのをやめられなかった。フィルの家になんとか帰り着いたものの、一刻も早くなかに入りたがって、リーが携帯電話の番号を教えろと要求してもまったく抵抗しなかった。

けれど、リーはキャリーに電話をかけていない。メッセージも送っていない。知るよりも知らない状態のほうがつらいと言ってもいい。キャリーがはじめてオーバードーズをしたときからこっち、リーの頭のなかではつねにひとつの不吉な予告映像が流れている。夜中に電話が鳴り、ドアを激しくノックする音がして、帽子を手にした警察官が、いますぐ遺体安置所へ来て妹さんかどうか確認してほしいと告げる映像だ。

わたしのせいだ。全部わたしのせい。

そのとき、プライベート用の電話が鳴り、リーは螺旋《らせん》降下から救い出された。方向指示器をつけて左折した。

「ママ！」マディはあわてているようだった。

心臓が飛び出しそうな感じがした。それからパニックが襲ってきた。マディはよほどのことがなければ電話をかけてきたりしない。「パパは大丈夫?」

「うん」マディは、不安になるようなことを言ったリーにたちまち苛立《いらだ》った。「どうしてそんなこと訊《き》くの?」

リーは住宅街の通りの端に車を止めた。説明すればマディを苦しめるだけなので、娘が話を変えるのを待った。

「ママ、週末にネシア・アダムズんちにみんな集まるの、みんなって言ってもたった五人だけだし、庭で会うだけだからぜんぜん安全だし——」

「パパはなんて言った?」

マディはためらった。この子は決して弁護士にはならないだろう。

「わたしに訊きなさいと言われたのね? 今夜、パパと話し合わなくちゃ」

「だって——」マディはまた口ごもった。「キーリーのママが出ていっちゃったしさ」

リーは自分の眉根が寄るのを感じた。キーリーの母親のルビーには先週末会ったばかりだ。「出ていった?」

「うん、その話をしようと思ってたの」マディは、リーがすでに知っていると思っているようだが、ありがたいことに空白を埋めてくれた。「えっと、夜中にキーリーのママとパパが派手に口喧嘩《くちげんか》したんだけど、キーリーはほっといたんだよね。だけど今朝キーリーが起きたら、パパから〝ママはしばらくひとりになりたいそうだ。おまえにはあとで電話がかかってくる。でも、パパもママもおまえを愛してるよ〟とか、今日は一日中Ｚｏｏｍで仕事とか言われて、キーリーはすごいショック受けてて——当たり前じゃん——だから、今週末はみんなでキーリーのそばにいてあげようってことで」

リーは顔に意地悪な笑みが浮かんだのを自覚した。『ザ・ミュージック・マン』の会場でルビーに嫌みを言われたことは忘れていない。ルビーもまもなくキーリーの学費の一部を自分で負担するようになれば、公立校の教育の価値を思い知るだろう。

だが、娘にそんなことは言えない。「残念ね。なにをやってもだめなことはあるからね」

マディは黙っていた。彼女は、リーとウォルターの普通ではない取り決めに慣れていた。普通ではないときに親ができる唯一のことは、できるだけ普通の日常を保つことだ。

いや、慣れたというのは、リーの希望的観測だ。

「ママはわかってないよ。あたしたちはキーリーを励ましたいの。だってヘイヤーさんってひどいよ」マディは正しくないことに抗《あらが》うときだけは声が甲高くなる。「キーリーに一度も電話をかけてこないし。じゃあね宿題やりなさいよまたねってメッセージ送ってきただけで、キーリーはすごいショック受けてる。ずっと泣いてるんだよ」

わが子になんてひどいことをするのだろうと、リーはかぶりを振った。そのときふと思った。マディはなにか言いたいことがあるのではないだろうか。「ねえスイートハート、きっとヘイヤーさんもすぐにキーリーに電話をかけてくるよ。わたしもパパも別れたけど、どっちもあなたからは絶対に離れないもの」

「うん、そんなのいやっていうほどわかってるし」マディの口調がキャリーにそっくりだったので、リーは目が潤むのを感じた。「ママ、じゃあね。Ｚｏｏｍ授業がはじまるから。パーティーのこと、パパに話すって約束してくれる？」

「パパをなんとか捕まえてから、今夜あなたに電話するね」リーは、心のサポートのための集まりがいつのまにかパーティーに変わっている事実には触れなかった。「愛してる――」

マディは電話を切った。

リーはアイライナーがにじまないように目の下を指で拭《ぬぐ》った。娘との距離の遠さはいまだに肉体的な痛みをもたらす。自分の母親がこんな気持ちになるところなど想像もできない。蜘蛛《くも》のほうがよほど子を大切にするのではないか。もしも自分がマディから大人の男に脚をさわられたと打ち明けられたら、次は手を払いのけてやれと教えたりしない。ショットガンでそいつの頭を血まみれの塊《かたまり》にする。

カーナビが点滅していた。リーは画面の地図を拡大した。映し出されたのはキャピタル・シティ・カントリー・クラブだ。一帯には富がしたたり落ちている。ヒップホップ界のスターやプロバスケットボールの選手たち、それに昔ながらの金持ち白人たちの自宅がある。リーがそれを知っているのは、ジャスティン・ビーバーが以前住んでいた屋敷を探してほしいとマディにねだられたからだ。

リーはカーナビの案内を解除した。ふたたび車を通りに出した。両脇に並ぶ邸宅に息を呑んだ——美しいからではなく、これ見よがしに豪華だからだ。リーは、子どもの姿を確認するのに三十秒以上かかる家には絶対に住めない。

曲がりくねったイースト・ブルックヘイヴン・ドライブの左側にゴルフコースが広がっていた。しばらく進めば、ゴルフコースの反対側のウェスト・ブルックヘイヴンに入る。徒歩ならコースを突っ切り、湖をほとりを歩き、テニスコートとクラブハウスを過ぎて、こぢんまりしたリトル・ナンシー・クリーク・パークに出る。

アンドルーの三百十万ドルの自宅はメイブリー・ロードにあった。この邸宅と同様に、ワレスキー一家が住んでいたキャニオン・ロードのぼろ家はテナント・ファミリー・トラストの管理下にあった。リーは、キャリーがそれを調べて伝えてくるのを待っていられなかった。今朝、コンドミニアムを出る前に自身で調べた。アンドルーの自宅の所有権を調べた痕跡がのちのち問題になっても、裁判で必要になるかもしれないと思ったと釈明すればいい。用意周到であることは罪ではない。

車のスピードを落とし、屋敷本体に負けず劣らず豪華な郵便箱の番地を確認した。アンドルーの郵便箱は、白く塗装した煉瓦《れんが》とスチールとシーダー材の組み合わせだった。番地はネオンライトで、たかが郵便箱に多くの人が住宅建築にかける費用より多額の金を注ぎこむことが大事なのだろう。リーはひらいたゲートにアウディを入れた。ドライブウェイは屋敷の裏手へつづいていたが、正面に駐車した。アンドルーに自分が来たことを教えるためだ。

案の定、屋敷は超現代的なガラスとスチールの建築で、さながらスウェーデンのスリラーに出てくる殺人屋敷だった。車から降りると、真っ白なドライブウェイに靴のヒールが黒い汚れをつけた。歯ブラシをくわえたアンドルーが出てくればいいのにと思いながら、わざと地面にヒールをぐりぐりとこすりつけながら歩きはじめた。

景観を彩るのは、四角形に刈りこまれた低木だけだった。玄関まで墓石そっくりの白い大理石が敷いてあり、その隙間をジャノヒゲが埋めていた。なにもかも純白のなか、緑があざやかすぎた。ここへ陪審団を連れてくることができれば、ぜひそうしたいところだ。

リーは三段の低い階段をのぼり、巨大なガラス扉の前に立った。屋敷の奥までまっすぐに見通せた。白い壁。磨きあげたコンクリートの床。ステンレスのキッチン。プール。プールサイドのあずまや。アウトドアキッチン。

呼び鈴があったが、リーはノックせずに手のひらでガラス扉を叩いた。振り向いて通りに目をやった。張り出した屋根の隅に防犯カメラが設置されていた。リーは、警察が捜索令状を取り、この屋敷からすべての防犯カメラの映像を押収したのを思い出した。都合のいいことに、アンドルーの監視システムは丸一週間、オフラインになっていた。

磨いたコンクリートの床をチャンキーヒールが踏む重い足音がかすかに聞こえた。リーは屋敷のなかへ目を戻した。エル・マクファーソン歩きで玄関へやってくるシドニー・ウィンズロウをじっくり観察できた。今日はゴス色が薄い。メイクも控えめで自然だ。紺色のシルクのブラウスにグレーのタイトスカート。ブラウスとまったく同じ色の靴。革の服と高飛車な態度を差し引けば、彼女は魅力的な若い女性だ。

ガラス扉があいた。リーは、朝陽に暖められた外の空気とエアコンの冷気が混じり合うのを感じた。

シドニーが言った。「アンドルーはいま着替え中。なにかあったの?」

「いいえ。彼に話があるの。入ってもいい?」リーは許しも得ずに玄関のなかに入った。

「わあ、豪華ね」

「すごいでしょ?」シドニーはガラス扉を閉めようとリーに背中を向けた。

ラッチが締まるカチャッという音がしたときには、リーはわざと足早に廊下の奥へ進んでいた。私的な空間へ他人が強引に入ってくると、人はひどく不安になるものだ。

だが、ここはシドニーの私的な空間ではない。いまのところはまだ。レジーの雑な身辺調査によれば、シドニーはドルイド・ヒルズにコンドミニアムを所有し、エモリー大学の博士課程で学んでいる。専攻が精神医学という点は、あとで思い出しては笑うことになりそうだ。

リーが歩いている廊下は、六メートル以上の長さがあった。両脇の壁には、たしかに芸術作品がかかっている——半裸の女性たちの写真や、独身貴族が好みそうな筋骨隆々とした汗みずくの馬の絵で知られるアトランタ在住の画家の絵だ。ダイニングルームも真っ白だった。書斎、客間、居間もまぶしいほどの純白で、一九三〇年代の閉鎖病棟を垣間《かいま》見ているようだった。

屋敷のいちばん奥にたどり着いたとき、不意に色彩が爆発し、リーの目はちかちかした。壁一面が巨大な水槽になっていた。床から天井まではまった分厚いガラス板のむこうを大きな熱帯魚たちが泳ぎまわっている。むかいに座って水槽を鑑賞するための白い革のソファがあった。リーの脳裏に、ワレスキー家の居間にキャリーが設置した四十五センチ水槽が浮かんだ。血がこびりついていたキャリーの指。魚が病気にならないように、まず水道で手を洗いたいと言い張ったキャリー。

「きれいでしょ?」シドニーは携帯電話をタップしながら、水槽のほうへ顎をしゃくった。「アトランタ水族館でなにかやってる人なんだって。アンドルーに訊けば教えてくれるよ。ほんとに魚が好きなんだよね。いま、あなたが来たってメッセージ送ったから」

リーは振り返った。アンドルーの婚約者とふたりきりで話したのはこれがはじめてだと気づいた。駐車場でくそババア呼ばわりされたことはあったが。

「ところで」シドニーはリーの心を読んだかのように言った。「この前は悪かったわ。なんかもうショックなことばかりで。アンディってときどき迷い犬みたいになるの。守ってあげたくなるんだよね」

リーはうなずいた。「いいのよ」

「なんだかさあ――」シドニーは両手を広げて肩をすくめた。「いったいどうなってるの？　警察はどうしてアンドルーのせいにするの？　金持ちでいい車に乗ってるからとか、リンダがコロナの特別委員会に関わってるから、その仕返しとか？」

警察は自分たちの味方だと思いこんでいる裕福な白人が、逮捕されてはじめてそうではないと気づくことは多く、リーはそのたびにあきれ返る。そしてそういう連中は、これはなにかの陰謀だと決めつける。

リーはシドニーに言った。「芝刈り機を盗んで逮捕されたクライアントがいたんだけどね。留置場でコロナに感染して亡くなったの。五百ドルの保釈金が払えなかったばっかりに」

「その人、有罪でしょ？」

リーは負け戦で粘らない。「わたしはアンドルーを救うために全力をつくすつもりよ」

「当然でしょ。あの人、あなたに大金を出すんだから」さっさと携帯電話に目を戻したシドニーに、リーはひとことも返せなかった。

放置されているのをいいことに、リーは屋敷の裏手に面しているガラスのアコーディオン扉のほうへ歩いていった。プールに通じる通路もやはり墓石のような石の板で、それに沿って真四角の生け垣がつづいている。デッキも白い大理石だ。屋外用の家具も白い。四脚のラウンジチェア。四脚の椅子に囲まれたガラスのテーブル。どれもよそよそしい。使われているようには見えない。芝まで人工物に見える。白以外の色彩は鋼の色と、遠くにある敷地の境界線に立てたシーダー材のフェンスの茶色だけだ。リーに詩の才能があれば、この屋敷をアンドルーの冷酷な魂になぞらえた一節を思いついたかもしれない。

「ハーリー」

リーはゆっくりと振り向いた。またアンドルーがいつのまにかそばにいたが、今度はリーもびっくりしなかった。冷静に彼を品定めしてやった。屋敷とは正反対に、彼は着ているTシャツからスウェットパンツ、スリッパまで黒ずくめだった。

「話があるの」

「シド?」彼の大声が硬い壁面に反響した。「シド、いるんだろ?」

アンドルーは廊下を歩いていき、シドニーを捜した。彼の後頭部の髪がまだ濡れているのがわかった。シャワーを浴びたばかりなのだろう。

「ウエディングケーキを取りに行ったんだ」アンドルーが言った。「今夜、ささやかな披露宴をやるんだ。母さんと会社の人が何人か来るだけだけど。よかったらきみもどう?」

リーは黙っていた。アンドルーが落ち着きをなくすかどうか確かめたかった。

アンドルーは平然とした表情を変えなかったが、しばらくしてとうとう尋ねた。「なにか話があったんじゃないの?」

リーはかぶりを振った。すでにカメラに捉えられている。さらに別のカメラに捉えられるのは避けねばならない。「外に出て」

アンドルーは眉をあげたが、好奇心をそそられて楽しんでいるのがリーにはわかった。彼は扉の鍵をあけた。アコーディオン扉がひらいた。「先にどうぞ」

リーは注意深く敷居をまたいだ。大理石の表面はざらついているが、靴底がすべりそうだった。リーは靴を脱いで扉のそばに置いた。黙ったまま、プールへ向かった。大理石のデッキの端で足を止めた。縁が水で覆われたプールを囲む階段をおりた。人工芝はまだ朝露に濡れていた。アンドルーの重たい足音が背後から聞こえた。タミー・カールセンも、公園で自分を追ってくるこの足音を聞いたのだろうか? いや、聞こえたときにはすでに手錠をかけられていたのだろうか? 猿ぐつわを嚙《か》まされて悲鳴もあげられなかったのだろうか? 薬で朦朧《もうろう》として、助けを呼ぶことすら思いつかなかったのだろうか?

真実を知っているのはアンドルーだけだ。

裏庭はフットボールのフィールドの半分ほどの広さだった。リーはプールからもフェンスからも同じくらい離れている地点で立ち止まった。すでに太陽が照りつけている。足元の人工芝も温まっていた。リーはアンドルーに言った。「両手をあげて」

アンドルーは笑みを浮かべたまま、言われたとおりにした。

リーは、あの家のキッチンでバディの服のポケットを探ったように、アンドルーの服のポケットの中身も調べた。リップクリームが見つかったが、財布や鍵や携帯電話は入っていなかった。

アンドルーが言った。「仕事に行くから着替えようとしていたんだ」

「裁判の準備のために休みを取らなかったの？」

「弁護人がしっかりやってくれるからね」彼の笑みは不穏で、足元の芝と同じく偽物だった。「タミーのカルテは読んだ？」

彼がなにを求めているのか、リーにはわかっていた。「以前は過度の飲酒癖があった。あなたと会った夜はマティーニを二杯半飲んでいた」

「そうだよ」アンドルーの声がねっとりとした響きを帯びた。「それに、彼女はレイプされたことがあると言ってる。それを忘れないでくれよ。僕と同類の陪審員たちは、彼女が子どもを堕《お》ろしたこともよく思わないだろうね」

「自分の同類に審理されると思ってるなんて笑える」リーはアンドルーに反応する時間を与えなかった。「わたしがベビーシッターをはじめたとき、あなたはいくつだった？」

「ええと——」アンドルーは明らかに面食らっていた。不安をごまかすように笑った。「六歳？　七歳だっけ？　きみのほうがわかってるだろ」

「あなたは五歳で、わたしは十三歳だった」リーは言った。「覚えてるのは、ちょうど少年院から出たばかりだったから。わたしが少年院に入った理由を知ってる？」

アンドルーは屋敷のほうを振り向いた。この話をするために外へ出たリーに、うかうかとついてきてしまったことに気づいたらしい。「知らないな」

「キャリーの髪型をからかった子がいたの」フィルが酔っ払ってキャリーをほとんど丸坊主にしたのだから、髪型もなにもあったものではないけれど。「わたしはガラスの破片を見つけて、その子を押さえつけて髪を根こそぎ刈り取った。頭から血が出るまで」

アンドルーは興味津々だった。「それで？」

「ぜんぜん知らない子だったけど、わたしを怒らせたからそうしたの。あなたにはなにをすると思う？」

アンドルーは一瞬凍りつき、それから笑い声をあげた。「きみはなにもしないよ、ハーリー。自分にそんなパワーがあると思ってるみたいだけど、そんなものはないよ」

「バディに言われて天井裏にカメラを隠したんでしょう」

アンドルーは驚愕《きょうがく》をあらわにした。

リーはつづけた。「あの男がでかいケツであんな狭苦しい空間に入れるわけないからね。

だからあなたにやらせた」

　アンドルーは黙っていたが、リーはついに彼を出し抜いたと思った。

　さらにパンチを繰り出した。「リンダは二〇一九年五月にあの家を〈リマックス〉を通して売りに出した。その一カ月後に、あなたは〈シネビストロ〉でひとりの女性に目をつけてレイプした」

　アンドルーは歯を食いしばった。

「おそらく、あなたはそのころバディに命じられて天井裏に隠しカメラを取りつけたことを思い出した」リーは片方の肩をすくめた。「父と息子の絆《きずな》の追体験ってつもりだったんでしょうけど。いまや父親と同じレイプ野郎ね」

　アンドルーは顎から力を抜いた。屋敷のほうを振り向いた。リーに向きなおった彼の目には、またあの闇が戻っていた。「キャリーは完全に同意のうえでやってたっていうのが、僕ときみの共通の認識だよね」

「キャリーは当初、十二歳だった。バディは五十歳近かった。キャリーは自分がなにをされているのかわかっていなかった――」

「キャリーも楽しんでたよ」アンドルーは言った。「その部分は聞いてないんだ、ハーリー？　キャリーも父さんにされることを楽しんでた。どうして僕が知ってるかって言えば、毎晩ベッドのなかからキャリーが父さんの名前を甘い声で呼ぶのを聞いてたからだよ」

リーは荒ぶる感情を必死に抑えた。思い出そうとしなくても、バディが生きているかどうか確かめてくれと懇願するキャリーのかすれた声がよみがえった。バディは生きてる、助けてあげれば許してくれるよねと言い張る声が。

バディはあたしを愛してるから、ハーリー。許してくれるよ。

アンドルーが言った。「天井裏についてはきみの言ったとおりだ。父さんは僕を天井裏にのぼらせた。きみに殺される何週間か前のことだ」

リーは全身に汗が噴き出るのを感じた。彼を防犯カメラやレコーダーや好奇の目から離れたこの場所まで連れてきたのはこのためだ。いままでひたすら探りを入れ、なにも知らないレジーの前では演技をしなければならなかったが、そういうことにはもううんざりだった。「バディはなぜそんなことをさせるのか話した？」

「近所の家に泥棒が入ったからって」無知な子どもだったのは残念だと言わんばかりに、アンドルーはハッと笑った。「泥棒が入ったときのために、防犯カメラを取りつけるんだと言ったよ。真に受けた僕もばかだったよね」

「あなたは利口な子じゃなかったものね」

アンドルーはまばたきした。そこには、リーが怒っていると思いこんではめそめそ泣いた、傷つきやすい男の子の面影があった。

ふたたび彼がまばたきすると、その面影は消えた。

リーは尋ねた。「シドニーはどこまで知ってるの？」

「僕が彼女を愛してるってことは知ってるんじゃないかな」アンドルーは嘘だと認めるかのように肩をすくめた。「ほかのみんなと同じくらい愛してるよ」

「レジーは？」

「僕に金があるかぎり、あいつは忠実だ」

アンドルーが動いたので、リーは思わず身構えたが、彼はひざまずいて人工芝の足跡を消しただけだった。

彼はリーを見あげて言った。「キャリーは父さんを愛していたんだよ、ハーリー。そう聞いてないか？　キャリーは父さんを愛していた。父さんはキャリーを愛していた。両思いだったんだ。でも、きみがふたりの幸せを奪った」

これ以上、こんなたわごとは聞いていられない。「あなたの目的はなに、アンドルー？」

アンドルーはおもむろに立ちあがった。パンツの見えない皺《しわ》をのばした。「普通になりたいんだ。恋愛して結婚して、子どもを育てて、きみが僕から父さんを奪いさえしなければ送れていたはずの人生を送りたい」

リーは声をあげて笑った。くだらない妄想だ。「バディにはそんな――」

「僕を嗤《わら》うな」またアンドルーは顔色を変えたが、今度はカッとしたのを隠そうともしなかった。「僕を嗤った女たちがどうなったか知ってるだろう？」

その口調が、リーの喉に声を封じこめた。リーは屋敷を振り向いた。フェンスのむこうに目をやった。外の世界を遮断した場所で話をすることにしたのは自衛のためだったが、一方でアンドルーに隙を与えてしまったと、いまさらながら気づいた。

「きみの思惑はわかってるよ、ハーリー」いつのまにかアンドルーが距離を詰めていた。呼気に混じったミントのにおいが嗅ぎ取れた。「法律の知識を駆使して、僕を弁護するふりをしつつ、あらゆる手を使って僕を刑務所送りにするつもりなんだろう」

リーはアンドルーの顔を見あげたが、それが間違いだった。彼の視線に囚《とら》われてしまった。これほどの悪意を目にしたのははじめてだ。また魂が体から離れようとしている。捕食者のアンドルーは、他者の弱みを食い物にする。彼の手が胸元へのびてきたが、リーは身動きできなかった。彼はリーの心臓の上に手のひらを当てた。リーは、冷たく硬い地面にゴムボールがいつまでも跳ね返るように、自分の心臓が彼の手を激しく叩くのを感じた。

「僕の目的はこれだ、ハーリー」リーの唇がわななきはじめると、アンドルーは頬をゆるめた。「きみに怯《おび》えてほしいんだ。僕はあのテープをいつでもいますぐにでも警察に送ることができるし、そうしたらきみはすべてを——ＰＴＡだの学芸会だの、完璧な母親ごっこ生活も、あの間抜けな旦那も、なにもかも失う。きみが父さんを殺したせいで、僕がなにもかも失ったようにね」

リーはあとずさりした。彼の両手に首を絞められているような気がした。こめかみから汗が伝い落ちた。歯がカチカチ鳴りそうで、食いしばって耐えた。

アンドルーはなにかのパフォーマンスに見入っているかのようにリーを見つめた。彼の手のひらは、いまもまだリーの心臓を押さえている形のまま、宙にとどまっていた。アンドルーはリーの顔を見据えたまま、その手を顔の前に移した。目を閉じる。リーのにおいを嗅ぐように息を吸った。

リーは言った。「刑務所からテープを送ることはできないでしょう」

「きみはもっと賢かったはずなのにな、ハーリー」アンドルーは目をあけていた。ポケットに手を入れた。「僕が第二のプランを考えていないと思ってるの?」

リーもそこまでばかではなかった。万一に備えて安全装置を用意していると彼の口から言わせるのが目的だった。「あのナイフを取っておいたのはなぜ?」

「キャリーに感謝したほうがいいよ。いつもあれを持って家のなかを歩きまわってたし、一緒にアニメを観《み》てるときも手放さなかった。キッチンのテーブルであの気味の悪い人体図を何時間も眺めてた」アンドルーはかぶりを振った。「かわいそうなキャリー。ほんとうに繊細だったよね?　きみにあんなことをさせられて、罪悪感につぶれそうになってたよ」

リーは喉がこわばるのを感じ、唾を飲みこんだ。アンドルーの汚らしい口から妹の名前を破り取りたかった。

「ナイフはキャリーを思い出すよすがに取っておいたんだ」彼の片方の口角が持ちあがった。あの嘲笑《ちょうしょう》が現れかけている。「そうしたら、キャリーがあれで父さんに斬りかかったのを見て、そういうことだったのかとようやくわかったよ」

落ち着きを取り戻さねばならないが、それよりなにより、アンドルーがキャリーに近づくのを阻止するのが先だ。リーは尋ねた。「アンドルー、あのテープにほんとうはなにが映っているのか、まだ気づいてないの？」

彼は眉をあげた。「教えてくれ」

「仮の話をしましょうか」リーはアンドルーがうなずくのを待った。「警察にあのテープを見せる。警察はわたしを逮捕する。わたしは取り調べを受けたり、いろんな手続きを踏まされる。あなたもはじめて逮捕されたときになにをしたか覚えてるよね？」

アンドルーは明らかにとまどった様子でうなずいた。

「で、そのあとわたしは検事と面会したいと要求する。検事と一緒にあのテープを見て、あなたのお父さんが大腿静脈を切られた場面で、あなたがレイプした女性たちもみんな同じように同じ場所を切られていると指摘する」

アンドルーは、少し前のリーと同様に絶句していた。リーに言われてはじめて気づいたのだ。

「いわゆる犯罪の手口《MO》ね。そしてアンドルー、それが根拠となってあなたは一生刑務所から出られない」リーは端的に言い換えた。「相互確証破壊ってやつよ」

アンドルーはすぐさま立ちなおった。ことさらに悠然と構え、これ見よがしにかぶりを振り、あまつさえ舌を鳴らした。「おばかさんだな、僕がほかにもみんなが見たがりそうなテープを持っているとは思わないのか？」

リーは皮膚の下で骨が震えるのを感じた。アンドルーの口ぶりは父親そっくりで、リーはあの黄色いコルベットのなかで心臓をどきどきさせ、胃をむかつかせながら膝をきつく閉じていた瞬間に引き戻された。

アンドルーが言った。「きみの華奢《きゃしゃ》な妹が体中の穴という穴に突っこまれている映像が何時間分もある」

リーは、そのひとことひとことに顔を殴りつけられたような気がした。

「大学に入ったときに、僕のＶＨＳビデオのコレクションのなかにあるのを見つけたんだ。ディズニーでも見てなつかしい気分に浸ろうと思ったのに、父さんが中身を捨てて、秘密のコレクションに入れ替えてたんだよ」

涙があふれそうになった。あのとき、アンドルーの部屋を捜さなかった。どうして捜さなかったのだろう？

「いままで見たなかで最高のポルノが何時間もつづくんだ」アンドルーはリーの顔をじっと見つめ、そこから苦痛を麻薬のように取りこんでいた。「キャリーはいまでもあのころのように小さいのか、ハーリー？　いまでも人形みたいにウエストが細くて目が大きくて、あそこはきついのか？」

リーは苦しみの表情を眺める快楽をアンドルーに与えまいと、顎を胸に押し当てた。

「僕によくないことが起きたら最後、インターネットにアクセスできる男も女も子どももみんな、きみの妹がめちゃくちゃにされるところを見られるようになる」

涙がこぼれないように目をきつく閉じた。いまアンドルーが言ったことこそ、キャリーにつきまとっている恐怖だ。キャリーは外を歩くとき、バディのビデオを見ただれかに気づかれるのではないかと恐れずにいられない。パターソン校長。ホルト監督。ミスター・ハンフリー。ミスター・ガンザ。ミスター・エメット。彼らに見られたことはバディの暴力と同様にキャリーを傷つけた。ほかの数えきれないほどの人でなしたちにあの非道な行為を見られたら、キャリーはヘロインをもってしてもつなぎなおすことができないほど粉々に砕けるだろう。

リーは拳《こぶし》で目をこすった。ずっと問いつづけている疑問をまた口にした。「わたしはなにをすればいいの、アンドルー？」

「相互確証破壊って、どっちかが取り乱したら終わるんだよ」アンドルーは言った。「陪審に僕は無実だと信じさせろ。タミー・カールセンを証言台でずたずたにしろ。それから、ほかになにをしてもらうか考えるよ」

リーは顔をあげた。「いつ終わるの、アンドルー？　いつまでこんなことがつづくの？」

「その答えはきみも知っているはずだよ、ハーリー」アンドルーはリーの涙をそっと拭った。「僕の気がすむまでだ」

11

「ミセス・タカハシ？」

キャリーは回転椅子をくるりとまわして司書のほうを向いた。司書のマスクには〝もっと本を読みましょう！〟と書いてあった。『北アメリカのカタツムリとその生息地に関する概論』を持っている。「返却箱のなかにこれが入っていたの」

「素敵、助かります」キャリーは分厚いペーパーバックを受け取った。「アリガトウ」

司書はお辞儀のような、行儀のよいブロントサウルスのような動きをして立ち去ったが、どっちにしても文化の尊重と解釈してもよさそうだ。

キャリーは椅子の向きを戻した。本をパソコンのヤーボードの隣に置いた。図書館カードを作るために他人の身分を盗んだジャンキーなど自分だけだろうと、キャリーは思う。ヒマリ・タカハシは戦争花嫁だった。ハンサムな兵士の恋人と結婚するために太平洋を渡ってきた。夫婦は読書と長い散歩を楽しんだ。夫に先立たれた彼女はガーデニングに精を出し、孫に囲まれて過ごした。

それは、キャリーが作った物語だ。実際には、ミセス・タカハシと話をしたことはない。最初で最後に会ったとき、彼女は黒い遺体袋に入っていた。一月、コロナウイルスが一日に四千人近い命を消していたころ、キャリーは地元の老人ホームで日雇いの仕事をしていた。命を危険に晒《さら》すのも厭《いと》わないほど困窮した自分と同類の人々と、コロナウイルスに冒された遺体を州軍の冷凍トラックに運びこむのが仕事だった。

パソコン室でだれかが咳《せき》をすると、ほかの人々はぎくりとし、すぐさま迷惑そうな顔になり、罪人を火あぶりにしてやらねばと言わんばかりにきょろきょろ周囲を見まわした。

キャリーはマスクがきちんと鼻と口を覆っているのを確かめた。ジャンキーは決まって指をさされる側になる。左手でマウスを取った。今朝は珍しく右手が完全に麻痺《まひ》することにしたらしい。長時間、天井裏を這《は》いまわったせいで全身がずきずきしていた。この体力のなさが情けなかった。ここ数カ月でもっとも力を使ったのは、ドクター・ジェリーと動物ビスケットを賭けてアームレスリングをしたときだ。勝負はたいてい引き分けに終わる。どちらも相手を勝たせようとするからだ。

キーボードを引き寄せた。検索窓にカーソルを合わせたが、なにも入力しなかった。モニターに目を走らせた。フルトン郡の租税査定官事務所の資料では、テナント家が現在もキャニオン・ロードの住宅を所有していることになっている。

リリーに教えるべきだ。この情報を送るべきだ。電話でもいい。

マウスを人差し指で小刻みに叩いた。すばやくあたりを見まわす。隅に防犯カメラがあり、黒い目で静かに監視している。ディカーブ郡のセキュリティシステムはアトランタ以上に充実している。リーには都心の図書館へ行くと約束したけれど、リーだって二十三年前にバディ・ワレスキーのことは二度と思い出さずにすむようにしてあげると約束してくれたのに守れていない。

フェイスブックのサイトを開いた。〝シドニー・ウィンズロウ アトランタ〟とタイプした。

ひとりしかヒットしなかった。最近の若い女性の名前には同じ綴《つづ》りで読みが異なる名前が多いような気がしていたので意外だった。キャリーは子どものころ、自分の名前を正しく発音できないのかとからかわれたものだったが、時代は変わった。

シドニーのヘッダーの写真には、かつてのグレイディ・ハイスクールの建物が写っていた。最新の投稿は二〇一二年で、ジョージア・ドームのコンサート会場でぴったりくっついている八人の少女の写真があがっている。少女たちの控えめな服装と背後の十字架の数から察するに、二〇一二年公開の『パッション』は好みではなさそうだ。

フェイスブックもまた、もはやシドニー・ウィンズロウの好みではなくなったようだ。そもそもアンドルーの婚約者はフェイスブック世代ではない。二十代の若者は二〇〇〇年代中頃に両親が投稿した気まずい写真をたまたま目にしてしまいがちだ。

ＴｉｋＴｏｋを開くと、大当たりだった。動画の数の膨大さに、キャリーは眉があがるのを感じた。最近の若者とはこういうものなのだろう。シドニーのソーシャルメディアはほとんど副業と言ってもよい。プロフィールの写真は、紫色の口紅をたっぷり塗ってピアスをした唇のアップで、宗教熱が一過性のものだったことがわかる。

数千件の動画が投稿されているが、図書館ではヘッドフォンなしで音声を聞くことは禁じられているので、再生はしなかった。静止画の下によれば、シドニー・ウィンズロウは二十五歳の学生で、エモリー大学でものすごく実践的な精神医学の博士号取得を目指して学んでいるとのことだ。

「ふうん」リーがシドニー・ウィンズロウの名前を口にするたびに、いまいましそうに声が低くなる理由がようやくわかった。

シドニーはキャンパスにいるときや車の運転席で創造的な悪態を連発しているときは、控えめなメイクで髪もひっつめ、色あざやかな帽子をかぶるか派手なスカーフを首に巻いていた。夜遊びのときはがらりと変わる。基本的には、フィルの古くさいゴスファッションを現代風にアップデートした感じだ。タイトなスカートやレザーパンツは、おびただしい数のボディピアスの引き立て役にすぎない。厚化粧。ぽってりとした唇。シャツの襟元は広くあき、胸の谷間が誘うように覗《のぞ》いている。

たしかに見事な胸ではある。

それにしても、シドニーのまめな投稿にアンドルー・テナントがまったく出てこないのはなぜか気になる。静止画をスクロールしたが、アンドルーの名前がちらりとも触れられていないのは、もうすぐ結婚するのに不自然ではないか。シドニーのフォロワーをチェックすると、シドニーのクローンのような女たちが大勢と、上半身裸で写真を撮られるのが好きらしい男たちが少数だった。素敵な上半身なので、裸で写真を撮られたがるのも無理はない。

シドニーがだれをフォローしているのか調べた。デュア・リパ、ジャネール・モネイ、ホールジー、ブルーノ・マーズ、たくさんの#bromiesexuals。だが、アンドルーはそのなかにいない。

今度はインスタグラムをひらき、指がつりそうになるまでクリックを繰り返したあげく、ついにふたりが一緒に写っている写真を見つけた。二年前。裏庭のバーベキュー。シドニーは満面の笑みでカメラを見ている。アンドルーは不本意そうにうつむき加減で、唇は〝つきあってやってんだから早くしろよ〟的に白く薄く引き結ばれている。キャリーは、レイプ犯で殺人犯だったらそりゃSNSは避けたいよねえ、と思った。アンドルーは婚約者役に不向きな女を選んでしまったようだ。インスタグラムには数千の投稿があり、どれもグラスにたっぷり注がれた酒が一緒に写っていた。パーティーでワイン。バーでビール。プールサイドでマティーニ。ビーチでモヒート。車でミニ缶のロック&ライ。キャリーはかぶりを振った。この女の生活はめちゃくちゃだ。そう思う自分こそ、墜落する飛行機に乗っているような生活をしているけれど。

シドニーのツイッターアカウントからは、〝#人生一度きり〟の行き着く先が読み取れた。彼女は一カ月前に飲酒及び麻薬の影響下における運転で逮捕されていた。逮捕後の経過や司法制度に関する辛辣な意見をツイートし、チェシャー・ブリッジ・ロードで受けている再講習が退屈で無意味だと訴え、匿名アルコール依存症者の会《AA》のミーティングに指定された回数で出席していることを証明する裁判所指定の記録簿の写真をアップしていた。

その写真に、キャリーは目を凝らした。自分も裁判で同じ苦役を課されたことがあるので、よく知っている記録簿だ。シドニーが課されたのは、三十日間で三十回のミーティングに参加し、その後は週に二回という、標準的なものだ。早朝ミーティングの会場の教会はキャリーも知っている。コーヒーはおいしいが、クッキーは通りを挟んだ向かいにあるバプテスト教会のほうがうまい。

キャリーは時刻を確かめた。

午後二時三十八分。

パソコンをログアウトした。リュックを探そうとして、鍵のかかった自室に薬物と一緒に置いてきたのを思い出した。持ち物は、クローゼットのなかにあった黄色いサテンのジャケットのポケットに突っこんできた。襟はすり切れているが、背中に輝かしい虹が刺《し》繍《しゅう》されている。

バディにもらった小遣いではじめて買った服だ。

『北アメリカのカタツムリとその生息地に関する概論』は、自動受付で借りる手続きをした。ペーパーバックはジャケットのポケットにぴったりおさまり、角が脇腹に当たったが、不快ではなかった。キャリーはうめきながら出口へ向かった。背すじがまっすぐにのびなかった。老女のようにとぼとぼと脚を引きずらなければならないが、八十六歳のヒマリ・タカハシだっていまの自分より姿勢がよかったはずだ。

ドアを押しあけたとたん、日差しに目がくらんだ。ジャケットのポケットに手を入れ、日焼けサロンの蛍光グリーンのゴーグルを取り出した。それをかけると、まぶしさがやや弱まった。背中やうなじに照りつける日差しを感じながら、のろのろとバス停へ歩いた。ようやく背すじをのばすことができるようになった。歯がカチカチ鳴るように、背骨がポキポキと鳴った。指の麻痺が腕をじわじわと這いのぼった。

バス停には先客がひとり座っていた。ホームレスの男がひとりごとをつぶやきながら指で数を数えている。足元に中身が詰まった紙袋が二個置いてあった。服が入っている。彼の落ち着きのない目や、両腕を掻《か》くしぐさは、キャリーがよく知っているものだった。

彼はキャリーをちらりと見て、さらにまじまじと眺めた。「いいサングラスだな」

キャリーはゴーグルをはずして男に差し出した。

男はおやつをもらったスナネズミのようにゴーグルをひったくった。

キャリーの目はまたひりひりしはじめた。男がゴーグルを着けたのを見て、一瞬後悔した。ほんとうにかっこよかった。それでも、リーからもらった二十ドル札の最後の一枚を尻ポケットから取り出して男に渡した。これで残りは十五ドルしかない。昨日、日焼けサロンの回数券に百五ドル使ってしまったからだ。いま思えばあの衝動買いは間違いだったが、ジャンキーの経済感覚とはこんなものだ。明日カート・コベインのフリーコンサートが観られるかもしれないのだから、今日ある金は今日のうちに使ってしまってもいいのでは？

男が言った。「ワクチン接種したから、おれの脳にはマイクロチップが埋まってるんだ」

キャリーも秘密を打ち明けた。「うちの猫がバイクを買うお金を貯めてるのが心配なの」

ふたりで心地よい沈黙のなか十分間ほど座っていると、ずんぐりしたハリモグラのようなバスがガタゴトと走ってきて止まった。

キャリーはバスに乗り、最前列の席に座った。ふたつ先のバス停で降りるのだが、乗りこんだときに、厄介なやつが乗ってきたぞと明らかに思っている顔で運転手がこちらを見たので、わざわざ姿が見える席に座ってやったのだ。

運転手にばかなことはしないと伝えるために、両手を手すりに置いた。もっとも、パンデミックの最中に素手で手すりに触れるのはばかなことに見えるだろう。

フロントガラスのむこうをぼんやりと見つめ、汗ばんだ全身をエアコンの冷気で冷やした。ふと、顔に触れた。マスクを着けるのを忘れていた。ほかの乗客にさっと目をやると、程度はさまざまだが顔をマスクで覆っている。鼻出しマスク、顎マスク、目の上まで覆っている男もひとりいた。

キャリーは自分のマスクを取り出してひたいまで覆った。生地を透かして差しこんでくる光にまばたきした。睫毛《まつげ》がマスクをかすめた。くすくす笑いたくなったのを我慢した。気分がハイになっているのは、今朝の維持投与のせいではない。図書館に行く前に、また注射したからだ。それからオキシコンチンを一錠飲みこみ、グウィネットまでの長い距離をバスに乗った。尻ポケットにはまだオキシコンチンが何錠か入っている。そのうちそれも飲み、さらにメサドンを注射して、やがてはヘロインに戻るのだろう。

いつもそうなのだ。いいときはいいが、だめになったらだめだ。

マスクを鼻と口までおろした。バスがげっぷをしながら目的のバス停へ近づいたので、キャリーは立ちあがった。階段をおりたとたん、膝がずきずきしはじめた。歩道を歩きだしてから、脚の運びと呼吸を合わせた。膝がポキ、ポキ、ポキ、と三度鳴るたびに息を吸い、次の三歩で歯のあいだから少しずつ吐き出す。

右側の金網フェンスのむこうに、広大な野外スタジアムがある。キャリーは金属の四角い網目をなでながら進み、背の高いポールの前でぴたりと足を止めた。そこはサッカー場の入口で、コンクリートの広場になっていた。フェンスの外側にマルハナバチのイラストの看板がかかっている――〝元気にブンブン　安全にブンブン　健康でブンブン　みんな一緒だよ〟

最後のひとことは文字どおりの意味と解釈していいとは思えなかった。キャリーはティーンエイジャーのころ、ここのようなスタジアムで私立校のチアリーディング部と競い合った。レイク・ポイントの女子生徒たちは、ウエストが太く、腕も太腿《ふともも》もたくましい種馬のようだった。対照的に、ホリス・アカデミーの女子生徒たちは、ひょろひょろしたバッタやナナフシに似ていた。

キャリーは閉まった売店の前を通り過ぎてスタジアムに入った。三十メートルほど離れたところで、止めたゴルフカートに乗った警備員がキャリーを目で追っていた。面倒は起こしたくない。いちばん近くのトンネル通路に入った。それから涼しい暗がりで壁に背中をつけ、警備員がゴルフカートを走らせて追い出しに来る音が聞こえるのを待った。

ゴルフカートのバッテリーの音はしなかったが、たちまち頭のなかに疑念があふれた。警備員は電話をかけているのでは？　スタジアムのなかで警察が待ち受けているのでは？　バス停から尾行されていたのでは？　実家から尾行されていたのでは？

図書館では、レジナルド・パルツ&アソシエイツのウェブサイトを閲覧した。レジーはリーが話していたとおりに、薹《とう》の立った軽薄なレイプ野郎そのものに見えたが、カメラのストラップに首を絞められながら空き家から逃げ出した男と同一人物かどうか、正直なところわからなかった。道路を走る車に乗っている人々や図書館にいた人々の顔も含め、すれ違う人の顔をついじっと見てしまったが、そのなかにレジーの仲間がいるかどうかもわからなかった。

胸に手を当てたが、不安をつかみ出すことができるわけもない。飢えたトカゲの舌のように心臓が肋骨《ろっこつ》をつついている。今日はストーカーらしき姿を見かけていないし気配も感じないが、どこへ行ってもカメラで撮られている感覚を拭いきれなかった。いまもこの湿った暗い場所で、レンズに一挙手一投足を捉えられているような気がしている。

カメラのことで騒がないでくれ、お人形さん。おれは刑務所に行きたくないからな。

キャリーは壁から離れた。トンネル通路を進んでいくと、スタンド席から歓声や拍手が聞こえてきた。日差しの下に出たとたん、また目がくらんだ。両手を目の上でひさしの形にして観衆に目を走らせた。スタンド席のあちこちに親たちが固まって座り、フィールドの脇の芝がはげた場所にチアリーダーたちがいた。キャリーは体の向きを変え、サッカー部の子たちが準備運動をするのを眺めた。ハイスクールの女子生徒たちはガゼルのようだった。サッカーのユニフォームを着て、危険を感じて一斉に跳びはねて逃げたりしないガゼルたち。

ふたたび向きを変え、スタンド席をもう一度見渡した。ウォルターはすぐに見つかった。

練習の付き添いに来ている父親はふたりだけで、そのうちひとりがウォルターだが、ほんとうはサッカーなど好きでもなんでもないはずだと、キャリーは確信している。

階段をえっちらおっちらのぼっていくキャリーに、ウォルターも気づいたようだった。彼の目の表情はキャリーにはわからなかったが、なにを思っているかは見当がついた。だがウォルターは、キャリーが彼のいる列に入っても黙っていた。どうやら学校は『フットルース』のルールを固守している。ダンス禁止、歌禁止、大声禁止、楽しむのは禁止。キャリーはウォルターとのあいだに三人分の席をあけて座った。

ウォルターが口をひらいた。「ようこそ」

キャリーはマスクを取って息を継いだ。「会えてうれしいよ、ウォルター」

まだウォルターの目は警戒しているが、無理もない。前回、ウォルターと同じ部屋で過ごした時間は、最高のひとときにはならなかった。ふたりはリーのコンドミニアムのダストシュートが入っている狭苦しい物置にいた。十日間にわたって、ウォルターは一日に二度、キャリーの足の指のあいだにヘロインを注射しに来た。禁断症状が起きないように薬を打たなければ、リーの看病ができなかったからだ。

姉の夫は見た目よりずっとタフだ。

ウォルターが言った。「そのジャケット、いいね」

「ハイスクールのころに着てたやつ」キャリーは椅子の上でウォルターに背中を向けて虹

の刺繍を見せた。「まだ入るのが信じられない」

「すごいな」ウォルターは言ったが、もっと大きな問題に気を取られているのはわかった。

「きみの姉さんは近頃よく泣いてるようだ」

「昔から大きな赤ちゃんだったから」キャリーはそう答えたものの、リーの涙のわけはよく誤解された。リーは怯えたり傷ついたりしても泣くが、喧嘩相手の髪をガラスの破片で頭皮から削り取るときも泣くのだ。

「マディにもう必要とされていないと思っているんだ」

「ほんとうに必要とされてないの?」

「きみもかつては十六歳だっただろ。そのころ母親は必要じゃなかった?」

キャリーは考えこんだ。十六歳当時の自分は足りないものばかりだった。

「妻が心配だ」ウォルターの口調からは、長いあいだこのことをだれかに相談するのを待っていたのが伝わってきた。「助けてやりたいけど、僕に助けを求めようとしないのはわかってる」

彼の告白は重かった。男は自分の気持ちをめったに話さないし、話したとしても、打ちのめされていることは隠そうとする。

キャリーはウォルターを励まそうとした。「心配しないで、ウォルター。ハーリー専用の使い捨て世話人がまた仕事をするからさ」

「違うんだ、キャリー。そういうことじゃないんだ」ウォルターはキャリーのほうを向いた。彼にとっても重いことを言おうとしているのだ。「リーがコロナを発症したときに、看護をどうするかは決めてあっただろ。僕の母が来て、マディの面倒を見てくれる。リーは主寝室で療養する。僕は食事をドアの前に運んで、いざというときには救急車を呼ぶ。でもリーは一晩しかもたなくて、妹を呼んでくれと泣きだした。だから僕はリーの妹を捜しに行った」

初耳だったが、ウォルターがこういう大事なことで嘘をつく人間ではないのは知っている。彼はリーのためならなんでもする。ジャンキーの妹のためにヘロインを手に入れてくることすら厭わない。

キャリーは尋ねた。「アルコール依存症者の家族会に出たことがあるから、救われようとしない人を救うのは無理だって知ってるの?」

「リーを救おうとは思ってない。僕はリーを愛したいんだよ」また前を向き、フィールドを走りまわっている少女たちを目で追った。「リーは自分で自分を救えるしな」

それについて反論する価値はあるかどうか、キャリーは思案した。ボールを追いかけるすばらしいわが子を見つめるウォルターの横顔を眺めた。キャリーも彼に大事な話をしたかった。たとえば、リーは彼を愛している、とか。リーがおかしくなったのは、キャリーが恐ろしいことをさせてしまったからだ、とか。リーはバディ・ワレスキーが悪党だと知らなかったからといって自分を責めている、とか。リーが泣くのは、アンドルー・テナントが父親の所有していたあの暗い場所へふたりを引きずり戻そうとしているからだ、とか。

ウォルターに真実を話すべきだろうか？　リーの檻《おり》に入るドアを開け放つべきだろうか？　姉が人生を台無しにしたのは必然だったような気がする。リーはあのときシカゴへ発《た》ったのではなく、二十三年間ずっと同じ場所で停滞したあげく目を覚まし、いかにもフィルの娘が生きそうな人生を生きている、そんな感じだ。壊れた家族、壊れた結婚生活、壊れた心を抱えて。

いま姉がかろうじて踏ん張っているのは、ひとえにマディのためだ。

キャリーはウォルターから顔をそむけた。フィールドのティーンエイジャーたちを眺めるのを自分に許した。俊足かつ敏捷《びんしょう》な子たちばかりだ。ボールを蹴る彼女たちの両腕と両脚は協調して動く。首はすんなりと優美で折り紙の白鳥を思わせるが、彼女たちは決して渦を巻く沼や急な滝に近づいたりしない。

ウォルターが尋ねた。「僕たちのすばらしい娘がどこにいるかわかるか？」

キャリーはスタジアムに入った瞬間から、リーとウォルターの娘を見つけていた。マディ・コリアーはほかの子たちより小柄だが、ほかの子たちより足が速い。ポニーテールの先端が肩に着地するひまもないほど相手チームのボランチにぴったり貼りついている。マディのポジションがトップ下だとキャリーにわかるのは、図書館でサッカーのポジションを学んだからだ。

ここへ来る前に、ホリス・アカデミーの女子サッカーチームの練習スケジュールをグーグルで調べた。スクービー・ドゥー並みの謎解きの結果、いつのまにかここに着いていたわけではない。ホリスの校章がリーの携帯電話の裏側についていた。学校の設立は一九六四年で、南部に住む白人たちがこぞって子どもを私立校に入れていたころだ。

「しまった」ウォルターがつぶやいた。

マディが誤って相手チームのミッドフィールダーにつまずいた。ボールが転がっていったが、マディは追いかけず、立ち止まって転んだ子を助け起こした。リーの言うとおりだ。キャリーたち姉妹があんなふうに正しいことをしようものなら、フィルにぶん殴られていただろう。やるからには徹底的に叩きのめせ、と。

ウォルターは、リーが言いにくいことを言うときのように咳払いした。「練習はもうすぐ終わる。ぜひあの子に会ってくれ」

キャリーは、リーが緊張しているときのように唇を引き結んだ。「ハロー、もう行かなくちゃ」

「フィル・コリンズだな。古典だ」

かのドラマーかつスーパースターの曲の元ネタはグルーチョ・マルクスの曲なのだが、それよりも大事なことを言っておかなければならない。「あたしに会ったことをリーに言うなら、あたしがハイだったとは言わないでね」

ウォルターは気まずそうに口元を引き締めていた。「訊かれたら、答えないわけにはいかないよ」

この人はあたしたち姉妹にはもったいない。「その正直さがいいんだよね」

キャリーは立ちあがった。膝がぎくしゃくした。メサドンの効果がまだ残っている。いや、徐放剤のオキシコンチンが効いているのかもしれない。これが少しずつ減薬することのご褒美だ。薬を飲む間隔を少しずつあけていくと、多幸感がうっすらと長くつづくようになる。

やがては物足りなくなるのだが。

キャリーはウォルターに敬礼した。「アディオス、友よ」

向きを変えようとしたとき、膝ががくんと折れた。ウォルターが立ちあがったが、キャリーは手を振って制した。スタンド席で父親がろくでなしのジャンキーに構っているところをマディに見せたくなかった。

並んだ席の前はなんとか歩けたが、階段には難渋した。つかまる手すりがなかった。慎重に、一段、また一段と足をおろした。ジャケットのポケットに両手を突っこみ、フィールドの隅を歩いた。カタツムリのペーパーバックが拳を押した。強烈な日差しに目が潤んだ。鼻水も出てきた。やっぱりゴーグルを渡さなければよかった。まだ日焼けサロンの回数券があと九回分残っている。手持ちが十五ドルしかないのに、九ドル九十九セントのゴーグルを買いなおすのは痛い出費だ。

ジャケットの袖で鼻を拭いた。くそったれ太陽め。薄暗いトンネル通路に入っても、まだ涙が止まらない。顔が熱を発散しているのがわかる。ゴルフカートに乗った警備員に出くわしませんように。頭のなかから、自分を見送っているウォルターの哀れむような目が消えなかった。今朝は両腕があがらず、櫛《くし》を使えなかったので、髪はうなじで雑なシニヨンにしていた。歯磨き粉をチューブから搾り出す力もなかったので、歯磨きもしていない。ジャケットは染みだらけで皺くちゃだ。その下の服は、昨日ベッドに入ったときと同じもの。脚の膿瘍《のうよう》がずきずき痛むのは、くそみじめな自分が血管に毒を注射するのをやめられないせいだ。

「やあ、キャリー」

不意に、あのゴリラの饐《す》えた熱い息を首筋に感じた。

キャリーはとっさに振り向きながら、喉に突き立てられようとしている白い牙が見えるのを覚悟した。

そこにいたのは、ただの人間の男だった。スリムな長身、砂色の髪。紺色のパンツのポケットに両手を入れている。ブルーのシャツの袖は肘のすぐ下までまくりあげられている。左足のローファーの上に、足首モニターが装着されている。左手首に、大きな金の腕時計。

バディの腕時計だ。

彼の両腕を切り落とす前に、キャリーは手首から腕時計をはずしてバーカウンターに置いた。トレヴァーに、父親を思い出すよすがを持っていてほしかったからだ。

そしていま、たしかに彼はそれを持っている。

「ねえキャリー」アンドルーの声は穏やかだが、耳慣れた低い響きがあり、キャリーははじめてバディと会ったときのことを思い出した。「こんなに長いあいだ会えなかったなんて残念だよ」

キャリーの肺が砂でいっぱいになった。アンドルーはなに食わぬ顔でごく普通に振る舞っているが、キャリーは肌が骨からぼろぼろはがれていくような気がしていた。

「きみはいまも――」アンドルーはくすくす笑った。「まあ、いまもきれいだとは言えないけど、やっと会えてうれしいよ」

キャリーはスタジアムをちらりと見て、出口のほうを見た。ほかにはだれもいない。どこへも逃げられない。

「でも、いまでもすごく……」アンドルーの視線が、ふさわしい言葉を探しているかのようにキャリーの全身をさっとなでた。「ちっちゃいね」

くそちっちゃいなでもおれはもういきそうだから力を抜け大丈夫だとにかく力を抜け。

「キャリー・オピー」アンドルーが歌うように名前を呼んだ。「女の子の集団がサッカーをするのをわざわざ見に来たんだ」

　キャリーは息をしようと口をあけた。心臓が飛び跳ねていた。こいつはウォルターに会いに来たの？　それともマディに？　どうしてマディの学校を知ってるの？　あたしをつけてきた？　バスで妙なやつに気づかなかった？

　アンドルーが尋ねた。「そんなにおもしろいの？」

　キャリーの目は、ポケットに突っこまれた彼の手を捉えた。腕の毛は髪の色より少し濃い。バディに似て。

　アンドルーが首をのばしてフィールドのほうを眺めた。「どれがハーリーの娘？」

　スタンド席で少人数の観衆が歓声をあげるのが聞こえた。拍手。大声。口笛。やがて歓声がやんだとき、キャリーに聞こえたのは、キャリーにわかっていたのは、トンネルのなかにゴリラがいるということだった。

「キャリー」アンドルーが前に進み出て近づいてきたが、迫ってくる感じはなかった。

「よく聞いてほしいんだ。いいかな？」

　キャリーの口はまだひらいていた。空気が吸いこまれ、喉の奥が乾くのを感じた。

「きみは父さんを愛していたんだね。きみが父さんにそう言ってるのを何度も聞いたよ」

　足が動かない。アンドルーの狙いはキャリーだ。だから、彼はすぐそばに立っている。だから、一見穏やかで落ち着き払っている。キャリーはやみくもに背後をまさぐった。ゴリラが近づいてくる足音が聞こえ、耳元から首筋に熱い吐息を感じ、汗くさい体臭が口のなかに漂ってきた。

「父さんを切り刻んだとき、どんな気持ちだった？　ビデオにきみの顔は映ってなかったんだ。一度も上を見なかったからね。ひたすらハーリーに言われたとおりにしてた」

ゴリラの手に喉をつかまれ、腕がウエストに巻きついてきた瞬間に感じたのは、ほとんど安堵と言ってもよかった。自分は捕らわれて逃げられない。いつもバディが望んでいたとおりだ。

「いつまでもリーの言いなりにならなくてもいいんだよ。リーから逃げるのを手伝ってあげる」

ゴリラが背後から体を押しつけ、背すじを指でなぞりあげていた。うなり声が聞こえた。興奮が伝わってきた。ゴリラはとても大きい。力がとても強い。

「逃げたいと言ってくれるだけでいい」アンドルーがまた一歩近づいてきた。「ひとことそう言ってくれさえすれば、どこかよそへ連れていってあげる。きみの行きたい場所へ」

アンドルーのブレスミントのにおいがバディの安物ウィスキーと煙草と汗と精液と血のにおいと混じり合った――大量の血のにおいと。

「ウォルター・デイヴィッド・コリアー、四十一歳。アトランタ消防士組合の法律顧問」

胸のなかで心臓が震えた。アンドルーはウォルターを脅かそうとしている。ウォルターに警告しなければ。キャリーはゴリラの腕に爪を立て、縛めをゆるめようとした。

「マデリーン・フェリセット・コリアー、十六歳」

痛みがキャリーの腕に食いこんだ。ちりちりした痺《しび》れでも神経の接続不良でもなく、皮膚を切り裂かれる激痛だった。

「マディはきれいな子だね、キャリー」アンドルーの口角があがって微笑になった。「とてもちっちゃくてかわいらしい」

キャリーは腕を見た。四つの深い裂傷に目をみはった。反対側の手を見た。自分の血と皮膚が爪のあいだに詰まっていた。

「不思議だね、キャリー。ハーリーの娘はきみにそっくりだ」アンドルーはウィンクした。

「小さ、な、お、人、形さんみたいだよ」

キャリーが身震いしたのは、アンドルーの口ぶりが父親に似ていたからではない。ゴリラはいまやキャリーの体内に踏みこみ、骨に溶けこんでいた。ゴリラのたくましい脚はキャリーのたくましい脚になった。ゴリラの拳もキャリーの拳に。ゴリラの口もキャリーの口に。

キャリーは拳を振りあげ、歯を剝《む》き出してアンドルーに飛びかかった。

「うわっ！」アンドルーは叫び、両腕をあげて身を守ろうとした。「いったいなにを――」

キャリーは目の前が見えなくなっていた。口から声は出ず、肺から空気も出なかった。

すべてのエネルギーはアンドルーを殺すことに注がれていた。拳で殴りつけ、爪で引っかき、耳をもぎ取り、目玉を抉《えぐ》り出そうとした。首にも深々と歯を立てた。頸静脈《けいじょう》を食いちぎるべく顔をぐいとあげようとしたが、背骨の一番上ががっちりと固定されているせいで首が動かなかった。

そのとき、自分の体が宙に浮いた。

「やめろ!」警備員がキャリーのウエストを後ろから抱えこんでいた。「動くんじゃない」

キャリーは逃れようともがいた。アンドルーは地面に倒れていた。耳から出血している。顎の皮膚がはがれている。首の嚙み跡の周囲は赤く腫れあがっている。こいつを殺すつもりだったのに。殺さなくちゃいけないのに。

「動くなと言っただろうが!」キャリーは顔から地面に叩きつけられた。警備員の膝が背中に食いこんだ。冷たいコンクリートに鼻が当たった。息ができず、それでも反撃のチャンスを狙ったが、ガチャッという手錠の音が聞こえた。

「警備員さん。いいんだ」アンドルーは息を継ぎながらしわがれた声で言った。「その人をスタジアムの外へ連れていってあげてくれ」

「くそが」キャリーは低く言った。「くそったれのレイプ野郎」

「ほんとうにいいのか?」警備員はまだキャリーの背中を膝で押さえていた。「こいつの腕を見ろよ。注射をやってる。警察に通報して、薬物検査を受けさせないと」

「やめておこう」アンドルーは立ちあがろうとした。彼の足首モニターの赤いランプが点滅しているのを、キャリーは横目で見た。アンドルーは警備員に言った。「学校の体面にも関わるでしょう？　そもそもこの人をなかに入れたあなたも困ったことになるんじゃないかな」

これには警備員もひるんだようだが、それでも訊き返した。「ほんとうにいいんだな？」

「ええ」アンドルーはひざまずき、キャリーの顔を覗きこんだ。「この人も警察に通報してほしくなさそうだ。ねえ、おねえさん？」

キャリーはまだ興奮していたが、冷静な状態に戻りつつあった。ここはマディの学校のそばのスタジアムだ。ウォルターがスタンド席にいる。マディがフィールドにいる。キャリーとアンドルーのためにも警察沙汰を避けたい。

「この人を助け起こしてやってくれ」アンドルーは立ちあがった。「これ以上の迷惑はかけないだろう」

「変わった人だな、あんた」そう言いながらも、警備員は試すようにキャリーの背中から膝を少し浮かせた。キャリーは戦意が体から消えるのを感じたが、とたんに痛みがどっと戻ってきた。脚が動かなかった。警備員に、抱きあげて立たせてもらわなければならなかった。

アンドルーが、またかかってくるならかかってこいと挑発するかのように、すぐそばに立っていた。

キャリーは鼻血を拭った。口のなかも血の味がした。アンドルーの血だ。ぜんぜん足りない。一滴残らず奪ってやらなければ気がすまない。「これですんだと思うな」

「警備員さん、この人をバスに乗せてやってくれ」アンドルーは警備員のほうへ手をのばし、数枚の折りたたんだ二十ドル札を渡した。「こういう女を子どもたちに近づけちゃいけない」

二〇〇五年　夏

シカゴ

リーは、汗の滴をシンクにしたたらせながら、ラザニアを作ったあとのフライパンをごしごしと洗った。まったく、北部人ときたら。エアコンの使い方も知らないのか。

ウォルターが言った。「僕がやるよ」

「もう終わるから」フライパンで彼の頭をぶん殴ってやりたいと思っている口調にならないように言った。ウォルターはなにか親切なことをしようとしただけなのだ。母親に電話でラザニアのレシピまで教わってくれた。そして、オーブンで長く焼きすぎたせいで、こびりつき防止加工をしてあるはずのフライパンから焦げたソースがはがれるより先に、リーの指先の皮膚がはがれかけている。

「そのフライパン、たった五ドルだったんだよ」

リーはかぶりを振った。「地面に五ドル落ちてるのを見てもほっとく?」

「その五ドル札はどのくらい汚れてる?」ウォルターはリーの背後に来てウエストを抱いた。

リーは彼にもたれた。首筋にキスをされ、いったいどうして自分は男に触れられただけでおなかのなかがぞくっとするほどばかな女になってしまったのだろうと思った。

「ほら」ウォルターはリーの両腕の下へ手をのばし、スポンジとフライパンをつかんだ。

リーは彼が不器用にフライパンを洗うのをたっぷり一分眺めたあげく、ようやくその作業の不毛さに気づいた。

それでも、完全にあきらめることはできなかった。「もう少し水に浸《つ》けておこうよ」

「そのあいだになにをする?」ウォルターの歯がリーの耳たぶを軽く噛んだ。

リーは身震いし、ウォルターに抱きついた。でもすぐに離れた。そばにいたくてたまらない気持ちを知られてはいけない。「組織行動論の論文があるんじゃないの?」

ウォルターはうめいた。両腕をだらりと垂らして冷蔵庫へ行き、缶入りのジンジャーエールを取り出した。「MBAになんの意味があるんだ? こっちの組合は人材が余ってる。僕の名前があがったときには年金をもらいはじめてるよ」

リーは話の行き先がわかっていたが、彼を別の方向へ向かわせようと試みた。「あなたはリーガル・エイドが好きでしょう」

「僕は家賃を払えるようになりたいんだよ」ウォルターは缶からジンジャーエールを飲み

ながらリビングルームへ戻ってきた。ソファにどさりと腰をおろし、ノートパソコンをじっと見つめた。「自分でもなにを言ってるのかさっぱりわからない専門用語だらけの文章を二十六ページも書いた。こんなもの、現実の世界では役に立たないよ」

「履歴書の学位は大事よ」

「それだけじゃだめだ」ウォルターは頭を後ろへ傾け、キッチンタオルで手を拭くリーを見た。「僕は自分が役に立っていると感じたい」

「わたしの役には立ってくれてるよ」リーは肩をすくめた。わかりきったことを遠回しに言ってもしかたがない。「引っ越してもいいじゃない、ウォルター。ただ、アトランタはだめ」

「消防士組合の仕事は――」

「アトランタだよね」あそこには絶対に戻るつもりはないと、ウォルターにははっきりと言ったことがある。

「理想的だよ。そう言いたかったんだ――理想的。働くならジョージアじゃないか。いとこのおじさんの孫だからって、行列に横入りさせるやつなんかいない。アトランタで働くなんて理想的だ」

リーはウォルターの隣に座った。そわそわと揉《も》み手をしそうになり、ぎゅっと握りしめてこらえた。「言ったでしょう、あなたの行くところならどこでもついていくって」

「ただし、アトランタ以外だろ」ウォルターはジンジャーエールの残りを飲み干した。缶をコーヒーテーブルに置いた。輪の形の跡が残るだろう。彼はリーの腕を軽く引っぱった。

「泣いてるの?」

「泣いてない」リーは言ったが、目は涙でいっぱいだった。「フライパンのこと考えてるの」

「おいで」ウォルターはまたリーの腕を引っぱった。「僕の膝に座って」

「スイートハート。わたしが男の膝に座るような女に見える?」

ウォルターは笑った。「きみたち南部の女性は、ヤンキーの女性が〝ばーか〟と言うのと同じ口調で〝スイートハート〟って言うんだよな、最高だ」

リーは目をぐるりと上に向けた。

「スイートハート」ウォルターはリーの手を取った。「妹に出くわすかもしれないからといって、ある街全体を人生から締め出すなんて無理だよ」

リーはふたりの手を見おろした。だれかの手を握っていたいとこんなに強く思ったことはなかった。ウォルターは信頼できる。ほかのだれもこんなふうに安心させてはくれなかった。

「あの子には一万五千ドルもかけて無駄にされたんだよ、ウォルター。現金だけじゃなくて、クレジットカードで借金して一万五千ドル。それなのに、あの子は一日で音《ね》をあげた」

「でも、無駄じゃなかった」そのうち五千ドルをウォルターが出したのだから、寛容な言葉だ。「入院治療ってはじめての場合はうまくいかないものだよ。二回目も三回目もだけど」

「わたしは――」リーは気持ちをあらわす言葉を探した。「わからないの、どうしてあの子が薬をやめられないのか。あんなことしてなにが楽しいの？」

「楽しんではいないよ。楽しんでるやつなんかいない」

「でも、なにかいいことがあるからやってるんでしょ」

「キャリーは依存症だ。目を覚ましたら、一発打たずにいられない。効果が薄れてきたら次の一発を大急ぎでやって、また次、また次と、禁断症状を逃れるために必死だ。キャリーの友達もコミュニティも、その世界に閉じこめられてる。キャリーの依存は精神的なものじゃない。身体的なものなんだ。だれだって、必要もないのに自分を痛めつけたりしないだろう？」

その質問に対する答えは、リーは持っていなかった。「大学でコカインはやったけど、そのために人生を捨てる気にはならなかったよ」

「その選択ができたのは幸運だったんだ。手に負えない悪魔に取り憑《つ》かれる人もいる。決して打ち勝てない悪魔にね」

リーは唇を結んだ。妹が性的虐待を受けていたことはウォルターに打ち明けたが、そのあとの話はしていない。

「キャリーの行動をきみが決めることはできないよ。きみに決められるのは、キャリーに対してどう反応するかだ。僕はきみに折り合いをつけてほしいと思ってる」

彼は父親のことを考えているのだ。「亡くなった人と折り合いをつけるほうが楽だよね」

ウォルターはさびしそうに笑った。「いやいや、生きてる人と折り合いをつけるほうがずっと楽だよ」

「ごめん」リーはウォルターの頬をなでた。薬指にはまった細い金の指輪が目につき、一瞬はっとした。婚約してまだ一カ月もたっていないので、指輪に慣れていなかった。

彼はリーの手にキスをした。「とりあえず、無意味な論文を終わらせなくちゃ」

「わたしは判例法の見なおし」

ふたりはキスを交わしてから、ソファの両端に離れた。リーがふたり暮らしでなにより気に入っているのがこれ、ソファでクッションに隔てられて静かに勉強する時間だ。ウォルターはコーヒーテーブルに置いたノートパソコンに覆いかぶさっている。リーはクッションをまわりに置くが、両脚をのばして彼の太腿に足の裏を押しつける。ウォルターは上の空でリーのふくらはぎをさすりながら、無意味な論文を読んでいる。

婚約者。

将来の夫。

子どもについてはまだ相談していなかった。ウォルターがその話を持ち出さないのは、話し合うまでもなく結論が決まっているからだろうと、リーは思っている。ウォルターの父方の家族は依存症で壊れかけたのに、彼はたぶん、子どもに連鎖するかもしれないとは夢にも思っていない。男性のほうが気楽だ。子どもが非行に走っても、父親のせいにされることはまずない。

すぐさま、リーは冷笑的になってしまった自分を叱りつけた。ウォルターはすばらしい父親になるはずだ。彼にロールモデルなど必要ない。持ち前の善良さが彼を導くだろう。それよりも、自分こそ母親の精神疾患を心配したほうがいい。子どものころは躁鬱《そううつ》病と呼ばれていたものだ。現在は双極性障害という病名だが、名前が変わったからといってたいした違いはない。フィルはピッチャー一杯のミチェラーダ以外の助けなど絶対に受け付けないのだから。

「ええと……」ウォルターがキーボードに手をのせたまま、言葉を探してつぶやいた。ひとりでうなずき、またキーボードを叩きはじめた。

リーは尋ねた。「ちゃんとバックアップしてる?」

「もちろんしてるよ。添付する資料も全部」ウォルターはＵＳＢドライブをパソコンに差しこんだ。ファイルのバックアップがはじまり、ランプが点滅した。「僕は男だぞ。パソコンには詳しいんだからな」

「すごーい」リーは足でウォルターを押した。彼は身を屈めてリーの膝にキスをし、また論文に戻った。

リーは、作業に戻らなければと思いながらも、つかのまウォルターの魅力的な顔を眺めた。精悍《せいかん》だが、厳しい感じはしない。みずから手を動かして働くことができるが、他人に金を払ってその仕事をまかせられるくらいに頭の使い方もよくわかっている。

ウォルターは決して軟弱な男ではないが、母親にかわいがられて育った。セリア・コリアーは酒に酔っても愉快な酔っ払いになり、やたらとキスやハグをする。夕食はかならず午後六時にはできあがる。ウォルターが学校へ持っていくリュックにはスナックが入っていた。彼は汚れた下着を着たり、食べ物を買うために見知らぬ他人に金を恵んでもらったりしなければならなかったことは一度もない。酔っ払った母親に殴られるのを恐れて、夜ベッドの下に隠れたこともない。

ウォルター・コリアーには、リーの愛する長所が数えきれないほどある。彼は優しい。聡明だ。愛情深い。でもなによりも、彼がどこまでも普通なところに、リーは憧れた。

「スイートハート」ウォルターが言った。「僕たち、勉強してたんじゃなかったっけ」

リーはほほえんだ。「その言い方じゃだめね、スイートハート」

ウォルターはくっくっと笑いながらキーボードを叩いた。

リーは本をひらいた。ウォルターには、障害のある不動産賃借権保有者に関して、アメリカ障害者法の新しい指針を確認したいと話したが、ほんとうは配偶者特権について調べていた。新婚旅行から帰ってきたらすぐに、バディ・ワレスキーの件を洗いざらい打ち明けることになる。

たぶん。

リーはソファに頭をあずけて天井を見あげた。自分について、ウォルターが知らないことはほとんどない。少年院に二度入ったことも、その理由も話した。いやらしいボスの車のタイヤを切り裂いて、郡の留置場で過ごした恐ろしい夜の話もした。母親に殴られたらやり返せばいいのだとはじめて気づいたときのことまで話した。

そのたびにリーの心は軽くなり、そのたびにウォルターは顔色ひとつ変えずに黙って聞いてくれたので、リーは残りも話してしまいたい衝動を抑えこまなければならなかった。

その残りが大きいのだ。残りが重すぎるから、妹はその記憶を抱えて生きていくよりも、みずからに毒を注射しつづけている。ウォルターは酒を一滴も飲まないが、妻のしたことを知ったらどうなるだろう？　リーの暴力にまみれた遠い過去の話を聞くことはできても、バディ・ワレスキーが自宅のキッチンで切り刻まれたのは六年ちょっと前だ。

ウォルターに話すならどんな順序で話せばいいのか、リーは考えてみた。ひとつ話せば、すべて話さなければならない。つまり、バディが太い指を自分の膝に置いたときのことから話がはじまる。ウォルターほどものわかりのいい人間でも、リーがあの夜のことをすっかり忘れていたなんて信じてくれるだろうか？　リー自身が自分を絶対に絶対に許せないのに、ウォルターが許してくれるだろうか？

リーは手の甲で目を拭った。配偶者特権があっても、たったひとりしかいない愛する男を共犯者にするのは正しくないのではないか？　ウォルターが自分を見る目は変わってしまうだろうか？　愛情はなくなるのか？　自分の子どもの母親にはしたくないと思われるだろうか？

最後の疑問で堰《せき》が切れてしまった。リーは立ちあがり、泣いているのをウォルターに気づかれないようにティッシュを取りに行った。

「どうした？」ウォルターが声をかけた。

リーはキャリーを心配しているのだと思わせるためにかぶりを振った。警察に突き出されるのは怖くない。彼がそんなことをするわけがない。怖いのは、彼の法律家としての理性が自衛と冷血な殺人の違いを見分けることだ。

犯した罪の重さは、車でアトランタをあとにしたときからよくわかっていた。犯罪の意図を巡っては、法律も複雑にねじれている。詐欺から殺人まで、被告人が犯罪行為に従事しているときになにを思っていたのかが決定的な要素になる。

バディ・ワレスキーの頭にラップフィルムを六回巻きつけたときに自分がなにを思っていたか、リーははっきりと覚えている。**この手であんたを殺してやるあんたが死ぬのを心ゆくまで見物してやる。**

「スイートハート？」ウォルターが尋ねた。

リーはほほえんだ。「それ、すぐに飽きちゃいそう」

「そうか？」

リーはソファに戻った。分別に逆らって、ウォルターの膝に座った。彼はリーを両腕で包みこんだ。リーはウォルターの胸に頭をあずけながらも、こんなふうに抱かれるひとときを慈しんではいけないと自分に言い聞かせた。

「僕がどれくらいきみを愛しているか知ってるか？」

「知らない」

「アトランタの理想の仕事の話はもうしないほど愛してる」

それを聞いてほっとするはずなのに、後ろめたかった。彼の人生は父親が亡くなったときにひっくり返った。労働組合に母親を助けられ、彼はその恩返しに、生活が崩れてしまった労働者たちのために闘いたいと志すようになった。

他人を助けたいというウォルターの思いに、リーは惹《ひ》かれた。正直なところ、だから分別に逆らって彼とデートをした。最初は彼のソファで寝たのが、一週間後には同じベッドで丸くなっていた。それからふたりとも卒業して就職し、婚約し、ふたりの生活をはじめる準備ができた――ただし、リーはまだウォルターに隠しごとをしているけれど。

「ねえ」ウォルターが言った。「いい雰囲気になるかなと思って言ったんだけどな。きみのために断念するって」

リーはウォルターの波打つ髪をそっとかきあげた。「わたしがどんなに――」

ウォルターはリーの涙を唇で拭った。

「あなたのためなら人殺しもする」リーは、それがどういう意味か完全に承知したうえで言った。「わたしにはあなたしかいないから」

「そんなことはない――」

「ううん」ウォルターの顔を両手で挟んだ。「ウォルター、わたしはあなたのためならなんだってする。本気だよ。あなたがアトランタに行きたいのなら、わたしもあそこで生きていく方法を見つける」

「ほんとうに、もういいんだよ」ウォルターは言った。「だって、アトランタってすごく暑いんだろ」

「そんなの――」

「カリフォルニアはどう？　オレゴンとか？　ポートランドはおもしろいところらしいよ」

リーはキスでウォルターを黙らせた。彼の唇はとても心地よかった。時間をかけてまともなキスをするコツを知っている男はほかにいない。リーは両手をおろして彼のシャツのボタンをはずした。肌が汗ばんでいる。胸板がしょっぱかった。

そのとき、どこかのばかがドアを拳でドンドンと叩きはじめた。

リーはびっくりして手を胸に当てた。「いま何時？」

「まだ八時半だよ、おばあちゃん」ウォルターがリーの下からするりと立ちあがった。シャツのボタンをかけながら、ドアへ歩いていった。リーは、覗き穴から外を覗く彼を見ていた。彼が一瞬振り向いた。

「だれ？」

ウォルターはさっとドアをあけた。

キャリーが通路に立っていた。いつものように、〈グッドウィル〉の子ども服コーナーのラックにかかっているパステルカラーとアニメ柄の服を着ている。婦人服の小さなサイズも大きすぎるからだ。この暑さなのに、くまのプーさんとピグレットのTシャツは長袖だ。だぶだぶのジーンズは両膝が破れている。中身の詰まった枕カバーを脇に抱えている。上体がかしいでいるのは、もう片方の手で取っ手をつかんでいる段ボールの猫用キャリーケースが傾かないようにバランスを取っているからだ。

ケースの側面にあいた空気穴から、かぼそい鳴き声が聞こえた。

キャリーが言った。「こんばんは」

「久しぶりだな」ウォルターが言ったが、この前キャリーと会ったとき、シャツにげろを吐かれながら彼女を更生施設へ連れていったことなどみじんもうかがわせない口調だった。

「キャリー」リーはソファから立ちあがった。不意をつかれた気がしていた。キャリーは実家から半径三キロより外には出ない。「なにしにシカゴへ来たの？」

「だれだってバカンスに行く権利はあるでしょ」キャリーは体をゆらゆらと揺らしながら、重たそうにキャリーケースを運びこんだ。それをソファのそばの床にそっと置いた。隣に枕カバーを置いた。室内を見まわした。「いい部屋だね」

訊きたいことはまだあった。「なぜここがわかったの？」

「あたしがフィルんちにいるときに、クリスマスカードを送ってくれたでしょ」

リーは小声で悪態をついた。ウォルターが送ったのだ。リーのアドレス帳を見たに違いない。「フィルの家にいたんだ？」

「ねえハーリー、修辞疑問文を連発する人生ってつまらなくない？」

「キャリー。なぜここに来たのか言いなさい」

「古きよき風の街がどんなに素敵なところか見てみたかった。残念ながら、バス停はおすすめしないね。ジャンキーだらけだった」

「キャリー、お願いだから――」

「あたし、薬やめたんだ」

リーは絶句した。その言葉を妹の口からどんなに聞きたかったことか。リーは思わずキャリーの顔をまじまじと見つめた。頬がふっくらとしている。子どものころから小柄だったが、肌の下にある骨の形はもうわからない。ほんとうに健康そうだった。

キャリーは言った。「もうすぐ八カ月目。すごくない？」

リーは、希望を抱いた自分がいやになった。「いつまでもつかしらね？」

「それは歴史に学ぶといいよ」キャリーは失望を予測しているリーに背を向けた。陶器屋に迷いこんだ雄牛よろしく、狭いアパートメントのなかをうろつきだした。「いい部屋だね。家賃いくら？　一カ月百万ドルくらいでしょ。百万ドルじゃない？」

ウォルターが答えた。「その半分くらいだな」

「すごいじゃん、ウォルター。それって格安だよ」キャリーは段ボール箱の上に屈みこんだ。「いまの聞いた、猫ちゃん？　この人、交渉上手だよね」

ウォルターはリーと目を合わせた。ほほえんだのは、キャリーの冗談はかならず高くつくことを知らないからだ。

「なんだか難しそうだね」ウォルターのノートパソコンを覗きこむキャリーは、餌をつつく小鳥のようだった。「これってなんなの、ウォルター？　基本的な譲渡がなんとかかんとか、なんとかかんとか。頭よくないとわかんないね」

「最後の論文なんだ。それで成績の半分が決まる」

「それはすごいプレッシャーだ」キャリーは体を起こした。「こんなの書けるって、その口からどんな言葉でも繰り出せるって証拠だよ」

ウォルターはまた笑った。「そのとおりだ」

リーは口を挟もうとした。「キャル――」

「ウォルター、これほんとうに素敵」キャリーは、ウォルターがコンクリートブロックと木材で作った本棚の前へ行った。「すごく男らしいけど、部屋の雰囲気と合ってる」

ウォルターはリーに眉をひょいとあげてみせた。リーがこの本棚を気に入っていないことに、キャリーは気づいているはずだ。

「このおみやげもいいよね」キャリーは、リーたちがペトスキーまでドライブ旅行に行ったときに露店で買ったスノードームを振った。首をかしげることができないので、スノードームを目の前に掲げてなかの吹雪《ふぶき》を眺めた。「これ、本物の雪かな、ウォルター?」

ウォルターはほほえんだ。「きっとそうだよ」

「まったくもう、あんたたちって――よくこんな素敵な生活ができるね。そんで次には、腐りやすいものは冷蔵庫に入れてるって言うんでしょ」

リーは、部屋をうろつきまわって本を取ったり、ウォルターとリーがたまの旅行で集めたささやかなみやげ物を品評したりする妹を見ていた。旅行にたまにしか行けないのは、更生施設で一日しかもたなかった人間に一万五千ドルを無駄遣いされたからだ。

「もしもし？」キャリーは空《から》の花瓶の口に呼びかけた。

リーは顎に力が入るのを感じた。自分とウォルターだけのこぢんまりした完璧な空間が不愉快なジャンキーの妹に台無しにされたと感じる自分は最低だ。

キャリーがあっというまに燃やしたのは、無駄になった一万五千ドルだけではない。この半年間、リーは月に一回の割合でアトランタへ飛んで妹を助けた。デトックスするためのモーテルの賃料を払った。ドアから逃げ出さないよう、文字どおり体を張った。腕のなかで注射針が折れ、感染症で死にかけている妹をERへ運びこんだ。何度も医師と面談した。HIV感染の恐れ。C型肝炎感染の恐れ。頭が痺れるような書類の山と格闘して保釈を請求し、刑務所内の売店の口座に金を入れ、テレホンカードにチャージした。ドアをノックする音を待っていた――つねに待ち構えていた。帽子を手に玄関口に立っている警官に遺体安置所へ同行を請われ、自身よりヘロインを愛したせいで、痩せ衰えた青白い死体となって解剖台に横たわった妹に対面するのを。

「さーて、それではぁ」キャリーは語尾を引きのばした。「あんたたちにはショックなことだろうけど、あたしはいまちょうど泊まれるところがなくて――」

「いまちょうど？」リーは爆発した。「いいかげんにしてよ、キャリー。この前会ったときは、車をぶつけたあんたを留置場から出してやったよね。まさか保釈中に逃げたの？

聴聞に出なかったの？　いまごろ逮捕状が――」

「まあまあ、お姉ちゃん」キャリーは言った。「そう興奮しないで」

リーは妹をひっぱたいてやりたかった。「フィルに言うことをわたしに言わないで」

キャリーは両手をあげて一歩あとずさり、また一歩あとずさった。

リーは腕組みをして、妹の首を絞めてやりたいのをこらえた。「いつシカゴに来たの？」

「昨週《イエスターウイーク》？　いや、先日《ラスタデイ》だっけ？」

「キャリー」

「ウォルター」キャリーは彼のほうを向いた。「失礼じゃなきゃいいんだけど、あんたって甲斐性《かいしょう》があるよ」

ウォルターの眉があがった。実際には、リーのほうが多く稼いでいる。

「お姉ちゃんを素敵な家に住まわせてるし。お姉ちゃんの薬指にはまってる指輪は、あなたがお姉ちゃんを貞淑な妻にするつもりだってしるしでしょ。いや、できるだけ貞淑な妻っていうかさ。とにかくあたしが言いたいのは、ほんとうによかったねってこと。おめでとう」

「キャリー」この十分で妹の名前を呼ぶたびに一ドルもらっていたら、更生施設の治療費くらいになっていただろう。「ちゃんと話そう」

キャリーはくるりと振り向いた。「なにを話したいの？」

「いいかげんにしなさい。ダチョウみたいに、砂に頭を突っこんで隠れてるつもりなんて通用しないよ」

キャリーは息を呑んだ。「ちょっと、凶暴な恐竜とあたしを一緒にしないでよ」

ウォルターが声をあげて笑った。

「ウォルター」自分の声がハーピーじみている自覚はあった。「この子の言うことを笑わないで。ぜんぜんおかしくない」

「そうだよ、ウォルター」キャリーは体ごとウォルターに向きなおった。

リーはいまだに妹のぎくしゃくした動きに慣れていなかった。思い浮かぶ妹の姿はいつも運動神経抜群の子で、首の骨を折って固定された女ではない。もちろん、リーが退屈で平凡な新しい人生をともに歩んでいきたいと心から望んでいる男の前に立っているジャンキーでもない。

「そんなことないだろ」ウォルターはリーにほほえんだ。「ちょっとはおもしろいよ」

「いまのは名誉毀損だよ、ウォルター、法律オタクならわかってなくちゃ」キャリーは両手を腰に当て、ドクター・ジェリーの下手な物真似をはじめた。「ダチョウはなんの理由もなくライオンを一蹴りで殺すんだ。ただし、ライオンも凶暴な生き物として知られている。なにが言いたいのか忘れたけれど、われわれのうちだれかひとりがわかっていればいい」

リーは両手で顔を覆った。キャリーは、〝薬をやめた〟と言ったが、いまもやめているわけではなかったのだ。どう見てもハイになっている。もうこれ以上は耐えられない。自分を殺すのは希望だ。戦略を練り、計画を立て、妹を恐ろしい死の螺旋から救い出す方法を考えて、眠れぬ夜を何度過ごしたことか。

それなのに、キャリーはいつもいつも薬に戻る。

リーはキャリーに言った。「わたしはもう――」

「待って」ウォルターがさえぎった。「キャリー、ちょっとリーとふたりで話してきてもいいかな?」

キャリーは大げさに両腕を広げた。「どうぞどうぞ」

リーはしかたなくのろのろと寝室へ行った。ウエストを抱いて、ウォルターが静かにドアを閉めるのを待った。

「これ以上は耐えられない。あの子、凧《たこ》みたいに舞いあがっちゃってる」

「すぐに落ち着くよ」ウォルターは言った。「ほんの何日かだ」

「いいえ」リーは自分がかぶりを振りはじめるのを感じた。キャリーと十五分一緒にいるだけで、もうぐったりしている。「何日かじゃなくて、わたしの人生ずっとこうだよ、ウォルター。あなたにはわからないだろうけど、わたしはなんとかして逃げようとしてきた。いろんなものを犠牲にした。恐ろしいことも――」

「リー」彼のものわかりのいい口調に、リーは部屋から逃げ出したくなった。「きみの妹だろ」

「あなたにはわからない」

「僕の父さんは――」

「知ってる」リーは言ったが、キャリーの依存症の話をしているのではなかった。自分の罪について、痛みのもとについて、**いまいくつだお人形さんまだ十三にもなってないだろうでも一人前の大人みたいだな**について話したいのだ。

自分はキャリーをバディ・ワレスキーの手中に落とした張本人だ。彼を殺した張本人だ。キャリーにたくさんの嘘をつかせ、いずれは命を奪うことになる薬から唯一の慰めを得るまでに妹を追い詰めたのは、ほかならぬ自分だ。

「ベイビー?」ウォルターが言った。「どうしたんだ?」

リーはかぶりを振った。泣いている自分が腹立たしかった。いつか魔法のように罪が消えるかもと希望を抱くのはもう疲れたし、うんざりだ。人生の最初の十八年間から逃げ、残りはウォルターの周囲に世界を築いて過ごしたい、それだけが望みなのに。

ウォルターはリーの両腕をさすった。「キャリーをモーテルへ連れていくよ」

「あの子はパーティーをやるよ。近所の人をみんな呼んで――」

「お金を渡そう」

「オーバードーズする。たぶんいまごろわたしのバッグからお金を盗んでる。ウォルター、いつまでもこんなことやってられない。わたしはもうだめ。あと何回、こんなことに――」

ウォルターはリーを抱きしめた。ついにリーは嗚咽《おえつ》を漏らした。決してウォルターにはわかってもらえない。彼の父親は飲んだくれだったが、ウォルターは酒瓶に触れたことすらない。彼の罪悪感はひとりの子どもの罪悪感だ。リーはいろいろな意味で、怯えて壊れた子どもふたり分の罪悪感を一日たりとも手放したことはない。

自分は決して母親になれない。ウォルターの子をこの腕に抱くことも、ふたりの子を傷つけないと自分を信じることもできない。妹をひどく傷つけてしまった自分には。

「リー」ウォルターは言った。「きみはどうしたい?」

「わたしは――」

出ていけとあの子に言いたい。わたしの電話番号は捨ててと言いたい。二度と会いたくないと言いたい。あの子にあなたがいなくなったら生きていけないと言いたい。バディもわたしに同じことをしようとしたと言いたい。あなたを守れなかったわたしが悪いと言いたい。力いっぱい抱きしめて、あの子が癒えるまでわたしが癒えることもないと伝えたい。

頭のなかで思うだけだとわかっていれば、言葉はすらすらと出てくる。

リーはウォルターに言った。「猫を見たらもう我慢できない」

ウォルターは面食らったようにリーの顔を見おろした。

「キャリーは猫を拾うのがほんとうに上手なの。わたしを夢中にさせて、猫をここに置いていくのよ。結局はわたしがこの先二十年、猫の面倒を見ることになる」ウォルターは、きみは正気かと言いたそうだが、それも当然だ。「わたしたち、旅行にも行けないよ。猫をひとりで留守番させるなんてとてもできないもの」

「そうだな。こんなに深刻な話だとは思ってもいなかった」

リーは笑った。笑うしかなかった。「一週間だけ。いい？」

「キャリーを一週間だけってことだね」ウォルターは手を差し出し、リーと握手をした。

「よし、一週間だ」

「ごめんね」

「スイートハート。きみにうちのソファで寝てもいいよと言ったときから、自分がどんな契約をしたのかわかってたよ」

リーの顔はほころんだ。やっとウォルターにもスイートハートの正しい言い方がわかったらしい。「あの子をひとりにしちゃだめ。財布のことはほんとなんだから」

ウォルターはドアをあけた。リーは彼の唇にキスをしてから、リビングルームに戻った。

驚くのがおかしいかもしれないが、やはりリーは大きなショックを受けた。

キャリーがいない。

リーは、さっきのキャリーと同じように室内を見まわした。バッグの口がひらき、財布から現金が抜かれているのがわかった。スノードームもなくなっている。花瓶も。ウォルターのノートパソコンも。

「ちくしょう!」ウォルターはコーヒーテーブルを蹴飛ばそうとして脚を振りあげたが、ぎりぎりで思いとどまった。両手が拳になった。「なんてことを――」

リーは、ドアのそばのテーブルにウォルターの空っぽの財布が置いてあるのを見た。

わたしのせいだ。全部わたしのせい。

「くそっ」ウォルターはなにかを踏みつけていた。手をおろしてUSBドライブを拾った。キャリーはパソコンを盗んでも論文のコピーだけは残していったようだ。

リーは唇を引き結んだ。「ごめんなさい、ウォルター」

「なんだ――」

「わたしのパソコンを――」

「違う、音がする。なんだろう?」

リーは静寂に耳を澄ました。ウォルターの注意を惹いた音が聞こえた。キャリーは、枕カバーは持っていったが、猫は置いていったのだ。かわいそうな猫は箱のなかで弱々しく鳴いていた。

「まったくもう」猫を捨てるなんて、目の見えない人からものを盗むのと同じくらいひどい。「あなたがなんとかして。わたしは見るのもいや」

「冗談だろ?」

リーはかぶりを振った。動物には変わらぬ愛情を注いだ母親がどんなに憎かったか、ウォルターには理解できないだろう。「見てしまったら、飼いたくなるから」

「わかったよ。ほんとうに妙なこだわりだな」ウォルターは箱のほうへ歩いていった。そして、箱の取っ手に挟みこまれた手紙を抜き取った。iの点をハートにした丸っこい文字は、リーの知っている妹の筆跡だ。

〝愛するハーリーとウォルターへ〟

リーは、今度妹に会ったらむちゃくちゃにぶん殴ってやると思った。

ウォルターは手紙をひらいて読みあげた。「どうか贈り物を受け取ってください。このすばらしい――」

猫がまたミャアと鳴き、リーは心がぐらつくのを感じた。ウォルターはなにをぐずぐずしているのだろう。必要なものを頭のなかでリストにしながら、箱の前にひざまずいた。子猫はトイレ、スコップ、子猫用フード、おもちゃ、でもキャットニップはいらない。子猫はキャットニップに反応しないから。

「スイートハート」ウォルターは手をのばしてリーの肩をぎゅっとつかんだ。

リーは箱の取っ手をひらきながら、そのあいだずっと胸のなかで妹をののしっていた。

ブランケットをどけた。両手がゆらりと口元へあがった。見たこともないほど美しい、一組の茶色の瞳がそこにはあった。

「マデリーンだって」ウォルターが言った。「マディと呼んでほしいそうだ」

リリーは箱のなかへ手をのばした。奇跡のように小さな生き物が両腕を広げたとたん、リリーは壊れた心にじんわりと温《ぬく》もりが入ってくるのを感じた。

キャリーはふたりに自分の子を贈ったのだった。

12

二〇二一年 春

リーは笑みを浮かべ、マディが学校でよくあるティーンエイジャー同士の喧嘩についてレポートするのを聞いていた。アンドルーなんか勝手にしろ。キャリーなんかどうでもいい。リーの法律家としてのキャリアもビデオテープも予備のテープも自分の自由も人生も――全部、どうでもいい。

いまは暗闇でじっと座り、かわいい娘の声に耳を傾けていられるだけでいい。

残念なのは、その声を電話越しに聞いていることだ。ゴシップとは、キッチンで夕食の準備をしている母親に、携帯電話でゲームをしている娘が語るものだ。あるいは、深刻な話なら、娘は母親の胸に頭をあずけ、母親は娘の髪をなでてやるものだ。

「ね、ママ、だからもちろんあたしはそんなの無理って言ったの、だってずるいじゃん。でしょ?」

リーは相槌《あいづち》を打った。「だね」

「そしたら、めっちゃ怒りだしてどっか行っちゃった。で、一時間後くらいに携帯を見たら、動画をリツイートしてたの。えっと、犬がテニスボールを追いかけてるやつ。だからあたしもなんか反応しなくちゃと思って、スパニエルだよね、スパニエルってかわいくていい子ばっかだよねってリプしたら、全部大文字で返してきたの。〝これはどう見てもテリアだし、犬のこと知らないなら黙ってろ〟って」

「そんな、ばかばかしい。テリアとスパニエルってぜんぜん似てないのに」

「でしょ！」マディは残りをまくしたてはじめたが、組織犯罪の証拠審問より込み入っていた。

キャリーもこんな話をしたかっただろう。心から楽しんだだろう。

リーは車の窓に頭をあずけた。アウディのなかでひとりきりなので、涙が流れるにまかせた。ウォルターの家から少し離れた路上に車をとめたなんて、まるでストーカーだ。娘の寝室の明かりを見たかった。運がよければ、窓辺にマディの影が見えるかもしれない。ウォルターはよろこんでリーをポーチに座らせてくれるだろうが、まだ彼の顔を見る勇気がなかった。体が家族の温もりを求めて、ほとんど自動運転で郊外までやってきたのだけれど。

セリア・コリアーのキャンピングカーがドライブウェイにとまっていることも、勇気をくじいた。黄褐色と茶色のラインがダサい車は『ブレイキング・バッド』のメタンフェタミン製造車を彷彿《ほうふつ》とさせた。さりげなくマディに訊いたところ、セリアはふらっと寄っただけと言っているようだが、セリアはなにごとも〝ふらっと〟したりしない。セリアが二度のワクチン接種を終えているのはわかっている。マディの祖母は、ウォルターが週末をマーシと過ごすあいだ孫の世話をするために来たのだと思うと、リーの心は沈んだ。

「ママ、聞いてる？」

「もちろん。そしたらその子、なんて言ったの？」

娘の甲高い声とは裏腹に、リーの血圧はさがっていった。コオロギのかすかな鳴き声が車の窓越しに聞こえた。空の低いところに、細い三日月がかかっている。娘とのはじめての夜が思い出された。ウォルターはベッドの周囲にクッションを並べた。ふたりでマディを守るようにハートの形を作ったものの、胸がいっぱいでしゃべることもできなかった。ウォルターは泣いていた。リーも泣いていた。猫のトイレとキャットフードのリストの項目は、おむつとミルクとベビー服と、ウォルターに即刻アトランタの仕事を引き受けてもらうこと、に変わった。

キャリーが段ボール箱の底に残していった書類のせいで、リーとウォルターはシカゴに残ることができなかった。キャリーはずっと、よいことに使えたはずの知力を悪いことに無駄遣いしてきたが、このときもそうだった。

キャリーはだれにも言わず、マディの出産の八カ月前からシカゴに来ていた。妊娠期間中を通して、リーの名前でサウス・サイドの産婦人科にかかっていた。出生証明書の父親の欄には、ウォルターの名前があった。妊婦健診や血圧測定や産前産後の入院や健診の費用は、イリノイ州の家庭保健サービス局の母子プログラムでまかなわれていた。

リーとウォルターに与えられた選択肢はふたつ。すべての医療記録を持ってアトランタへ引っ越し、マディがふたりの実子であるふりをして育てるか、それとも事実を通報し、公的医療保険制度を悪用したとしてキャリーを刑務所へ送るか。

通報したとしても、捜査官が信じるかどうかはまた別の話だ。ウォルターとリーも詐欺の共謀者として起訴される恐れがある。マディは福祉にあずけられることになるが、それはふたりとも避けたかった。

〝どうか贈り物を受け取ってください。このすばらしい女の子を〟とキャリーは書いていた。〝なにがあっても、あなたたちふたりならこの子を守って幸せにしてくれる。ひとつだけお願いがあるの。この子をマディと呼んでね。追伸　フェリセットは史上初の猫の宇宙飛行士です。調べてみて〟

なにごともなくアトランタに落ち着き、不安が消え、キャリーにまた生活をかき乱されたり、マディを奪い返されたりすることはなさそうだと確信できたころ、ふたりはキャリーを娘に会わせようとした。キャリーは決まって丁重に辞退した。親権も主張しなかった。リーとウォルターがマディの実の親ではないことを、おくびにも出さなかった。マディの存在は、キャリーにとってほかのすべてのものと同じになった——忘れるように仕向けた、遠く曖昧な物語に。

マディのほうは、リーに妹がいるのを知っているし、その妹が依存症に苦しんでいるのも知っているが、真実はまだ知らされていない。当初、リーとウォルターは詐欺罪の時効が成立するのを待ったが、そのときマディはまだ理解できる年齢ではなく、そのうち学校生活がつらくなり、十二歳になったときには両親が別居することになり、パパとママからあなたはほんとうの子どもではないとじっくり説明してもらえる状況ではなかった。

突然、今朝アンドルーの裏庭で彼が言ったことが思い出された。キャリーはバディにされることを楽しんでいた、彼の名前を甘い声で呼んだ、とアンドルーは言った。

そんなことはまったく関係ない。触れられれば気持ちいいのだから、キャリーも楽しんだかもしれない。でも、子どもに大人の選択はできない。子どもは恋愛を理解していない。体が性的な接触に反応しているだけだとわかるほど成熟していない。体も心も性交する準備が整っていないのだ。

十八歳のころのリーもわかっていなかったが、母親となったいまははっきりとわかる。マディが十二歳になると、リーは十二歳の女児の不可解さを最前列で目撃するはめになった。その年頃の女の子たちはほんとうにかわいらしく、注目を求める。ドライブウェイを側転で行ったり来たりするのを見せてくれる。いましがたくすくす笑っていたのが、次の瞬間にはなぜか泣きだすことがある。そして母親は娘に言いたくなる。この世で信用していいのはわたしだけよ、わたしほどあなたを愛している人はほかにいない、あなたは特別だ、絶対にそのことはだれにも話してはいけない、だってほかの人にはわからないから、と。

マディが十二歳のときに、リーが結婚生活をぶち壊して焼きつくしたのは偶然ではない。キャリーがワレスキー家でベビーシッターをはじめたのは十二歳のときだった。

妹がどんなに無力だったか、バディ・ワレスキーが妹からなにを盗んだか、どちらも知っていることはリーを癌《がん》のようにひどく苦しめた。娘の姿を見ただけで、トイレに駆けこんで泣きじゃくらずにはいられない時期があった。不安でマディを締めつけるあまり、ウォルターの前で自分を制御できなくなった。彼はしばらくリーの常軌を逸した行動に耐えていたが、ついにリーは愛想をつかされるものを見つけてしまった。浮気ではない。ウォルターを裏切ったことは一度もなかった。いろいろな意味で、リーのしたことは浮気よりひどかった。マディが寝たあとに、暴飲するようになったのだ。許してもらえると高をくくっていたのが、ある朝、二日酔いで目覚めると、そこはバスルームの床だった。バスタブの縁にウォルターが腰かけていた。彼は文字どおり両手をあげて降参し、もうおしまいだと告げた。

「あたし、どうすればいい？」マディが尋ねた。「リアルでってことだけど。ママ、教えて」

リーはまごついたが、この道はいつか来た道だ。「あなたは正しいことをしたと思うよ、ベイビー。その子もそのうち機嫌をなおすかもしれないし、なおさないかもしれない」

「かもね」マディは納得していないようだったが、急に話を変えた。「今週末のパーティーのこと、パパに相談してくれた？」

リーは意気地のないことに、ウォルターに電話をかけるのではなく、メッセージを送っていた。「お泊まりはだめだけど、みんなマスクをはずさないって約束するならね」

「約束する」マディは言ったが、地下室には覗き窓がないのだから、確かめるすべはない。

「キーリーがやっと電話してきたって言ってた」

リーの娘の話し方には、『ウォーリーをさがせ！』並みに主語を探すのが大変なのだが、たいてい手がかりは充分にある。「ヘイヤーさんが？」

「うん、いつかあなたもわかってくれるだろうけど好きな人ができちゃった、でもパパのことはいまでも愛してる、だってあなたのパパであることに変わりはないんだから、でもママは出ていかなくちゃ、みたいなことを言ってたんだって」

リーはかぶりを振って状況を解きほぐそうとした。「ヘイヤーさんに好きな人ができた？　浮気してるってこと？」

「そうだよ、ママ、だからそう言ってるじゃん」マディにとって苛立ってみせるのは安全地帯に引っこむことだ。「ずっとメッセージを送ってくるんだって、ハートとかキモいやつ。もう一度電話をかけてきて、これからどうなるのかとか、どうすればいいのかとか話し合うべきじゃん。メッセージじゃだめでしょ？」

マディのためにリーは言った。「ときにはメッセージのほうが楽だからね。わかるでしょう？」

「わかったよ、じゃあね。愛してる」

マディはいきなり電話を切った。リーは、もっとおもしろい相手が見つかったのだろうと思った。それでも、携帯電話のスクリーンが暗くなるまで見つめていた。リーの一部は、ママ友たちのあいだでルビー・ヘイヤーのご乱行についてどんなメッセージが飛び交っているかチェックしたがっているが、午後八時に郊外へ車を飛ばしてきたのはそんなことをするためではない。ウォルターに会い、全人生を爆破するために来たのだ。

明らかにアンドルーは、タミー・カールセンを相互確証破壊戦による付帯的損害としか思っていない。彼のほんとうの狙いは、リーに死ぬまで恐怖を味わわせることだ。リーに父親を殺された瞬間に彼の日常が消えてしまったように、〝ＰＴＡだの学芸会だの、完璧な母親ごっこ生活も、あの間抜けな旦那も〟いつ消えてもおかしくないと思い知らせたいのだ。

アンドルーの力を奪うには、主導権を奪うしかない。

リーはまたくじける前に、ウォルターにメッセージを送った――いま忙しい？

すぐに返信が届いた――ラブマシーンで。

リーはセリアのキャンピングカーを見た。ウォルターがヒルトン・ヘッド・RVパークの管理人と一緒にいるセリアにたまたま遭遇して以来、ふたりはあのキャンピングカーをラブマシーンと呼んでいる。

ウォルターの家の玄関ドアがひらいた。リーに手を振り、ラブマシーンのほうへ歩いていく。リーは袋小路になっている道路を見まわした。隣人のだれかに通報されても驚きではない。ウォルターの家の周囲には消防士が六人も住んでいる。ウォルターは彼らを一度ならず助けている。年金額や医療費の支払いを交渉し、ひとりを刑務所ではなく更生施設に入れた。みんなウォルターを兄のように思っている。

リーは座席に携帯電話を置いて車を降りた。ラブマシーンに乗りこむと、ウォルターがテーブルをたたんでいた。セリアは内装にさほど金をかけていないが、車内は片付いて機能的だった。パーティションに挟まれた長椅子がソファ代わりだ。その奥がギャレーとクローゼットとバスルームの並んだ通路で、後部に寝室がある。ウォルターはカーペット敷きの床に並んだランプをつけていた。やわらかな光が、彼の鋭利な顎を照らしている。無精《ぶしょうひげ》髭が見えた。パンデミック以降、彼は二日に一度しか髭を剃《そ》らなくなった。リーがあの無精髭を気に入っていたのをつくづく思い出したのは、最初のロックダウンがはじまった直後、気づいたら彼とベッドをともにしていたときだ。

「しまった」リーは剝き出しの顔を手で押さえた。「マスクを忘れちゃった」

「いいよ」ウォルターは一歩さがって少し距離をあけた。「キャリーが今日、マディのサッカーの練習を見に来た」

リーはいつものように入り混じった感情を抱いた――妹にゆうべから電話をかけていないのが後ろめたいのと、ついにキャリーが家族の一員になりたいと少しは思ってくれたのかもしれないという希望と。

「元気そうだったよ」ウォルターはパーティションにもたれた。「痩せすぎてはいるけど、笑ってたし冗談も言ってた。いつものキャリーだった。信じられないことに日焼けしてるみたいだったよ」

「あの子は……」

「いや、僕はマディに会っていけと誘ったけど、断られた。それから、そう、ハイだったけど、ひっくり返ったり騒ぎを起こしたりはしなかった」

リーはうなずいた。最悪のニュースはそれではない。「マーシは元気だった？」

「結婚したそうだ。以前のボーイフレンドとよりを戻した」

リーは数日ぶりに胸にのしかかっていた重みがほんの少し軽くなるのを感じた。「ここにこの車がとまってたから、てっきり――」

「十日間、自主隔離で家にこもるんだ。母さんに、マディを見ていてほしいと頼んだ」

リーの胸はまた重くなった。「濃厚接触？」

「いや、明日きみに電話するつもりだったんだけど、こっちに来てくれたから――」細かいことはどうでもいいと言うように、彼はかぶりを振った。「こうしたかったんだ」

ウォルターはいきなりふたりのあいだの距離を詰め、リーを抱き寄せた。

リーは抗わなかった。ウォルターの体に自分の体を溶け合わせた。嗚咽が漏れた。彼のそばにいて、なにごともなかったふりができればどんなによかったか。けれど、いまこの瞬間を記憶に残し、死ぬまで思い返すしかない。どうしていつも悪いものを抱えこんで、いいものを手放してしまうのだろう？

「スイートハート」ウォルターはリーのおとがいを持ちあげて目を合わせた。「なにがあったのか話してくれ」

リーはウォルターの唇に触れた。かろうじてつづいている夫婦の関係に、あとあとまで残る傷をつける瀬戸際にいると心の底で感じていた。ウォルターとセックスをするかもしれない。彼の腕のなかで眠るかもしれない。それでも、明日か明後日には真実を告げなければならず、傷はますます深くなる。

「あなたに――」声が詰まった。リーは深呼吸した。ウォルターを長椅子に座らせ、隣に腰をおろした。「あなたに話さなければならないことがあるの」

「深刻そうだな」彼はまったく深刻そうではない口調で言った。「話ってなんだ?」

リーはふたりの絡み合った指を見おろした。結婚指輪はどちらも傷だらけだが、はずしたことは一度もない。

いつまでも引きのばすことはできない。リーは体を引いた。「夫婦関係の外側で話さなければならないの」

ウォルターは笑った。「どうぞ」

「つまり、配偶者特権は関係ないってこと。ここだけの話よ」

ようやくウォルターもリーの真剣さに気づいた。「どうしたんだ?」

もはやこんなにそばにいられない。リーはシートの上で体をずらし、パーティションに背中をつけた。どうしても彼に体の一部をくっつけていたくて、ソファに脚を投げ出していたころのことを思い出した。これから話すことで、あのつながりは完全に断ち切られるかもしれない。

これ以上、遅らせてはいけない。リーは切り出した。「覚えてるかな、わたしは十一歳のときから、近所の家でベビーシッターをしてたって話」

ウォルターはかぶりを振った。覚えていないからではなく、十一歳の子どもに別の子どもの面倒を見させてもいいという考えが信じられないからだ。

「うん。もちろん覚えてるよ」

リーは必死に涙をこらえた。いま泣いたら、すべて話すことに耐えられなくなる。深く息を吸ってからつづけた。

「十三歳のときに、ほとんど毎日、五歳の男の子のベビーシッターをすることになったの。その子の母親が看護学校に通っていて、平日は毎日、夜中までその家で留守番した」

早口になり、言葉がつっかえそうだった。努めてペースを落とした。

「お母さんの名前はリンダ・ワレスキー。夫がいた。名前は――本名は知らないの。みんなバディと呼んでいた」

ウォルターは長椅子の背に腕をのせた。リーの話を真剣に聞いている。

「はじめての夜、バディはわたしを車で送って――」リーはまた中断した。この部分は、だれかに話すどころか思い返したこともなかった。「車を路肩に止めて、わたしの脚を広げさせて指を突っこんだ」

ウォルターのなかで怒りと悲しみがせめぎ合っているのがわかった。

「そして、マスターベーションをした。そのあと、家までわたしを送り届けた。結構な額のお金をくれた」

顔が熱くなった。サービス料をもらったようで、かえっていやだった。ウォルターの肩のむこうを眺めた。近所の家のドライブウェイに並んだライトがにじんで見えた。

「フィルには、バディに膝をさわられたとだけ話した。それ以外のことは話してない。トイレに行ったら出血していたことも。毎日、用を足すたびに、あいつの爪で切ったところがしみたことも」

脚のあいだの焼けつくような痛みを思い出した。リーはまた中断し、唾を呑みこんだ。

「フィルは笑い飛ばした。今度やられそうになったら手を払いのけてやれと言った。だから、そのとおりにしたの。あいつの手を払いのけたら、そのあとはなにもしなかった」

ウォルターはゆっくりと着実に呼吸しているが、リーは目の端で彼が拳を握りしめるのを見ていた。

「わたしはそのことを忘れていたの」リーはかぶりを振った。なぜ忘れたのか知っていても、ウォルターにどう説明すればいいのかわからなかった。「わたしが――わたしが忘れたのは、仕事が必要だったし、もし騒ぎ立てれば、なにか言えば、だれも雇ってくれなくなるとわかってたから。それか、わたしのせいにされて、なにか間違ったことをしたと言われるとか――そんな感じ、とにかく、口をつぐまなければならないと思った。だれも信じてくれないし。信じてくれたかもしれないけど、そういう問題じゃなかった」

リーは夫を見た。今回も、一度も口を挟まずに話を聞いている。懸命に理解しようとしている。

「変な話だと思うよね。そんなことがあったのに忘れるなんて。だけど、女の子だったら、とくに成長が早くて胸も腰もふくらんでいて、わけのわからないホルモンの影響を受けていて、四六時中、大人の男からいやらしいことをされていたら？　それこそ四六時中よ」

ウォルターはうなずいたが、拳は握ったままだった。

「口笛を吹かれたり、わざとじゃないふりをして胸をさわられたり、お尻に股間をこすりつけられたり。セクシーだと言われたり。年のわりには大人っぽいと言われたり。大人がそういうことをするんだから、気持ち悪いよね。吐き気がしてくる。やめろと言えば、笑われたりお堅いだの尻軽だの言われたり、冗談がわからないのかと言われたり」リーはもう一度、ゆっくり話すよう自分に言い聞かせた。「乗り越えるには、また息ができるようになるには、自分とは関係のないことだと思って、どうでもいいことにするしかない」

「でも、どうでもいいことじゃないだろ」ウォルターの声は泣きだしそうにしわがれていた。ふたりのすばらしい娘のことを考えているのだ。「もちろん、どうでもいいことじゃない」

リーは彼の頰に涙が伝い落ちるのを見て、これから話すことで完全に彼に見放されるのを覚悟した。「十六のとき、貯金して車を買ったの。ベビーシッターはやめた。そして、ワレスキー家の仕事をキャリーに譲ったの」

ウォルターはショックを隠す余裕もないようだった。

「バディは二年半にわたってあの子をレイプしていた。それだけではなくて、家のあちこちにカメラを隠して、レイプするところを撮影していたの。その映像を仲間に見せていた。

週末に集まって。ビールを飲みながら、バディがわたしの妹をレイプするのを見物したのよ」リーは両手をじっと見おろした。薬指の結婚指輪をまわした。「わたしはそのころ、そんなことが起きているなんて知らなかった。でもある晩、ワレスキー家にいるキャリーから電話がかかってきた。バディと喧嘩になったと言うの。隠しカメラを見つけてしまったから。バディは、奥さんに言いつけられて逮捕されるのを恐れた。それで、あの子に暴力を振るった。キャリーはめちゃくちゃに殴られた。絞め殺されそうにもなった。でも、どうにかキッチンナイフを取って自衛したの。そしてわたしに、バディを殺してしまったと言った」

ウォルターは黙っていたが、リーはこれ以上、隠れていられなかった。彼の目をまっすぐに見つめた。

「わたしが到着したとき、バディはまだ息があった。キャリーにナイフで大腿《だいたい》静脈を切られてた。いまにも死にそうだったけど、救急車を呼ぶことはできたはずなの。もしかしたら助かっていたかもしれない。だけど、わたしはあいつを助けようとはしなかった。キャリーがあいつにされていたことを話してくれたから。そのとき、車のなかの一件を思い出したの。まるでライトのスイッチをつけたみたいだった。その瞬間まで忘れてたの。でも次の瞬間には思い出した」リーは息を継ごうとしたが、肺は満たされなかった。「そして、わたしのせいだと気づいた。わたしは子どもを食い物にするやつに妹を差し出したのよ。

あの子があんな目にあったのも、そしてわたしがあそこに呼ばれたのも、なにもかもわたしのせいなの。だから、キャリーに別の部屋に行きなさいと言った。それからキッチンの抽斗《ひきだし》からラップを取り出した。それをバディの頭に六回巻きつけて窒息させた」

リーはウォルターの唇が分かれるのを見たが、彼はやはり黙っていた。

「わたしはあいつを殺した」きちんと伝わっていないかもしれないので、言いなおした。

「それから、キャリーに手伝わせて死体を切断した。納屋にあった手斧《ておの》で。そして、スチュアート・アヴェニューのショッピングセンターの工事現場にばらばらの破片を運んで、建物の基礎のなかに捨てた。次の日にはコンクリートが流しこまれた。そのあと、家を掃除した。バディの奥さんと息子は、彼が夜逃げしたと思いこんだ。わたしはバディから八万七千ドルを盗んだ。それをロースクールの学費に充《あ》てた」

ウォルターの口が動いたが、あいかわらず声は出なかった。

「ごめんなさい」告白はまだ終わりではない。とうとう真実を話すのであれば、残らず伝えなければならない。「キャリーは――」

ウォルターはちょっと待ってくれと言うように手をあげた。立ちあがり、キャンピングカーの奥へ歩いていった。そこで振り向き、キッチンのカウンターに片手をついた。反対の手を壁につけた。絶句してまたかぶりを振った。その表情が、リーにはひどくつらかった。彼はリーを見知らぬ他人のように見ている。

リーは気力を振り絞った。

「キャリーは、バディが先にわたしを試したのを知らないの。わたしに打ち明ける勇気がなかったから。それから、いまのうちに話しておくべきだと思うけど、わたしはバディを殺したことを後悔してはいない。キャリーは子どもだったのに、あいつはキャリーからなにもかも奪った。でも、それはわたしのせい。全部わたしのせい」

ウォルターは、いまの話を取り消してくれと懇願するかのように、のろのろと首を振った。

「ウォルター、わかって、いま話したのは全部ほんとうのことなの。キャリーに警告しなかったこと――わたしが後悔しているのはそれだけよ。バディは死んで当然だった。窒息死するまでたった二分しかかからなかったけど、もっと苦しむべきだった」

ウォルターはかぶりを振りながらシャツの袖で口元を拭った。

「あの日から毎日ずっと、息をしているあいだずっと、全身全霊で罪を抱えてる」リーは言った。「キャリーがオーバードーズしたり、ERに運ばれたりしたときにも、生きてるのか死んでるのかもわからなくて、困ってるんじゃないか、刑務所にいるんじゃないかと心配でたまらなくなるときにも、いつも思うの。**あのくそ野郎をもっと苦しめてやればよかったって**」

ウォルターはカウンターの端を握りしめた。呼吸が乱れていた。戸棚を壊して天井を引き剝がそうとしているかのような顔つきだった。

「ごめんね。もっと早く話すべきだったけど、あなたに重荷を背負わせたくないとか、驚かせたくないとか、自分に言い訳してた。でもほんとうは恥じていたからなの。わたしがキャリーにしたことは許されない」

彼はリーのほうを見ようとしなかった、うなだれ、肩を震わせている。リーは大声でなじられるのを覚悟したが、彼はただ静かに泣いていた。

「ごめんなさい」その泣き声を聞いていると胸が張り裂けそうで、リーは小声で謝った。ほんの一瞬でも彼を抱きしめ、痛みをやわらげてあげることが許されるのなら、そうしたかった。「わたしを嫌いになったよね。残念だけれど」

「リー」ウォルターは涙に濡れた顔をあげてリーを見た。「きみも子どもだったんだよ」リーは驚いて彼を見つめた。彼は怒っていないし、リーを嫌悪してもいない。ただ衝撃を受けている。

「まだ十三歳だったのに」ウォルターは言った。「そいつはきみに暴行したのに、だれも動かなかった。きみはキャリーを守るべきだったと言ったね。でも、きみだってだれにも守ってもらえなかったんじゃないか」

「だけど――」

「きみは子どもだったんだ！」ウォルターがカウンターを拳で強く叩いたせいで、戸棚のグラスがガチャンと揺れた。「なぜわからないんだ、リー？　きみは子どもだったんだ。そもそもきみがそんな環境に置かれるのが間違ってる。きみが生活費の心配をしたり、アルバイトなんかしたり、それがおかしいんだ。自分の部屋のベッドで、学校で好きな男の子のことでも考える、それが当たり前じゃないか」

「でも――」ウォルターにはわからない。彼はマディや彼女の友達のことを考えている。

レイク・ポイントは特殊だ。あの一帯では、みんな早く大人になる。「わたしはバディを殺したのよ、ウォルター。第一級殺人よ。あなたも知ってるでしょう」

「いまのマディとたった二歳しか違わなかったんじゃないか！　そいつはきみを暴行した。そして、妹も――」

「やめて」いま事実について言い合ってもしかたがない。「この話をしたのは、理由があるの」

「理由なんか必要か？」彼の憤りはおさまらないようだった。「なに言ってるんだ、リー。こんなに長いあいだ自分を責めて生きてきたのか？　きみも被害者だったのに」

「わたしは被害者じゃない！」

思わず叫んでしまい、リーは家のなかにいるマディに聞こえたのではないかとあわてた。立ちあがり、ドアのそばの小さな窓から外を覗いた。マディの部屋のベッドサイドのランプがまだついていた。大事な娘が子どものころのキャリーのように、ベッドで本に鼻を突っこんでいるのが目に浮かんだ。

「ベイビー」ウォルターが言った。「こっちを見てくれ。お願いだ」

リーはウエストを抱いて振り返った。彼の優しい声が耐えられなかった。こんなふうに、簡単に許されてはいけない。キャリーは自分が守ってやらなければならなかった。彼には絶対にわからないだろうけれど。

「日曜日の夜に面談したクライアントはレイプ犯なの。アンドルー・テナント。わたしがベビーシッターをしていた子よ。バディとリンダの息子」

ウォルターはまた言葉を失った。

「アンドルーは父親のビデオを全部持ってる。テープを見て、父親が殺されたことを知ったのは二〇一九年だけど、大学時代にはもうレイプのビデオは見ていた」リーは、アンドルーがビデオの内容について話したことを思い出さないようにした。「少なくとも二台のカメラで撮影していたの。バディがキャリーをレイプする映像が何時間分もある。バディが死んだ夜のことも、全部撮影されていた。キャリーがバディと揉み合いになって、彼の脚をナイフで斬りつけて、わたしが来てあいつを殺した、そういうのが全部」

ウォルターは口元をこわばらせて待った。

「アンドルーの被害者の女性は全員、脚のここを切られてる」リーは自分の太腿を押さえた。「大腿静脈が通ってる。キャリーがバディを切ったところよ」

ウォルターはその先を待った。

「アンドルーはレイプするだけじゃないの。薬を盛る。誘拐する。拷問する。父親がキャリーをずたずたにしたように、彼も被害者をずたずたにする」リーはさらにつけたした。「アンドルーは異常よ。この先も止まらない」

「そいつの――」ウォルターもリーと同じ疑問を抱いた。「そいつの目的はなんだ？」

「わたしを苦しめること。わたしを脅してる。明日から予備尋問がはじまるの。アンドルーは証言台に被害者を立たせて叩きのめせと言ってる。そのために、被害者の医療カルテを盗んだ。わたしにその情報を使えと言うわけ。それだけじゃないけどね。もうわたしにはあいつを止められない」

「待ってくれ」ウォルターの同情もついに干あがりはじめた。「そいつは猟奇的な異常者なんだろう。だったら――」

「なに？　公判を捨てろって？　あいつは安全装置を用意してると言ったのよ――ハードドライブなのかクラウドなのか、それとも銀行の貸金庫にテープを保管してるのか、まったくわからないけど。自分になにかあったら映像をすべて拡散する手はずになってるのよ」

「それがどうした？」ウォルターは言った。「拡散させればいいじゃないか」

今度はリーがぎょっとした。「テープになにが映ってるのか話したでしょう。わたしは刑務所に入れられる。キャリーの人生は終わる」

「キャリーの人生？」ウォルターは繰り返した。「きみはこの期に及んでキャリーを心配してるのか？」

「だって――」

「リー！」ウォルターはまた拳でカウンターを叩いた。「僕たちのティーンエイジャーの娘がすぐそこの家のなかにいるんだぞ。相手は猟奇的なレイプ犯だ。そいつがマディを狙うかもしれないとはいままで思わなかったのか？」

リーは言葉に詰まった。だって、マディは関係ないじゃないの。

「答えろ！」

「思わなかった」リーはかぶりを振りはじめた。ありえない。これは自分とアンドルーとキャリーの問題だ。「アンドルーは――」

「僕たちの十六歳の娘をレイプしたりしない？」

リーは口が動くのを感じたが、声が出なかった。

「ちくしょう！」ウォルターはどなった。「その仕分け癖をなんとかしろ！」

彼はこんなときにその話を蒸し返そうとするのか。「ウォルター、わたしは――」

「なんだ？　猟奇的でサディスティックで、きみの自由を脅《おびや》かしているレイプ犯が、きみの私生活をめちゃくちゃにしようとしているとは思わなかったのか――きみはそいつを止められるとでも思ってるのか？　なんでもかんでも分けて考えるせいで気づかなかったか？」ウォルターに殴られた戸棚の扉が、蝶番《ちょうつがい》からはずれた。「しっかりしろよ！　フィルみたいな母親になりたいのか？」

その言葉は深く致命的な傷をつけた。「そんなこと――」

「考えてなかった？　そのねじくれた頭では気がつかなかったのか？　キャリーがそんな目にあったから、きみは故意に、確たる意図を持って人を殺したんだろう。それなのに、またひとり十代の女の子をレイプ野郎につなげてしまうかもしれないとは思わなかったのか？」

リーの体から息が抜けた。

足が床についていないようだった。血液がヘリウムと入れ替わったかのように、両手がふわりと浮いた。数日前と同じ感覚だ。心が現実を受け入れられず、体を抜け出して切り抜けようとしている。はじめてこの感覚を知ったのは、バディの黄色いコルベットのなかにいたときだと、いま思い出した。窓のむこうにデガイル家があった。ラジオからホール&オーツが低く流れていた。リーはふわふわと天井のあたりに漂い、目は閉じていたが、バディの醜悪な手が自分の両脚をひらかせるのを見ていた。

なんてやわらかい肌なんだ桃みたいな産毛だな赤ちゃんみたいだ。

いま、リーは自分の震える手が小さな銀色のドアハンドルにのびるのを見ていた。もうひとりの自分は金属の階段をおり、ドライブウェイを歩いていく。やがて、自分の車に乗りこむ。エンジンをかけ、シフトレバーを操作し、ハンドルをまわして空っぽの道路に車を出すと、暗闇のなかたったひとりで夫と子どもから遠ざかっていく。

13

木曜日

夜明けのような感じがするころ、キャリーはバックヘッド地区の三本の道路が交差するジーザス・ジャンクションでＭＡＲＴＡのバスをおりた。このあたりには教会が三カ所あり、常連の数を競い合っている。カトリックの聖堂がいちばん荘厳だが、キャリーはバプテストの尖塔に弱い。アンディ・グリフィスのドラマに出てきそうだが、とはいえメイベリーは、自分たち以外はみんな地獄に落ちると思っているコンサバな超金持ちばかりの街ではない。バプテスト教会はおいしいクッキーを出すのだが、うまいコーヒーの淹《い》れ方を心得ている監督教会も捨てがたい。

聖フィリップ大聖堂は、コロナウイルス以前のキャリーなら楽にのぼれた小高い斜面のてっぺんにある。今日は少し歩道を歩いて建物の脇へまわり、傾斜のゆるい通路をのぼってミーティング会場へ向かった。それでも、マスクのせいで息があがった。マスクを耳からぶらさげて息継ぎをし、ドライブウェイのほうへ歩いた。

駐車場にはＢＭＷやメルセデスがぽつぽつととまっていた。閉じたドアの周辺には、すでにスーツ姿のスモーカーたちが集まっている。キャリーの経験した自助会とは違い、男性より女性が多い。飲酒運転で逮捕されるのは男性のほうが多いが、男性にくらべて女性は裁判所命令でＡＡに参加するだけですむ確率が高く、リーのような高報酬の弁護士が責任から逃げるのを助けてくれるバックヘッドでは、とくにその傾向が顕著だ。

入口から六メートルほど離れたところまで来ると、キャリーは自分に視線が注がれるのを感じたが、いつものようにジャンキーに向けられる警戒心たっぷりのまなざしではなかった。おそらく今日はジャンキーらしい格好をしていないからだろう。普段グッドウィルの子ども服コーナーで選ぶアニメ柄やパステルカラーは、今日は封印してきた。寝室のクローゼットを掘り返すと、襟ぐりのあいた黒いスパンデックスの長袖カットソーとスキニーデニムが見つかり、身につけるとすらりとした黒豹のような気分になったので、ピンクスの前でポーズをとってみせた。そして、フィルのベッドの下から出てきたかすり傷だらけのドクターマーチンを合わせた。それから、結膜炎をもらうリスクを冒して母親の化粧品を使い、ユーチューブで十歳児がスモーキーなアイメイクのやり方を説明する動画を見ながらそのとおりに化粧した。

ひとりピグマリオンごっこをしている最中は、非ジャンキーで通るかどうかだけを気にしていたが、いまこんなふうに人目に晒されると、女として見られているのがわかった。

男たちは値踏みしている。女たちは審査している。視線が腰や胸や顔で止まる。街角では、極端に瘦せた体は危険信号だ。ところがこのグループのなかでは、細さは美点であり、賞賛されうらやまれるものだ。

キャリーはマスクで顔を隠すことができるのをありがたく思った。ダークスーツの男が会釈をしてドアをあけてくれた。キャリーは注目されてぞっとしたが、我慢した。普通の社会の入場券としてこのコスプレをしてきたのに、その社会がどんなところかわかっていなかった。

ドアが背後で閉まった。キャリーは壁にもたれた、マスクを取る。ホールの奥から聞こえてくるにぎやかな電子音やくすくす笑いや鼻を鳴らす音の主は、一日の準備をしている幼稚園児たちだ。キャリーはもうしばらく待って気持ちを落ち着けた。ふたたびマスクを着けた。子どもたちのいるほうとは反対側へ向かい、〝神は友情なり〟と書かれた巨大な旗と対峙《たいじ》した。

今日これから自分が結ぼうとしている友情は、神も認めてくれそうにない。キャリーは、旗の下を歩いてミーティング会場へ向かい、司祭や司教や参事会員といった歴代の聖職者の写真の前を通り過ぎた。紙の案内が壁にテープで貼ってあり、矢印がひらいたドアを指していた。

〝AAミーティング　午前八時三〇分より〟

キャリーはこういうミーティングが嫌いではなかった。参加しているあいだは競争心が満たされるからだ。

おじさんにいたずらされた？　おじさんを殺すならあたしを呼んで。

お兄さんの友達に集団レイプされた？　そいつらを滅多斬りにしてやった？

離脱症状で震えが止まらない？　ケツの穴からジョッキ一杯くらい血が出てきたら教えて。

キャリーは会場の部屋に入った。いま現在、世界のあちこちでおこなわれているAAミーティングも、こことさほど変わらないだろう。大きな円形に並べた折りたたみ椅子は、パンデミック仕様で隣との距離をあけてある。テーブルには、小さな額縁に入れたニーバーの祈りと、〝どうやればうまくいくのか？〟だの〝誓い〟だの〝十二の伝統〟だのといったタイトルのパンフレットが並んでいる。コーヒーポットの前には十人ほどの行列ができていた。キャリーは黒いビジネススーツに緑色のサージカルマスクの男の後ろに並んだ。こんな場所ではなく、どこかよそで独創的なアイディアをブレインストーミングしたり、ビジョンボードにピンを刺したりしているほうが似合っている男だ。

「おお」彼は数歩さがってキャリーを先に並ばせようとした。礼儀正しい紳士がヘロインジャンキーに見えない淑女にしそうなことだ。

「大丈夫です、ありがとう」キャリーはそっぽを向き、迷える子羊を抱いているイエスのポスターをさも興味ありげにしげしげと眺めた。

地下にあるこの部屋は涼しいが、首筋を汗が伝った。ビジネスーツ男とのやり取りも、駐車場の視線同様に気持ちが悪かった。小柄でケアベアのTシャツだの虹の刺繍のジャケットだのを好んで着るせいで、キャリーはよくティーンエイジャーと間違えられるが、三十七歳の女に間違えられることはめったにない。いや、厳密に言えば――たぶん――三十七歳の女なのだが。室内をすばやく見まわしただけで、考えすぎではないのがわかった。好奇の目が見返してきた。新顔だからかもしれないが、以前この教会にはじめて来たときは、いきなり金をせびりに迫ってくるのではないかと思われたのか、みんなに避けられた。あのときは、ジャンキーらしい格好をしていた。ひょっとしたら、いまならみんないそいそと金をくれるのではないか。

コーヒーの列が動いた。キャリーはバッグに手を入れた。ポケットに入れてきた錠剤のボトルに触れた。ケタミンと交換した死刑執行人コレクションだ。できるだけ目立たないようにザナックスを二錠取り出し、壁のほうを向いてマスクの下にすべりこませた。錠剤は呑みこまずに舌下に挟んだ。そのほうが速く効くのだ。唾液で口をいっぱいにし、ザナックスと一緒に溶けろと念じた。

新しい身分はこうだ。アトランタへは仕事の面接に来た。セントレジスホテルに泊まっている。十一年間、禁酒をつづけている。最近ストレスがたまっているので、仲間の旅人たちに励ましてほしくてやってきた。

「くそっ」だれかがつぶやいた。

女の声だったが、キャリーは振り向かなかった。コーヒーのテーブルの上に鏡がかかっている。室内に円形に並んだ折りたたみ椅子のうちひとつに座っているシドニー・ウィンズロウが、すぐに見つかった。彼女は眉をひそめて携帯電話に屈みこんでいた。薄いメイク。さらりと肩にかかった髪。黒いタイトスカートにキャップスリーブの白いブラウスという昼間用の落ち着いた服装でも、シドニーだとわかった。たいていの女はそういう服装だと中流層向けのステーキハウスのフロア長に見えるものだが、シドニーはエレガントに着こなしていた。また「くそっ」とつぶやいて椅子から立ったときですら、エレガントだった。

室内の男がひとり残らず歩いていくシドニーを目で追った。シドニーは、自分の体をじろじろ見ている目を気にもとめていなかった。まっすぐにのびた背すじや、なめらかでどことなくエロティックな立ち居振る舞いは、ダンサーのそれだった。

ビジネススーツ男が賞賛の声を低く漏らした。キャリーに見られたのに気づき、マスクの上の眉をだってしかたないだろと言わんばかりにひょいとあげた。キャリーはお返しにそりゃそうだと眉をあげてみせた。ここにいるグループ全員の意見が一致するものをあげるとするなら、酒はうまいということともうひとつ、シドニー・ウィンズロウはすごくいい女だということだろう。

ところがシドニーには、マディの穏やかで完璧な生活を脅かしたくそったれレイプ野郎のパートナーがいるのだから、気の毒なことだ。なぜなら、キャリーはこれからシドニーをずたずたにして、アンドルーにはかつてシドニー・ウィンズロウだった女のぼろぼろの残骸以外、なにも残らないようにするつもりだから。

「そんなの無理だよ――」廊下からシドニーのハスキーな声が聞こえた。

キャリーは少しだけあとずさり、ホールのほうを見た。シドニーは壁に寄りかかって携帯電話を耳に当てていた。口論の相手はアンドルーに違いない。キャリーは今朝、裁判所の予定を確認した。アンドルーは陪審選任手続きを二時間後に控えている。昨日の午後スタジアムのトンネル通路でつけてやった引っかき傷と痣《あざ》だらけの顔で出廷すればいい。陪審員全員にはまず、この被告はヤバいやつだと頭に刻みつけてほしい。

そしてリーには、おかげで仕事が楽になったとせいぜい感謝してほしい。

それから、妹をバディの家の天井裏にあがらせた自分はばかだったと反省してもらいたいものだ。

ビジネススーツ男がようやくコーヒーポットにたどり着いた。キャリーは彼がコーヒーを注ぎ終えるのを待ち、ミーティングが長引くのはわかっているので、自分用に二個のカップに注いだ。クッキーはなかった。パンデミックの影響だろうが、ここにいる人たちの多くが酒のためになにをするのか考えれば、クッキーが命取りになる危険性は低い。いや、そんなことはないのかもしれない。統計では、参加者の九十五パーセントが一年以内にプログラムをやめるそうだけれど。

キャリーは、シドニーが椅子の下にバッグを置いていったことに気づいた。向かい側の席が空いているが、獲物を監視しやすい奥の席に座った。床にバッグと二杯目のコーヒーを置いた。脚を組む。スキニージーンズに包まれたふくらはぎを見おろすと、いまだに悪くない形だ。おもむろに視線をあげた。右手人差し指の爪が、昨日アンドルーの顔の皮膚を引っぺがしてやろうとしたせいで、ネイルベッドまで割れていた。いったんは絆創膏《ばんそうこう》で隠そうかと考えたが、見るたびにアンドルー・テナントへの憎悪をかきたてられるので、そのままにしておいた。あのひねくれたくそ野郎の口からマディの名前が出てきたのを思い出すだけで、火山から溶岩が噴き出るように憤怒《ふんぬ》が湧いた。

十七年前、妊娠に気づいたとき、ヘロインには決して勝てないことも、選択肢があることもわかっていた。クリニックの予約はすでに入れてあった。バス路線を調べ、手術後は南東部のまあまあきれいなモーテルで体を休めるつもりだった。

そんなとき、シカゴからクリスマスカードが届いた。

どう見てもウォルターがリーのサインをまねていたが、ガールフレンドを気にかけ、妹と完全に縁を切らないようにこんなことをする彼に、キャリーはつくづく感心した。

そのころには、ウォルターはリーの厄介なジャンキーの妹をかなり理解するようになっていた。キャリーはかつて断薬に挑んだとき、ウォルターに無理やりゲータレードを飲まされて、彼の膝にゲロを吐き、次には背中にも吐き、記憶が正しければ、たぶん彼の顔もパンチしたような気がする。

あのみじめな状況でもつねにわかっていたのは、この善良で優しい男は姉にふさわしい、そしていずれこの善良で優しい男は姉にプロポーズするだろうということだった。

キャリーは、リーがイエスと答えないわけがないと思っていた。姉は心底、愚かなまでに、ウォルターにめろめろだった。姉はつねにウォルターに触れていたくてたまらず、手を彼のそばで蝶のようにひらひらさせているし、彼のジョークにのけぞって大笑いし、彼の名を呼ぶ声ときたらいまにも歌いださんばかりだった。キャリーはそんな姉を見たことがなかったが、経験上、この先どうなるかは予測できた。ウォルターは家族をほしがるだろう。その願いは叶えられてしかるべきだ。キャリーでさえ、彼がすばらしい父親になると確信している。リーも同様にすばらしい母親になるだろう。なぜなら、姉妹を育てたのはフィルではないのだから。

だがキャリーは、リーが決して自身にそんな幸せを許さないだろうとも思っていた。リーはそれまでも自己破壊に走る癖があったが、そうでなくても彼女は自分に子どもを育てることなど無理だと思っている。妊娠するのも、妊娠を継続するのも、不安と恐怖に満ちた体験になるだろう。きちんと育ててもらえなかった自分に赤ん坊を育てられるわけがないと思いこむだろう。最悪の事態ばかり仮定した話をえんえんとつづけ、ウォルターもうんざりするか、彼にふさわしい家庭を与えてくれる相手をよそで見つけてしまうかもしれない。

だから、キャリーは地獄のような八カ月を必死に耐え抜いた。だから、いつも極端に寒いか暑いかどちらかで、騒々しくて汚いあの街に行った。だから、シェルターに身を寄せ、医師にあちこち体をいじられるのを我慢した。

人を殺させてしまったことも含め、キャリーはリーの人生をさんざんぶち壊してきた。せめてもの償いが――ほんとうにこれくらいしかできないのだが――シカゴへ移って、おなかの子を育てることだった。

「あと一分です」ピンク色のトラックスーツを着た初老の女性が手を叩いて注意を促した。鬼軍曹を思わせる物腰だ。AAの参加者に鬼軍曹的なものは求められないはずだが。彼女は再度、一度目より低い声でシドニーに呼びかけた。「あと一分よ」

キャリーは割れた爪を親指で押さえた。ここへ来た目的を痛みが思い出させてくれた。キャリーはマスクを着けた他人の輪を眺め渡した。だれかが咳をした。別のだれかが咳払いした。トラックスーツ女がドアを閉めはじめた。ホールでシドニーが目を丸くした。携帯電話に小声でなにか言い、閉まりかけたドアからすべりこんできた。

「おはようございます」トラックスーツ女は早口で前口上を述べ、最後に言った。「では最初に、ご希望の方は一緒にニーバーの祈りを唱えましょう」

キャリーは、体はトラックスーツ女のほうへ向けていたが、目は椅子に座るシドニーを見ていた。シドニーはまだ電話の話から気持ちを切り替えられないようだ。携帯電話をチェックして、バッグに突っこんだ。脚を組む。髪をかきあげる。腕組みをする。また髪をかきあげる。せかせかした動きは、彼女が苛立ちをつのらせ、いますぐホールに出て電話で最後まで話をしたがっているしるしだが、判事に三十日間に三十回のミーティングに参加しろと命じられ、出席用紙にサインをする役目のトラックスーツの独裁者は離席を許してくれそうにないので、一時間我慢するしかない。

トラックスーツ女がフリートークの開始を告げた。真っ先に口をひらいたのは数人の男性だった。だれもが自分の話に興味があると思いこんでいる男は多い。キャリーは、ビジネスディナーでの失敗談や、逮捕されて恥ずかしかった話や、怒ったボスと衝突した話を適当に聞き流した。ウェストサイド・AAミーティングのほうがよほど深い話を聞ける。バーテンダーやストリッパーはボスが怒ろうが気にしない。いままでで最高におもしろかったのは、自身のゲロのなかで目を覚まし、そこに含まれたアルコール分を欲してまた食べたという若者の話だ。

彼らの話が一段落したとき、キャリーは手をあげた。「マキシンといいます。わたしはアルコホリックです」

　グループは一斉に返した。「よろしく、マキシン」

「ほんとはマックスと呼ばれてるんだけどね」

　くすくす笑い。「よろしく、マックス」

　キャリーは深呼吸し、話をはじめた。「十一年間、飲んでいません。いま十二年目です」

　ふたたびくすくす笑いがあがったが、注目すべきは、そのなかにシドニー・ウィンズロウの低くハスキーな声が混じっていたことだ。

「わたしは八年間、ダンサーの仕事をしていました」キャリーは本題に入った。何時間もかけてミーティングで話す内容を練りあげた。デジタルの足跡を残すことになってもかまわなかった。携帯電話でシドニーのSNSを深掘りし、急所を探した。彼女はミドルスクールのころにバレエをはじめた。非常に敬虔《けいけん》な家庭で育った。ハイスクールに入学してからは反抗した。家族のなかで孤立した。多くの友人を失った。大学で新しい友人ができた。陸上競技チーム。ヨガ。フローズンヨーグルトのピンクベリー。ビヨンセのファンダム。

「プロのダンサーとしてやっていける時間には限りがあるの。わたしは自分の時間が終わったときに絶望してしまった。わたしの悲しみはだれもわかってくれなかった。教会へ行くのもやめたわ。友人や家族とも疎遠になった。そして、酒瓶の底に慰めを見出すようになったの」キャリーはいかにも悲しげにかぶりを振った。「そのころ、フィリップに出会った。裕福でハンサムで、わたしのケアをしたいと言ってくれた。正直言って、わたしもひとりぼっちでいることに疲れてしまっていたの。変わりたいわたしを引っぱってくれる強い人を求めてた」

シドニーがビーグル犬だったら、自分とマックスが似通った人生を送ってきた偶然に、垂れた耳をピンと立てたことだろう。

「わたしたちは三年間、ともにすばらしい日々を過ごした――世界中を旅したり、素敵なレストランに行ったり、芸術や政治や世界について話したり」キャリーはとどめを刺しにかかった。「ある日、車をガレージに入れたら、フィリップが床にうつ伏せで倒れていたの」

シドニーはさっと胸を押さえた。

「わたしは彼に駆け寄ったけれど、もう冷たくなっていた。亡くなってから数時間がたっていたの」

シドニーはかぶりを振りはじめた。

「警察によれば、オーバードーズとのことだった。腰の痛みをやわらげるために鎮痛剤を飲みはじめたことは知ってたけれど、まさかあんな……」キャリーはじっくりと聴衆のひとりひとりを見まわし、緊張感を高めた。「オキシコンチンだったの」

あちこちでうなずく顔があった。よくある話だ。

シドニーがつぶやいた。「オキシは最悪」

「保険金なんて、わたしたちの愛に対する冒瀆《ぼうとく》だった」キャリーは架空の悲しみに肩を落とした。「思い出すわ、弁護士のオフィスでお金や資産の話を聞いたけど、そんなのどうでもよかった。去年、〈パーデュー・ファーマ〉が和解案を提出したというニュースを読んだわ。オキシコンチンのオーバードーズで亡くなった人ひとりにつき一万四千八百十ドルを支払うそうよ」

案の定、怒りの声があがった。

「フィリップの命の値段よ」キャリーは涙を拭った。「一万四千八百十ドルって」

室内は静まりかえり、つづきを待った。キャリーは彼らに想像で補わせた。みんなアルコール依存症者だ。結末はわかっているはずだ。

キャリーはシドニーのほうを見なくても、彼女が引きこまれているのがわかった。シドニーは話のあいだずっとキャリーから目をそらさなかった。トラックスーツ女の先導で参加者たちが〝次回も参加しよう、努力すればうまくいく〟のスローガンを唱えはじめると、彼女はようやくわれに返ったようだった。そして、携帯電話を握りしめ、顔をしかめてドアへ向かった。

シドニーが会場に残ると思いこんでいたので、キャリーは拍子抜けした。バッグを取り、シドニーのあとをつけてホールに出た。幸い、シドニーは出口のある右側ではなく左側へ歩いていた。携帯電話を耳に当てている。声は不機嫌そうだった。ロマンティックなドラマがまだつづいているらしい。

そのままシドニーについていくと、日曜学校の部屋からおばさんくさい香水のにおいが漂ってきた。キャリーはつい、コロナウイルス感染初期のにおいも味もわからなかった時期がなつかしくなった。振り向いて背後を確かめた。はかの参加者たちはぞろぞろと駐車場へ出ていくところだった。これから出勤するのだろう。キャリーは右に曲がり、ドアを押した。

長いカウンターに三カ所の洗面台。一枚の巨大な鏡。三カ所の個室のうち、一カ所が使用中だ。

「だからそう言ったでしょう、ばかね」いちばん奥の個室からシドニーの声が聞こえた。

「あたしがあんたの母親のことを気にすると思ってんの?」

キャリーはそっとドアを閉めた。

「わかった。好きにすれば」シドニーは不満そうなうめき声を漏らした。さらに何度か「くそっ」という声が聞こえた。その後、彼女は個室に入ったついでに用を足すことにしたようだ。

キャリーはわざと水栓をひねって音をたてた。冷たい水流に手を突っこんだ。割れた爪の下がじんじんと痛んだ。指先を押すと、血が細い線となってにじんだ。口のなかがまた唾液でいっぱいになった。バディそっくりのアンドルーの声がスタジアムの薄暗いトンネル通路に響くのが聞こえた。

マデリーン・フェリセット・コリアー、十六歳。

トイレの水音がした。シドニーが個室から出てきた。マスクをしていない。SNSの写真よりずっと魅力的だった。彼女はキャリーに言った。「ごめん、彼氏にムカついてて。ていうか、夫ね。どっちでもいいけど。昨日の午後、強盗にあったの。数時間に結婚式を控えていたのに。あの人、警察に通報もしないし、なにがあったのかあたしにも教えてくれないの」

キャリーはうなずいた。アンドルーはなかなかうまい嘘を思いついたようだ。

「なにがあったんだか知らないけど」シドニーは水栓をひねった。「ほんとに、意味がわかんない」

「愛は残酷」キャリーは言った。「別れたガールフレンドの顔にそう彫りこんであげたわ」

シドニーは口に手を当てて大笑いした。マスクをしていないことを思い出したようだ。

「ごめん、マスク着けなくちゃ」

「いいよ」キャリーは言い、自分もマスクをはずした。「あたし、マスク大嫌いなの」

「わかる」シドニーはソープディスペンサーのレバーを押した。「あたし、ミーティングにうんざりしてるんだよね。意味ないでしょ？」

「あたしは、自分よりみじめな人の話を聞いてると気分がよくなるけど」キャリーは自分の手にも石鹸《せっけん》をつけた。水をぬるま湯にした。「このへんで朝食のおいしい店知ってる？セントレジスに泊まってるんだけど、ルームサービスに飽きちゃった」

「あ、あなたシカゴから来たんだっけ」シドニーは水を止め、両手の水滴を振り落とした。

「ダンサーだったんだって？」

「大昔の話よ」キャリーはペーパータオルを取った。「ルーティンはやってるけど、舞台がなつかしい」

「だろうね。あたしはハイスクールのころダンスをやってたの。大好きだった。死ぬまでやってたいってくらい好きだった」

「いまだってできるよ」キャリーは言った。「部屋を歩いてるあなたを見てわかった。いまでもダンサーらしいよ」

シドニーは得意げな顔になった。

キャリーはバッグのなかのなにかを探すふりをした。「どうしてやめたの？」

「才能なかったから」

キャリーは顔をあげ、嘘だと言うように眉をあげた。「才能がなくても舞台に立ってる子はいくらでもいるのに」

シドニーは肩をすくめたが、大いに気をよくしたようだった。「年を取りすぎてるよ」

「年を取りすぎることなんてないって言いたいところだけど、それは嘘だってわかってるよね」キャリーはバッグに手を入れたままにして、シドニーが出ていくのを待っているように見せかけた。「じゃあね、会えてよかった。彼とうまくいくといいね」シドニーの顔に落胆があらわになった。それから、その目がキャリーの思惑どおりの動きをした。キャリーのバッグを見おろしたのだ。「持ってる？」

よし。

キャリーは、ばれたかという顔をして処方薬のボトルを取り出した。自分は興奮剤などに用はないが、シドニーくらいの年齢だとアデロールに目がないのではと考えたのだ。

「勉強の友だよね」シドニーはラベルを見て頰をゆるめた。「もらっていい？　二日酔いがひどくて」

「どうぞ」キャリーは桃色の錠剤を四錠振り出し、シンクのカウンターに置いた。それから、ボトルの端で錠剤をつぶした。

「嘘」シドニーが言った。「ハイスクールを卒業してから吸引はしてないんだけど」

キャリーは顔をしかめた。「あ、まずかったら――」

「えっ、なに言ってんの」シドニーは二十ドル札を取り出し、カウンターの縁でしごいて折り目をのばした。キャリーを見てにやりと笑った。「まだ忘れてないよ」

キャリーはトイレの入口へ歩いていった。ドア上部の鍵に手をのばした。爪がはがれた部分から血が伝い落ちた。鍵をかけ、金属に血の指紋を残した。そして、カウンターへ戻って錠剤をつぶし、細かい桃色のパウダーにした。

アデロールには二種類ある。速放性のIRと、徐放性のXRだ。XRは、徐々に溶けるフィルムでコーティングされた顆粒がカプセルに入っている。オキシコンチン同様に、フィルムは粉砕できないこともないが、労力が必要だし、鼻が焼けつくように痛むのに、効き目はIRと変わらない。ついでに言えばIRのほうが安価だ。そしてキャリーは、お買い得品を逃すタイプではない。

なにはともあれ、鼻からパウダーを吸引すると、成分が即座に、そしてじかに、脳に到達する。アンフェタミンとデキストロアンフェタミンのカクテルが鼻の血管から入り、脳でパーティーがはじまる。胃や肝臓で分解されてゆっくり多幸感が広がるのとは違う。効き目は性急だが、強力すぎることもある。脳が異常に興奮して血圧を急上昇させ、場合によっては脳卒中や精神疾患のような反応を引き起こす。

十六歳の少女につきまとっているあいだに、若く美しい妻が病院のストレッチャーにくくりつけられていたら、アンドルーもさぞびっくりするだろう。

キャリーは手際よくボトルの蓋の端を使って、パウダーを縦に四分割した。シドニーが身を屈めるのを眺めた。ハイスクールを卒業して以来、吸引はしていないそうだが、格好よくやるコツは心得ているようだ。足首を交差させ、形のいい尻を後ろへ突き出した。筒にした二十ドル札の先端が鼻孔のなかに消えた。キャリーが鏡に映る自分を見るのを待ち、ウィンクをして一本目のパウダーを吸いこんだ。

「き、効っくぅ！」シドニーはつっかえながら言ったが、ちょっと大げさだ。ほんとうに効き目があらわれるまで十分はかかる。「ジーザス、最高！」

その宗教的な熱狂は聖書学校時代の名残か。

キャリーはシドニーに尋ねた。「どう？」

「いいに決まってるじゃん。ほら。あんたの番」シドニーは二十ドル札を差し出した。キャリーは受け取らなかった。シドニーの顔に手をのばし、鼻孔の周囲についている細かい粉を親指で拭った。その親指を、薔薇《ばら》の花びらのように完璧な唇へおろした。シドニーにはそれで充分だった。彼女の唇が分かれた。舌が覗いた。そして、キャリーの親指の側面をねっとりと舐《な》めた。

キャリーはほほえみ、手をおろした。シドニーの指から二十ドル札の筒を取った。身を屈める。目の端に、シドニーがボクサーのようにぴょんぴょん跳びながら両手を交互に突き出しているのが見えた。キャリーは左手を頬に添え、片方の鼻孔を押さえるふりをした。二十ドル札の先端を口に入れ、喉の奥を舌でふさぐと、二列目を吸いこんだ。

キャリーは咳《せ》きこんだ。少量の粉が喉に入ってしまったが、ほとんどは舌の裏にくっついた。もう一度咳をし、湿った粉を手に吐き出した。

「じゃあ次！」シドニーは二十ドル札をつかみ、また屈みこんだ。

それからまたキャリーの番が来た。同じパントマイムを繰り返した――頬に手を添え、吸いこみ、吐き出す。今度はさっきより多めの粉が喉に入ったが、それも必要経費だ。

「スシ！」シドニーは目をやたらとぱちぱちさせた。「スシスシスシ。ランチに行こうよ、ね？　ランチには早すぎる？」

キャリーは大げさな身振りで腕時計を見た。これもフィルの抽斗の奥から見つけたものだ。電池はなくなっているが、おそらくいま十時頃だ。「ブランチにちょうどいいよ」

「ミモザ飲みたい！」シドニーが叫んだ。「いい店知ってるの。あたしがおごる。運転もする。いいでしょ？　すっごく飲みたい気分なの、ね？」

「いいね」キャリーは答えた。「トイレしたいから、外で待ってて」

「わかった！　外で待ってる。車で。いい？　いいね」シドニーはしばらく両手で鍵をまさぐり、ようやくあけることができた。ドアが閉まり、低くハスキーな笑い声が聞こえなくなった。

キャリーは水を出した。手についた薬のペーストを洗い流した。濡らしたペーパータオルでカウンターに残ったアデロールを拭き取った。そのあいだずっと、バッグに残っているほかの処方薬を頭のなかで棚卸しした。

鏡のなかの自分と目が合った。じっと見つめ返した。これからすることに罪の意識を感じたかった。その気持ちは訪れなかった。頭に浮かんだのは、トンネルに隠れている怪物に気づかず、フィールドを駆けまわっているリーとウォルターのすばらしい娘だった。アンドルーはマディを脅かした代償を払わなければならない。シドニーの命で。

14

リーはディカーブ郡裁判所の外でセキュリティチェックの列に並んでいた。全体が白い大理石で、正面は黒っぽい煉瓦の壁が歯のように並んだ陰気くさい建物だ。正しい立ち位置を示すステッカーが地面に貼ってあるが、すでに色あせていた。数カ所にマスク着用を求める貼り紙もある。ドアにテープで貼った大きなポスターが、ジョージア州最高裁判所長官からの全州緊急命令により部外者は立ち入り禁止と告げている。

裁判所はつい最近、閉鎖が解除されたばかりだった。パンデミックのあいだ、リーが担当した事件はすべてＺｏｏｍで審理がおこなわれたが、裁判所職員全員のワクチン接種が完了したので、ふたたびリアルで開廷できるようになった。だがもちろん、陪審も法律家も被告人もあいかわらずウイルスのロシアンルーレットをつづけている。

リーは次のステッカーのところまでファイルボックスを足で押しやった。行列のチェックに出てきて、並んでいない人に注意をしている係員に会釈した。この裁判所には十の部門がある。判事は二名を除いて非白人女性だ。二名の男性判事のうち、ひとりは検察出身で、公正さで知られている。もうひとりはリチャード・ターナーといい、古きよきボーイズクラブ・ロースクールの誇り高き卒業生で、自分と似たタイプの被告人には甘いという評判だ。

つねに転んでもただでは起きないアンドルーは、ターナー判事を引き当てた。

リーにとっては、まったくうれしくないニュースだった。モラルも法も破ることになるが、精一杯アンドルー・テナントを弁護するしかないとあきらめていた。どうしてもあのビデオを拡散させるわけにはいかない。キャリーの脆《もろ》い人生を粉々にするわけにはいかない。マディに及ぼす影響やゆうべウォルターと口論になったこと、心に深く致命的な傷をつけられたことについて、いまはくよくよ思い悩んでいる場合ではない。

フィルみたいな母親になりたいのか？

行列が動き、リーは次のステッカーまでファイルボックスを少しずつ押した。両手を見おろした。震えていない。胃もむかついていない。目も潤んでいない。

ウォルターは以前から、リーが相手によって人格を変えるのが不満そうだった。リーはなにごとも仕分けして考え、ひとつの仕切りに入っているものを隣の仕切りのものとまぜこぜにはしない。ウォルターはそれを欠点と捉えているが、リーに言わせればサバイバル術だ。今日から数日間を耐え抜くには、感情を完全に仕分けしなければならない。

変化はゆうべからはじまった。リーはキッチンのシンクにウォッカのボトルの中身を全部捨てた。それからバリウムの残りをトイレに流した。そして、アンドルーの弁護の準備をした。書類を読みなおし、タミー・カールセンの聴取を見なおし、カルテを読みこみ、裁判に勝つための戦略を練った。勝てなければ、アンドルーの安全装置が作動して、すべてが無駄になってしまう。

太陽が昇るころには、魂が体から遊離したような気分は完全に消滅していた。ウォルターの怒りや激情や、彼に負わされた深く致命的な傷は、なぜかリーを冷たく硬い鋼《はがね》に変えた。

リーはファイルボックスを抱えて裁判所のなかに入った。iPadのスタンドの前に立ち、検温した。顔を囲む四角形が緑色になったので、奥へ進んだ。荷物検査所でバッグから携帯電話とノートパソコンを取り出してかごに入れた。ファイルボックスと一緒にベルトコンベアにのせた。金属探知機をくぐると、消毒薬の大きなボトルがあった。消毒薬を手に出し、とたんに後悔した。地元の蒸留酒製造所がパンデミックを乗りきるために消毒用アルコールを製造している。タンクに残ったホワイトラムのせいで、裁判所全体に春休みのパナマ・シティ・ビーチのようなにおいがこもっている。

「先生」だれかに呼ばれた。「あなたの番号が出ました」

係員がベルトコンベアからかごをおろしていた。ただでさえ苦難の一日なのに、無作為抽出の所持品検査の対象になってしまった。係員が知り合いなのがせめてもの救いだ。モーリス・グレイソンの兄は消防士なので、つまり彼はウォルターと親しい。

リーは即座にウォルターの妻モードに切り替え、マスクをしたままほほえんだ。「これって人種プロファイリングってばれてるんだからね」

モーリスは笑いながらリーのバッグから中身を取り出しはじめた。「ていうか、セクハラでしょう、先生。今日はイケてますね」

リーは褒め言葉を素直に受け取った。たしかに、今朝は特別入念に身支度をしてきた。淡いブルーのブラウス、チャコールグレーのジャケットとスカート、八センチヒールの黒いパンプス――コンサルタントによれば、これが陪審に気に入られる服装だ。

モーリスは透明な化粧品ポーチの中身を振ったが、タンポンには気づかないふりをした。

「旦那さんに言っといてください、あんなフレックスじゃお話にならないって」

ファンタジー・フットボールに関することに違いないと、リーは思った。ウォルターがゆうべまでひまさえあればやっていたゲームだが、いまやそれどころではないだろう。

「伝えておくわ」

ようやく検査が終わり、リーはベルトコンベアから荷物を取った。マスクをしていても笑みを浮かべたままロビーに入った。弁護士モードに切り替え、同僚に会釈し、本物の男は口だけ守ればコロナウイルスに感染しないとばかりにマスクを鼻の下にずりさげている連中に心のなかで毒づいた。

エレベーターを待つのは気が進まなかった。ファイルボックスを抱えて三階まで階段をのぼった。ドアの前で立ち止まり、もう一度、自分を鋼に鍛えなおそうとした。モーリスがウォルターの話をしたせいで、ついマディのことを考えてしまい、マディのことを考えると、心にぽっかりと大きな穴があきそうになる。

今朝、マディにメッセージを送った。いつものように、ご機嫌な朝の挨拶と、今日は一日裁判所に詰めているという内容だ。マディはおざなりに親指を立てた手とハートの絵文字を返してきた。いずれはマディに話をしなければならないが、彼女の声を聞いたとたんに泣きだしてしまいそうな気がしていた。そのせいで、リーもルビー・ヘイヤーのように怖《お》じ気《け》づいていた。

階段をのぼってくる声が聞こえた。リーは腰でドアを押しあけた。アソシエイトのジェイコブ・ガディが廊下の突き当たりから手を振った。ジェイコブは、めったに空いていない弁護人と被告人用の会議室を押さえることに成功していた。

「この部屋がよく取れたね」リーはファイルボックスを彼にあずけた。「月曜日までに分類して準備しておいて」

「了解」ジェイコブは言った。「クライアントはまだ来ていませんが、ダンテ・カーマイケルが捜してましたよ」

「なんの用か言ってた？」

「いいえ、でも——」ジェイコブは、わかりきってるだろうと言うように肩をすくめた。

「〝取引で勝て《ディーレム・ダウン》〟・ダンテですからね？」

「また来るでしょ」リーは無人の部屋に入った。椅子が四脚、テーブルが一台、窓はなく、天井の照明は点滅している。「まだ来てないのかしら——」

「リズですか？　陪審員候補の質問表を取りに行きました」

「クライアントが来たら、だれにも邪魔させないで」リーのプライベート用の携帯電話が鳴りだした。リーはバッグに手を入れた。

ジェイコブが言った。「アンドルーを捜してきます」

リーが返事をしようとしたときには、ジェイコブは外に出てドアを閉めていた。リーはマスクをはずした。携帯電話を見た。胃がむかつきそうだったが、落ち着けと念じた。四度目の呼び出し音で応答した。「どうしたの、ウォルター？　もうすぐ出廷しなくちゃいけないんだけど」

ウォルターはしばらく黙っていた。たぶん、冷ややかなクソ女版のリーに会ったことがなかったからだろう。「これからどうするんだ？」

リーは質問を勘違いしたふりをすることにした。「クライアントを無罪だと思ってくれる陪審を選ぶの」

「それから？」

「それから、彼が次にわたしになにをさせたいのか確かめる」

再度の沈黙。「それがきみの考えか？　このまま彼の言いなりになるのか？」

感情をあらわにしたら、次々と別の感情もあふれてきそうな気がして、それが怖くて笑い飛ばせなかった。「ほかにどうすればいいの、ウォルター？　彼には安全装置があると言ったでしょう。すばらしい代案があるなら、どうすればいいのか教えて」

返事はなく、ウォルターの呼吸の音だけが聞こえた。リーは、ゆうべキャンピングカーで会ったときの彼を思い出した。怒りの激発、深い致命傷。目を閉じ、激しく鼓動する心臓を静めようとした。小さな木のボートにひとりで立ち、岸辺で手を振っているウォルターとマディから遠ざかり、滝へ吸いこまれていく自分を想像した。

自分の人生はそんなふうに終わると、最初から決まっていたのだ。ほんとうならシカゴへは行かず、ウォルターに出会うことはなく、マディという贈り物を受け取ることもないはずだった。レイク・ポイントに閉じこめられて、ほかのみんなと一緒にどん底に叩きこまれるはずだった。

ウォルターが口をひらいた。「明日の夜六時に来てくれ。マディにおばあちゃんと旅行に行きなさいと話をしよう。キャンピングカーでＺｏｏｍの授業を受ければいい。あんな男がうろついてるのに、あの子をうちに置いておけない。あの子を危険に晒すわけにはいかない――絶対にだめだ」

リーよりウォルターのほうが動揺していた。彼のこの口調は四年前に一度だけ聞いたことがある。リーは前夜の酒がまだ残っていて、バスルームの床に寝転がっていた。ウォルターは、リーが三十日間で酒をやめなければマディから引き離すと告げた。あのときは今回と違って、愛情ゆえの最後通牒《つうちょう》だった。今回は憎しみゆえだ。

「わかった」リーは深呼吸し、今朝車のなかで練習してきた三つの文を言った。「今朝、申請したから。あとでリンクを送る。あなたが電子署名をしたら、受理されて三十日後に離婚が成立する」

ウォルターはまた口ごもったが、今度は長い沈黙にはならなかった。「親権は？」

リーは冷静な仮面が剝がれ落ちていくのを感じた。マディの話をすれば、久しぶりに床で酔いつぶれることになりそうだ。「最後まで言って、ウォルター。わたしたち、離婚に当たって争うことになるから。調停離婚か、あなたがわたしを訴えることになるでしょう。わたしは面会の権利を求めて、あなたは、そうね、わたしは娘にとって危険だと申し立てる？」

ウォルターは黙っていた。ある種の同意だ。

「わたしは故意に、確たる意図を持って人を殺した」ゆうべウォルターがなにを言ったか思い出させるために言った。「そして、わたしがまたひとり十代の女の子をレイプ野郎につなげてしまうんじゃないか、あなたはそう思ってるのよね」

ウォルターはなにか言おうとしたかもしれないが、リーは聞きたくなかった。電話を切り、テーブルにうつ伏せに置いた。ホリス・アカデミーの校章が鈍く光った。その輪郭を指でなぞった。指輪のはまっていない手を見て、はっとした。結婚指輪はキッチンのシンクのそばにあるソープディッシュに入れてきた。シカゴから戻ってきて以来、一度もはずしたことがなかったのに。

どうか贈り物を受け取ってください。このすばらしい女の子を。なにがあっても、あなたたちふたりならこの子を守って幸せにしてくれる。

リーは手の甲で涙を拭った。なにもかもしくじったと、キャリーにどう伝えればいいのだろう? キャリーをフィルの家に送り届けてから二十四時間以上が経過した。ワレスキー家を出てから連絡していない。キャリーはひどく震えていた。バディが死んだ夜と同様に、キャリーの歯はカチカチ鳴っていた。

妹と一緒に通りを歩く感覚を思い出したのは久しぶりだった。単独行動の大人は自分の体を動かすことだけを考えていればいいので、久々のあの感覚を言葉にするのは難しい。キャリーのことであれこれ心配すると――安全かどうか、心は安定しているか、体は健康か、自分の足につまずいて転ぶんじゃないか、転んでなにか壊すんじゃないか、などと心配すると、マディが幼かったころにそんな不安をいつも抱いていたのを思い出した。

娘に対する責任には、なぜかわけのわからないよろこびが伴う。キャリーに対する責任は、死ぬまでおろすことのできない重荷に感じる。

「リー?」リズがドアをノックして入ってきた。妙な表情をしている。理由は尋ねるまでもない。

アンドルー・テナントがリズの後ろに立っていた。マスクが片耳からぶらさがっている。顎の線に沿って、醜悪な深い裂傷が刻みこまれていた。破れた耳たぶがバタフライクロージャーでとめてある。首には巨大なキスマークのようなものがついていた。彼が近づいてくると、それが歯形だとわかった。

リーの最初の反応は、顔を曇らせることでもどなることでもなかった。リーはあっけにとられ、声をあげて笑った。

アンドルーが顎をこわばらせた。振り向いてドアを閉めようとしたが、リズがすでに閉めていた。

彼はリズが出ていくのを待った。マスクをはずす。椅子を引いて腰をおろした。「僕はなにかおかしなことを言ったか?」

アンドルーがそばにいると、いつも反射的に理屈抜きの恐怖を感じるのだが、このときもそうだった。だが、肌はぞくぞくしなかった、うなじの毛も逆立たなかった。闘争逃走反応もなぜか生じなかった。これがウォルターにつけられた致命的な傷の影響なら結構なことだ。

リーはアンドルーに尋ねた。「どうしたの？」

彼の視線は、本を読むようにリーの顔の上を動いた。

アンドルーは椅子に背中をあずけた。テーブルに片手を置いた。「昨日の朝、きみが帰ったあと、ジョギングに出かけた。運動は保釈の条件だからね。そうしたら、強盗にあった。抵抗したんだ。このとおり、失敗したけど。財布を盗まれた」

昨日の朝会ったときには、彼はすでにシャワーを浴びていたはずだが、リーはあえて指摘しなかった。「いつも財布を持ってジョギングするの？」

彼の手がテーブルの上で平らになった。音はしなかったが、リーは彼の腕力を忘れてはいなかった。背骨の付け根あたりで、闘争逃走反応がじわじわとはじまった。

リーは尋ねた。「ほかにわたしに話しておくことは？」

「キャリーはどうしてる？」

「元気よ。今朝話したわ」

「ほんとうに？」アンドルーの声がねっとりした響きを帯びた。なにかが変わった。

どうしていつのまにか力の一部を彼に譲り渡してしまったのか、考えないようにした。

またあの理屈抜きの反応が起き、なにかが変わったと体で感じていた。

「ほかには？」

彼の五本の指が一度ずつテーブルを叩いた。「そう言えば、昨日の午後三時十二分に足首のモニターが停止したんだ。すぐに保護監察官に連絡した。モニターをリセットしに来るまで三時間以上かかったよ。そのせいで、結婚式の前のカクテルパーティーが中断された」

リーはそのときまでアンドルーの薬指の指輪に気づいていなかったが、彼のほうはリーの指輪がなくなっていることに気づいていたようだ。リーは腕組みをして尋ねた。「あなた、自分がどう見えるかわかってる？　これからレイプ事件の裁判の陪審を選ぶのに、抵抗した女性につけられたみたいな傷痕《きずあと》だらけで、おまけに三時間も足首のモニターが止まってたって事実まで記録されたのよ」

「そんなにまずいことか？」

リーは昨日も似たような話をしたのを思い出した。これもアンドルーの計画の一部だ。一歩進むごとに彼はリーの仕事を難しくする。「アンドルー、あなたはすでに四度、足首のモニターのアラームを作動させたと記録されてるの。四度とも、保護観察官があなたのもとに到着するまでに三時間から四時間かかってる。観察官が到着するまでどのくらい時間がかかるか、システムを試していたんじゃないかと検察に突っこまれるかもしれないとは思わなかった？」

「たしかに怪しいね。弁護人が無実を主張する気満々でいてくれるのは心強いな」

「無実と有罪ではないこととは、大きな違いがあるわ」

彼の口元がぴくりと動いて笑みが浮かんだ。「ニュアンスの違い?」

リーは背すじに悪寒が走るのを感じた。アンドルーは易々《やすやす》と主導権を取り戻してみせた。リーがウォルターになにもかも打ち明けたことを知らなくても、そもそもウォルターはアンドルーの武器ではない。ビデオさえあればことたりる。かならずしも安全装置としてではなく、彼は気まぐれに、いますぐにでも、リーとキャリーの人生を終わらせることができる。

リーはバッグをあけて化粧品のポーチを取り出した。「こっちへ来て」

アンドルーは席から動かなかった。どちらがボスなのか、リーにわからせようとしている。

リーはポーチのファスナーをあけた。下地とコンシーラーとファンデーションとパウダーを出した。彼はまた悪運の強さを発揮していた。怪我《けが》は顔の左半分に集中している。陪審席は右側だ。

「その顔、なんとかしてほしくないの?」

アンドルーは立ちあがったが、あいかわらず主導権を主張してわざとのろのろと移動した。

彼が前に座ったとたん、リーは胸のなかに恐怖がこみあげるのを感じた。彼は一瞬で悪意のスイッチを入れたり切ったりできる不気味な能力を持っている。彼がそばに来たせいで、リーの胸はむかつき、また両手が震えだした。

アンドルーはほほえんだ。狙いどおりに、リーが怖がっているからだ。リーは手の甲に下地を出した。ポーチからスポンジを取り出した。アンドルーが身を乗り出した。コロンのムスクと、昨日と同じブレスミントのにおいがした。リーはうまく動かない指でスポンジを持ち、首の歯形に下地をのせた。歯形の周囲の痣は真っ青だが、週末から月曜日にかけて黒くなるだろう。

「月曜の朝はプロに頼まないとね」

アンドルーは顎の裂傷をスポンジで叩かれて顔をしかめた。皮膚は赤く腫れていた。スポンジに鮮血が点々と染みこんだ。リーはわざと手荒にした。ブラシにコンシーラーを取り、毛先を傷口に突っこんだ。

彼は歯を食いしばって息を吐いたが、逃げなかった。「僕に痛い思いをさせて楽しいか、ハーリー？」

そのとおりであることにぎょっとし、リーは手をゆるめた。「むこうを向いて」

アンドルーはリーと目を合わせたまま、顔を右に向けた。「子どものころにこういうことを覚えたの？」

リーはファンデーション用の大きなブラシに持ち替えた。リーの肌はアンドルーの肌よりトーンが暗かった。パウダーを多めにはたく必要がある。

「きみとキャリーが目に黒い痣を作って、唇も切れた顔でうちに来ていたのを覚えてるよ」リーが爪で顎から血を掻き取ると、アンドルーはまた低くうめいた。「母さんがよく言ってた。〝あの子たち、あんな母親でかわいそうね。どうしてあげたらいいのかしら〟」

リーは口のなかに痛みを感じるほど歯を食いしばった。さっさと終わらせなければならない。パウダーと別のブラシを取った。傷口にパウダーをはたき、指で肌との境目をなじませた。

「あのころ、キャリーが警察か児童相談所に通報していたらどうなってたかな」アンドルーが言った。「何人が救われたか考えてみようか」

「ジェイコブが副弁護人につくから」仕事の話をしていなければ叫びだしてしまいそうだった。「うちのアソシエイト。この前ブラッドリーのオフィスで話したでしょう。ジェイコブは実務を担当するけど、予備尋問で男性が出ていったほうがよさそうな相手は彼に尋問させるわ。彼の前でよけいなことは言わないほうがいい。若いけどばかじゃないから。なにか変だと気づいたら――」

「ハーリー」アンドルーはため息まじりの低い声で名前をささやいた。「きみはほんとうにきれいだ」

彼の手がリーの脚に触れた。

リーはぎくりとして身を引いた。椅子の脚が床を引っかいた。たったいま起きたことを頭のなかで処理できず、立ちあがって壁際にあとずさった。

「ハー・リー」アンドルーも立ちあがった。また歯を剝き出して笑った。いまこの瞬間を心から楽しんでいるしるしだ。彼の足が床をこすって近づいてきた。「その香水はなに？すごくいい香りだ」

リーは震えだした。

アンドルーは身を屈めてリーのにおいを吸いこんだ。リーは、自分の髪が彼の顔に触れるのがわかった。耳たぶに熱い吐息がかかった。どこにも逃げられない。リーの肩胛骨《けんこうこつ》は壁に刺さっている。手に持っているのはただのメイクブラシだ。

アンドルーはリーの目を覗きこみ、じっと観察した。唇の隙間から舌が覗いた。リーは、きつく閉じた脚のあいだに彼の膝が割りこんでくるのを感じた。

大丈夫だお嬢ちゃんバディおじさんを怖がらないでくれ。

ドアのむこうで騒々しい笑い声があがった。その声が通路全体に響き渡った。ここは黄色いコルベットのなかではなかったのを、リーはやっとのことで思い出した。ここはディカーブ郡最高裁判所の狭苦しい会議室だ。ドアの外にアソシエイトがいる。アシスタントもそばにいる。保安官補も。検察官も。弁護士も。刑事も、巡査も。ソーシャルワーカーも。

今度こそ、みんな話を信じてくれる。

リーはアンドルーに尋ねた。「リンダはあなたが父親譲りのレイプ犯だと知ってるの?」

彼の表情がかすかに変わった。「ご主人はきみが殺人犯だと知ってる?」

リーはありったけの憎しみをこめて彼をにらんだ。「そこをどきな、大声で叫ぶよ」

「ハーリー」アンドルーはまた歯を見せて笑った。「まだわからないの? 僕は女の悲鳴が大好きなんだよ」

リーは壁伝いにアンドルーから逃れた。脚が震えているのがわかったが、ドアへ歩いた。ドアをあけた。ほとんど無人の通路に出た。エレベーターのそばに男がふたりいた。別のふたりが男性用トイレに入ろうとしていた。リズは壁際のベンチに座っていた。膝にｉＰａｄを置き、耳に携帯電話を当てている。リーはそちらへ歩きながら拳を握りしめた。体中を駆け巡っているアドレナリンを持て余していた。

リズが言った。「ジェイコブが法廷で質問用紙を読んでます。あと十分です」

「ありがとう」リーは通路の先を見て、不安を打ち消そうとした。「ほかになにかある?」

「ありません」リズはまた電子機器に注意を戻した。それから、立ちあがった。「じつを言えば、あります」

これ以上、悪いニュースには耐えられない。「どうしたの?」

「先生がうろたえてるところって見たことないなと思って。ええと、髪に火がついてるのに、手隙のときに水を一杯持ってきてって言ってるみたい」リズは会議室のドアをちらりと見やった。「わたしも一緒にいましょうか？　それともジェイコブを呼びます？　わたしもあの人、気味が悪くて」

リーには感情を隠す余裕もなかった。両脚には、割りこんできたアンドルーの膝頭の感覚がまだ残っていた。会議室には戻りたくないが、アンドルーとふたりきりになるより恐ろしいのは、彼に観客を与えてしまうことだ。

そのとき、エレベーターからダンテ・カーマイケルが降りてきたので、リーはリズに返事をせずにすんだ。彼は検察のチームを連れてきていた。彼の右側にいるのは、彼と検察席に座るミランダ・メッテス。左側にいるのは、タミー・カールセンの捜査を担当しているバーバラ・クレイグだ。ディカーブ郡警察の制服巡査二名がしんがりに控えている。

「くそっ」リーは小声で毒づいた。アンドルーが強盗に襲われたという話と足首モニターの件は無関係だと思いこんでいた。いまさら気づいたが、そのふたつは関連していたらしい。また女性が猟奇的な方法で襲われたのだ。そして、アンドルーが関係している。彼らはアンドルーを逮捕しに来たに違いない。

「ハーリー？」アンドルーがリーのプライベート用携帯電話を掲げていた。「ウォルターってだれ？　さっきから電話がかかってくるんだ」

リーは彼の手から電話をもぎ取った。彼に鋭く言った。「その口を閉じてなさい」

アンドルーは眉をひょいとあげた。おふざけのつもりらしい。「家族のことが心配だよね、ハーリー?」

「コリアー」ダンテが呼びかけた。「おたくのクライアントに話がある」

リーは携帯電話を強く握りすぎて、縁が指の骨に当たるのを感じた。だれもがじっとリーを見つめて待っている。いまのリーには、彼らの期待どおりに扱いにくい弁護士を演じてみせるのが精一杯だった。「冗談じゃないわ、ダンテ。お断りします」

「いくつか確認したいだけだよ」ダンテはさもわきまえたふうに言った。「いくつか質問するだけだ、かまわないだろう?」

「いいえ。お断り――」

「ハーリー」アンドルーがさえぎった。「よろこんで質問に答えるよ。隠すことはなにもない」

それまでバーバラ・クレイグはひとことも発さず、携帯電話でアンドルーの顔の傷を撮影していた。「かなりひどい傷や痣を隠そうとしてるみたいだけど、お兄さん」

「そうだよ、お姉さん」アンドルーの笑みはぞっとするほど冷たかった。少しもひるんでいない。「さっきも弁護人に話したんだけど、昨日、朝のジョギング中に強盗にあったんだ。現金を狙ったジャンキーじゃないかな。そうだよね、ハーリー?」

リーは唇を嚙んでわめきたいのを我慢した。ストレスでまっぷたつに引き裂かれそうだった。「アンドルー、わたしは――」

「通報したの？」クレイグが尋ねた。

「してない。最近は警察とあまりいい関係じゃないから、わざわざ助けを呼ぶのは無駄な気がしてね」

「昨日の夕方以降はどこでなにをしていたの？　足首のモニターが三時間も止まってたけど」

「すぐに保護観察官に連絡したよ」アンドルーの視線がリーを捉えたが、焦っている様子はない。リーがたじろぐのを見たいだけだ。「弁護人にも知らせたし、訊けばわかるよ。そうだよね？」

　リーは黙っていた。携帯電話を見おろした。裏面にマディの学校の校章がついている。アンドルーにも見られてしまった。

　家族のことが心配だよね、ハーリー？

　ウォルターの言うとおりだ。この怪物を仕切りのなかに閉じこめておけると思っていた自分はばかだった。

　クレイグがアンドルーに尋ねた。「昨日の午後五時から七時半まで、どこでなにをしていたのか教えてくれる？」

「アンドルー」リーは心のなかでしゃべるなと彼に警告しながら、ぴしゃりと言った。

「答えなくてもいいのよ」

アンドルーはアドバイスを無視し、クレイグに答えた。「ゆうべは自宅で結婚式を挙げたんだ。ケータリングサービスが五時半頃に来た。母は六時きっかりに来て、進行を監督してくれた。保護観察官のテレサ・シンガーが六時半頃に来て、足首のモニターをリセットしてくれた。招待客はそのころにはカクテルとオードブルを楽しんでた。式は八時頃にはじまって、僕とシドニーは結婚した。これで答えになってるかな?」

クレイグはダンテと視線を交わした。ふたりとも彼の答えに満足していない。証人が多すぎる。

アンドルーが言った。「携帯電話の写真を見せようか。メタデータが僕のアリバイの証明になる。場所と時刻がスタンプされてるからね」

リーは、レジーが知識さえあればメタデータを偽造できると話していたのを思い出した。いままではアンドルーに口をつぐめと念じていたのが一変し、彼にその知識がありますようにと願うようになった。

クレイグが言った。「写真を見せてくれるかしら」

「アンドルー」リーは制したが、それが自分に期待されている役割だからにすぎない。彼はすでにジャケットのポケットに手を入れていた。

「どうぞ」アンドルーはスクリーンを傾け、全員に見えるように写真をスクロールした。

並んだケータリング業者の前でポーズを取るアンドルー。シャンパングラスを掲げたリンダと並んだアンドルー。〝ミスター&ミセス・テナント、結婚おめでとう!〟と書かれた旗を吊《つる》すのを手伝っているアンドルー。

たしかにどの写真も説得力があるが、そこに写っていないものが真実を物語っていた。ケーキや室内装飾の写真が一枚もない。玄関にひとりで立っている招待客の写真もない。ウェディングドレス姿のシドニーも。どの写真もアンドルーのもので、あらゆる角度から撮っているので、顔や首の傷や痣がわかった。

クレイグが言った。「この携帯電話をお借りして、専門家に分析させてもいい?」

リーはあきらめた。アンドルーはどのみちやりたいようにやる。止めたところで聞かないのだから、口をひらくだけ無駄だ。

「パスワードは一が六つ」アンドルーは簡単すぎるのはわかっていると言わんばかりに、わざとらしく笑った。「ほかに質問は?」

クレイグは明らかに落胆していたが、ジャケットのポケットから証拠袋を取り出し、アンドルーの前に差し出し、携帯電話を入れさせた。

ダンテがリーに話しかけた。「ちょっとふたりだけで話してもいいか」

また胃がむかむかしてきた。彼はアンドルーにふたたび取引を持ちかけるつもりだ。アンドルーはつねにリーの三歩先を行っているから、取引には応じるなと指示するだろう。

リーはダンテの後ろから会議室に入った。腕組みをして壁にもたれ、ダンテがドアを閉めるのを待った。彼は両手でファイルを抱えていた。リーは、男から酸鼻《さんび》を極めた暴行事件の資料を見せられることに、もはやうんざりしていた。

ダンテは黙っていた。またリーが〝冗談じゃないわ〟からはじめるのを待っているのだろうが、リーはもう弾《たま》切れだ。プライベート用の携帯電話を見た。ウォルターから二度着信があった。たぶん離婚の書類に電子署名をしたのだろう。たぶん気が変わって、最後にもう一度リーをマディに会わせるのをやめたのだろう。たぶんいまごろ車を走らせているだろう。

リーはダンテに言った。「あと五分で出廷しないと。なにを持ってきたの?」

「重罪謀殺《ぼうさつ》」ダンテはファイルをテーブルに置いた。

つややかなカラー写真の端がファイルから覗いているのが見えた。ダンテがリーを驚かせようとしているのなら、いまさら遅すぎる。コール・ブラッドリーが四十八時間前にはこうなることを予言していたのだから――

覗き魔はレイプ犯に。レイプ犯は殺人鬼に。

「いつ?」リーに言わせれば、死亡時刻を推定するのは科学より特殊技術だ。「昨日の午後五時から七時半までのあいだに殺されたと、どうしてわかるの?」

「被害者は午後五時に家族に電話をかけている。遺体がレイクへイヴン・パークで発見されたのが午後七時半だ」

アンドルーの自宅近くのカントリークラブに湖があった。今回の遺体も、ほかの被害者のように置き去りにされたのだろう——アンドルーの自宅から徒歩十五分圏内の公園に。リーは唇を引き結び、アンドルーがどうやって犯行をやってのけたのか考えた。一見、アリバイは堅そうだ。写真のメタデータによれば、彼はその時刻に自宅にいた。シドニーも彼に話を合わせるに決まっている。リンダは不確定要素だ。あの母親が宣誓し、シャンパングラスの写真が表示された時刻のとおりに撮影されたと証言するだろうか。さらに、アンドルーの顔や首には傷や痣が残っている。

そのときひらめいた。

リーはダンテに言った。「皮膚に痣ができるまでには、二時間から三時間かかる。彼の携帯電話の写真は見たでしょう。彼の首の傷は、ケータリング業者が五時半に現れたときには紫色になりかけてた。顎の切り傷の出血は止まっていた」

「こっちの写真はどうだ?」ダンテはファイルをひらいた。犯罪現場の写真を次々とテーブルに並べていった。その芝居じみた手つきは余計だった。リーの心は疲れ果ててぴくりとも動かず、しかも彼が並べた写真ははじめて見るようなものでもなかった。

だれかわからなくなるほど殴られた女性の顔。

乳首を嚙みちぎられた傷の周囲に残った歯形。

左太腿、ちょうど大腿静脈のあたりを切り裂いた傷。

脚のあいだから突き出た金属のナイフの柄。

「やめて」明らかにアンドルーの手口ではある。リーけ、最近会った男たち全員に尋ねているることをダンテにも尋ねた。「わたしにどうしろと?」

「たぶん、被害者もきみのクライアントにレイプされ、殺されながら、そう言っただろうな」ダンテは最後の一枚を両手に挟んでいた。「あいつのしわざだとわかってるんだろう、コリアー。嘘つきに嘘をついても無駄だぞ。ここにはあんたとおれしかいない。アンドルー・テナントは真っ黒だ」

リーにはそこまで確信が持てなかった――少なくとも、今回は。アンドルーの首の歯形の色が気になっていた。個人事務所を構えていたころ、ドメスティックバイオレンスを何件も扱ったので、専門家並みの知識があると自負している。「被害者は午後五時に家族に電話をかけたんでしょう。アンドルーはその電話の直後に被害者を襲って、五時半には帰宅してケータリング業者を迎え入れた――あるいは、保護観察官が六時半に足首モニターをリセットしに来たときには自宅にいた――だったら、彼の首に黒い痣ができたのはいつなのか説明して」

「あの歯形のことだろうが、それがどうした?」ダンテは肩をすくめた。「専門家を呼んで証言させろ、こっちも専門家を呼んで反論するから」

「それ、見せて」リーはダンテにうなずき、最後の一枚をテーブルに置かせた。彼がその一枚を出し惜しみするのは、理由があるに違いない。

ダンテは芝居じみた手つきを省略し、写真をリーの前に置いた。

またしてもクローズアップ。被害者の後頭部が写っている。ストレートの黒髪がごっそりなくなっている。鋭利な刃物で根こそぎ削り取られたらしく、頭皮まで抉れていた。

リーはこの手の傷を一度だけ見たことがある。十歳のときだ。リー自身が公園でガラスの破片を握りしめ、キャリーをからかった子に襲いかかった。

わたしはその子を押さえつけて髪を根こそぎ刈り取った。頭から血が出るまで。

首筋に汗が伝い落ちる感触があった。四方の壁が迫ってきた。やはりアンドルーのしわざだ。彼は、リーが意地悪な子を懲らしめた話を興味深そうに聞いていた。それをねじくれたオマージュとして再現したのだ。

突然、リーの心臓が一瞬パニックにつかまれた。日は何枚もの写真の上を動きまわった。

被害者の腕も脚も棒のように細くはない。新しい注射痕も古い注射痕も、血管のなかで針が折れた跡も見当たらない。リーのすばらしい娘が鏡を見ては無駄に気にする、子ども特有の脂肪も見受けられない。

「被害者の」リーは言った。「被害者の名前は？」

「ただの被害者じゃないんだ、コリアー。母親であり、妻であり、日曜学校の教師だった。

十六歳の娘がいる。あんたと同じだ」

「そういうのは論告求刑に取っておきなさいよ」リーは言った。「名前を言って」

「ルビー・ヘイヤーだ」

15

「ヒャッハー！」シドニーはBMWのオープンカーに吹きつける風に向かって叫んだ。ラジオからは、白人愛国主義者の大会も負けそうなほどNワードを連発する曲が大音量で流れていた。シドニーは曲に合わせて歌い、ビートに合わせて拳を突きあげた。ピッチャー三杯のミモザでべろべろに酔っ払い、最後の一杯にキャリーがこっそり入れたMDMAですっかりハイになっているうえに、早く前方の道路に目を戻さなければ、たぶん車をコントロールできなくなる。

BMWは尻を振りながら一時停止の標識の前を走り過ぎた。シドニーは手のひらの付け根でクラクションを叩いた。足はアクセルを踏みこんだ。「どけどけどけぇ！」

「オラァ！」キャリーも叫び、調子を合わせて拳を突きあげた。不本意ながら、楽しかった。シドニーはおもしろい。若くて愚かで、いまのところ人生どん底まで落ちていないが、着実にどん底へ向かっている。

「死ねよ！」シドニーは赤信号を無視してまた別のドライバーにどなった。「くたばりやがれ、くそが！」

年配のドライバーに両手でさっさと行けと合図され、キャリーは声をあげて笑った。頭のなかはぐるぐるまわっていた。心臓はハチドリのようだ。目の前で色彩がはじける――ネオングリーンの木々、黄金色の太陽、あざやかに青い空、真っ白のトラック、真っ赤な車、漆黒のアスファルトから浮き出る蛍光イエローのライン。

パーティーの楽しさを久しく忘れていた。首を骨折する前に、コカインとＭＤＭＡとベンゼドリンとメタンフェタミンとアデロールをそれぞれ試してみたことがある。自分の問題を解決するには、世界をできるだけ高速で回転させればいいと思ったからだ。

その考えを変えたのがオキシコンチンだ。キャリーははじめてあの薬が脳を直撃したとき、ほんとうに必要だったのは、ぼーっとしたまま時間をやり過ごすことだと知った。猿のように足が拳に丸まった。一カ所にぶらさがっているあいだに、世界はキャリーを置き去りにした。オピオイドにはまったころの禅《ゼン》的な多幸感はぶっちぎりに最高だった。やがて数週間が過ぎ、数カ月が過ぎ、数年が過ぎるうちに、静止した世界はどんどん狭くなり、ヘロインを追い求めるだけの日々になった。

キャリーはバッグから錠剤のボトルを取り出し、アデロールをもう一錠取り出した。自分の舌にのせ、シドニーに見せた。

シドニーは身を乗り出し、キャリーの舌から錠剤を吸い取った。ふたりの唇が溶け合った。シドニーの唇は熱い。電撃のような感覚が走った。キャリーはその感覚を長引かせたかったが、シドニーはするりと逃れ、運転に注意を戻した。体が数年ぶりの感覚に目覚め、キャリーはぞくりと身震いした。

「オラオラァ！」シドニーは叫び、車のスピードを限界まであげて住宅地の道路を疾走した。急カーブでスリップし、ＢＭＷは急停止した。「くそっ」

シドニーがギアをリバースに入れ、キャリーはつんのめった。アスファルトがタイヤを焼いた。シドニーは数メートル車を後退させ、ふたたびギアをチェンジすると、白い豪邸につづくドライブウェイに入った。

アンドルーの屋敷だ。

レストランで、キャリーは泊まっていることになっているホテルでパーティーをしようと持ちかけたが、でも静かにしなければ追い出されるかもと告げたとたん、シドニーはキャリーが狙っていたとおりの提案をした――

静かになんて無理うちに行こうよ。

アンドルーがいかにもシリアルキラーっぽい豪邸に住んでいるのは、当たり前と言えば当たり前だろう。角砂糖の形の灌木《かんぼく》を除いて、どこもかしこも真っ白だ。この家は、アンドルーがスタジアムのトンネル通路で放っていた死のバイブを体現している。

まさに、アンドルーがバディ殺しのビデオテープを隠しそうな場所だ。

キャリーは割れた爪を押し、現実に自分を引き戻した。ここにはパーティーに来たのではない。シドニーは若く世間知らずだが、マディもそうだ。異常なレイプ魔と関わり合いになるのはどちらかひとりだけでいい。彼がふたり目に近づくのは許さない。

シドニーは屋敷の裏へ車をまわした。工業的なデザインのガレージのガラス扉の前で、BMWは急停止した。シドニーはバックミラーの下のボタンを押した。「遠慮しないで、彼は一日仕事だから」

シドニーはアンドルーのことを〝彼〟と呼ぶ。もしくは〝トロい彼氏〟とか〝ばかダンナ〟と呼ぶが、名前は絶対に口にしない。

車はゆっくりとガレージに入り、奥の壁に衝突しそうになった。

「よし！」シドニーは叫び、車を飛び降りた。「パーティーのはじまりぃ！」

キャリーは手をのばし、ボタンを押してエンジンを切った。シドニーはカップホルダーに携帯電話と財布と鍵を置いていった。キャリーはガレージのなかを見まわし、ビデオテープの隠し場所を探したが、この空間は真っ白な箱そのものだった。床ですら染みひとつない。

「ねえ、泳ぐ？」シドニーはブラウスの下に手を入れてブラジャーをはずそうとしていた。「水着貸してあげるよ」

キャリーはつかのま、長袖のシャツとジーンズに隠れた傷だらけの体を思い、気分が沈んだ。「プールサイドは暑いけど、泳ぐの見てる」

「いいよ」シドニーは袖口からブラジャーを引っぱり出した。ブラウスのボタンをはずし、V型にあいた胸元から谷間を覗かせた。「でも、たしかに暑いね。エアコンの効いた部屋でまったりしようか」

キャリーはシドニーが屋敷のなかに消えるのを見ていた。車から降りるとき、膝の関節がきしんだ。痛みを感じたかったが、全身を巡る化学物質のせいで神経が鈍っている。レストランでは羽目をはずしすぎないように注意していた。ところがそれが難しかったのは、ほんとうは、正直に言えば、羽目をはずしたくてたまらなくなったからだ。脳の受容体は長年アッパー系薬物とは縁がなかったせいで、毎秒ごとに新しい受容体がぱっちり目を覚まし、お代わりをねだっているようだ。

少し落ち着くために、ザナックスをもう一錠飲んだ。

アンドルーの屋敷が手招きしている。シドニーは床にブラジャーと靴を放置していた。キャリーは自分のドクターマーチンを見おろしたが、脱ぐには床にしゃがみこまなければならない。真っ白な長い廊下を歩いていった。美術館のなかのように、外よりかなり涼しかった。絨毯《じゅうたん》はない。真っ白な壁と天井。真っ白な備品。世にもエロティックな女性が芸術的なボンデージ衣装に身を包んでポーズを取っているモノクロ写真の数々。

キャリーは水槽のフィルターの水音に慣れていたので、屋敷の奥に入るまでその音に気づかなかった。大きな窓は裏庭を眺めるためのものだろうが、キャリーはそちらに目もくれなかった。一方の壁一面が、珊瑚礁《さんごしょう》の水槽になっていた。硬軟さまざまなサンゴ。イソギンチャク。ウニ。ヒトデ。ミノカサゴ。フレンチエンゼルフィッシュ。シチセンベラ。ミヤコテングハギ。

シドニーが隣へ来て、肩を触れ合わせた。「きれいでしょ?」

キャリーがいまこの瞬間なによりも望むのは、ソファに座って、一握りのオキシコンチンを食べ、カラフルな生き物がふわふわと泳ぎまわるのを眺めながら眠りにつく、いやカート・コベインに会いに行くことだ。「あなたの彼、歯医者さん?」

シドニーはハスキーな笑い声をあげた。「車のセールスマンよ」

「信じられない」キャリーは水槽から無理やり目を離し、広々としたリビングルームを見まわした。アップルストアとソビエト連邦のセンスが合体したような感じだ。白い革のソファ。白い革の椅子。スチールとガラスのコーヒーテーブルとサイドテーブル。鶴のように長い首を曲げている白い金属のフロアランプ。壁のテレビは真っ黒い長方形だ。ほかの機材は見えるところにはない。

キャリーは冗談めかして言った。「あたしも車を売ろうかな」

「マジでマックス、あんたが売るものならなんでも買っちゃう」

キャリーは偽名で呼ばれるのに慣れていなかった。一瞬遅れて反応した。「お金はいいよ、ただであげる」

シドニーはまた笑い、キッチンのほうへ顎をしゃくり、キャリーについてこいと合図した。

キャリーはゆっくりと歩きながら、テレビにつながっているはずの機器のハム音に耳を澄ました。本棚や収納ケースはなく、ビデオデッキを隠せそうな場所も見当たらなかった。ドアも目立たず、ごく細く黒い隙間があいているので、かろうじてドアだとわかる。ドアノブがないのに、どうやってあけるのだろう。

「お金を管理してるのは彼のお母さんなの」シドニーはキッチンのバーカウンターのシンクで手を洗った。ふたりともマスクはレストランに置いてきた。「すごくいやなババアでさ。なにもかも管理してる。この家だって彼の名義じゃないし。内装のお金は出してくれたんだけど。使っていい店も決められてるの」

キャリーは、超モダンなキッチンを見ただけで歯が疼《うず》くのを感じた。白い大理石のカウンタートップ、つややかな白いキャビネット。コンロまで白い。「もう更年期も終わったんでしょ」

シドニーはそのジョークがわからなかったようだが、無理もない。彼女は小さなリモコンを取った。ボタンを押すと、音楽が流れだした。意外にもNワードの連発ではなく、エド・シーランが愛に溺れることについて甘い声で歌いだした。

別のボタンを押すと、照明が薄暗くなり、室内がやわらかな光に満たされた。シドニーはキャリーにウィンクして尋ねた。「スコッチ、ビール、テキーラ、ラム、ウォッカ、アブサン、どれにする?」

「テキーラ」キャリーは座り心地の悪い、背もたれの低いバースツールに腰かけた。ロマンティックな雰囲気に気圧《けお》されたが、顔に出ないように努めた。「お姑《しゅうとめ》さんとそりが合わないって、よくある話でしょ」

「あたしはあの人が大嫌いなの」シドニーは吊《つ》り戸棚の扉をあけた。酒瓶が等間隔で、ラベルを正面にして並べてあるのが、いかにもシリアルキラー的だ。シドニーは美しい琥珀《こはく》色のボトルを取った。「結婚する一週間前に、十万ドルやるから別れろって言われた」

「すごい大金じゃない」

シドニーはこの家を見ろと言わんばかりに両腕を広げた。「なに言ってんの」

キャリーは笑った。制度の抜け穴を利用しているシドニーはたしかに賢いと認めざるを得ない。アンドルーの妻でいるかぎりテナント家の金を搾り取れるのに、目先の金を取るのはばかげている。しかも、アンドルーは近い将来、刑務所へ行く可能性がある。悪い賭けではない。

「彼って母親にはやたらとへつらうんだよね」シドニーは言った。「あたしといるときはいつも〝あのババアほんとうにむかつく早く死ねばいいのに〟って感じなのに。ババアが入ってきたとたん、間抜けなマザコン男に変わるの」

キャリーは刺すような悲しみを覚えた。アンドルーのベビーシッターをしていたころ、リンダが息子を無条件に愛しているのは絶対の真実だと信じきっていた。リンダはひたすら息子を守り、家族の生活をよくするために必死だった。

「賢いやり方だね」キャリーは言った。「お姑さんを怒らせたら、これ全部もらえなくなるわけでしょ」

「どっちみち、彼のものだし」シドニーは歯でボトルのビニールの封を破った。ドン・フリオ・アネホはがぶ飲みするテキーラではない。「ババアが死んだら、彼はいろいろやり方を変えたいんだって。ババアはインターネットなんか存在しないって感じで遅れてるんだよね。パンデミックが起きてヴァーチャルに転換しようと思いついたのは彼なの」

パンデミック以降、ヴァーチャルでビジネスをするという名案を思いついた人は山ほどいるのではないかと、キャリーは思った。「すごいね」

「だよね。マルガリータとストレートとどっちがいい？」

キャリーはにんまり笑った。「どっちも？」

シドニーは笑いながら身を屈めてミキサーを取り出した。また尻が突き出された。彼女は歩くソフトポルノ写真だ。「ねえ、あんたに会えてほんとによかった。今日は仕事のはずだったけど、もう休んじゃえ」

「なんの仕事をしてるの？」

「テナント自動車販売の支店で電話を取ってる。死ぬまで大学にいるのかって親がうるさいから、黙らせるためにね。アンディに出会ったのも店」シドニーははじめてアンディの名前を口にしたことに気づいたかもしれないが、とくに表情は変えなかった。「あたしたち、同じ支店で働いてるの」

「アンディ？　いかにもマザコンっぽい名前ね」

「でしょ？」シドニーはキャビネットの前面を押した。扉がぽんとひらいた。ショットグラスとマルガリータグラスをバーテンダーのように器用な手つきで取り出す。キャリーは彼女の動きを見ていた。ほんとうに並外れた美しさだ。アンドルーのどこがいいのだろうと思わずにいられない。金のためだけではないはずだ。

シドニーはグラスをカウンターに置いた。「仕事の面接に来たって言ってたけど、なんの仕事をするの？」

キャリーは肩をすくめた。「ほんとうはなにもする気がないの。夫は充分なお金を遺《のこ》してくれたけど、時間が余りすぎるのはよくないってわかってるんだよね」

「それはそうと」シドニーは二個のショットグラスになみなみとテキーラを注いだ。

キャリーは乾杯のしぐさをして一口ちびりと飲んだ。シドニーは仰向《あおむ》いて一気にあおった。頭の付け根で首の骨が固まっていたらできないことだ。キャリーはシドニーがおかわりを注ぐのを見ていた。シドニーが三杯目を注ごうとしたとき、キャリーはグラスを置いて二杯目を求めた。

「あ、しまった」シドニーはなにかを思い出したようだった。別のキャビネットをあけて、木製の丸い容器を取り出した。それをカウンターに置いて蓋を取った。それから、人差し指を舐めて容器に突っこみ、水晶のような岩塩の粒をつけた。ひょいと眉を動かし、指先についた塩を舐めた。

シドニーと視線が合い、キャリーは無理やり目をそらした。「ソルトセラーなんて久しぶりに見たな」

「へえ、これってそんな名前なんだ？」シドニーは作業に戻った。別のキャビネットを押すと、長い取っ手がぽんと出てきた。冷蔵庫の扉だった。「これ、リンダの金持ちババア仲間からもらった結婚祝いなの。ネットで調べたら、ケニヤの木を手彫りしたやつだって、よくわかんないけど。なんと三百ドルもするの」

キャリーはセラーを手のひらにのせた。塩は黒曜石の色で、かすかに炭のようなにおいがした。「これはなに？」

「さあ、ハワイ産の高級なやつみたい。同じ重さのコークより高いんだから」シドニーは両手で六個のライムを抱えて振り向いた。「あーっ、コークほしいな」

もちろんお安いご用だ。キャリーはバッグに手を入れ、ふたつの小袋をちらりと見せた。

「やった」シドニーは一袋ひったくった。それを明かりにかざした。高純度のしるしであるきらきら輝くフレークを検《あらた》めるしぐさは、コカイン常習者のそれだ。「すごい、これ死ぬわ」

キャリーは、ほんとうにそうかもしれないと思った。シドニーはすでにヌー一頭を倒せそうな量の薬を摂取している。たしなみでやる程度では、これほどの耐性はつかない。

それを証明するかのように、シドニーは抽斗をあけ、小さな鏡に剃刀《かみそり》の刃をのせ、金のありあまった家の子どもがジュースを飲むときか、金のあるろくでなしがコカインを吸引するときに使う長さ十センチほどの金色のストローを取り出した。

キャリーは探りを入れてみた。「注射じゃないの？」

シドニーははじめて真顔になった。「なに言ってんの、マジヤバいでしょ」

「忘れて」キャリーはビニール袋をあけて純白の粉を鏡の上に振り出した。「どれくらいつきあって結婚したの？」

「ええと……二年くらい？」シドニーはコカインを貪欲な目で見つめていた。やはりすでに人生のどん底へすべり落ちかけているようだ。「ダンナの友達にレジーってばかがいるの。オーナーみたいな顔してうちの店に来てた。しつこく誘われたけど、あんなのほんと無理」

それがどういう意味か、キャリーにはわかった。自分の美しさと若さを金のない男のために無駄遣いする気はないということだ。

「そうしたらある日、アンドルーが声をかけてきて、ちょっとしゃべったのね。そのときに、意外にいい人だなって思ったの。レジーの友達にしては奇跡じゃんって」

キャリーはこれ見よがしに白い粉を剃刀の刃で分けた。シドニーがレジーの愚痴をこぼすのを聞きながらも――いつもいやらしい目で見てくるとか、ほんとうはアンドルーの子分のくせにとか、そんな話を聞きながらも、シドニーと同様に剃刀の刃を貪欲な目で見つめつづけた。

たとえば、人が全財産を残らず使い果たすようなドラッグを作れと命じられた科学者がもしもいたら、その科学者はコカインを発明していただろう。コカインの効き目は十五分から二十分で終わり、そのあとは最初の一発の高揚感を求めてみじめな人生を送るはめになる。なぜなら、二度目以降は決して最初のすばらしい一発を超えることはないからだ。トレーラー一台分のコカインを分け合ったふたりは、なくなったらまた一台分買えばいいと意見が一致する、というジョークがあるくらいだ。

だから、キャリーはコカインに鎮静剤のフェンタニルを混ぜておいた。

キャリーは粉を四本のラインに分けながら、シドニーに尋ねた。「で、彼はどんなふうに誘ってきたの？」

「精神医学の教科書を読んでたら、彼が声をかけてきて、ちょっとしゃべったの。九十九パーセントの男は偉そうにマンスプレイニングしてくるんだよね、こっちはええと、六年間も勉強してるっつうの。だけど彼はほんとに詳しかった」それまでシドニーはキャリーの手をじっと見つめていたが、ここではじめてその場を離れた。またキャビネットの扉があいた。小さな大理石のまな板が出てきた。それから、シドニーは磁器のボウルにライムを入れた。「そのうちいい感じになってきて、彼はあたしが電話に出るのを邪魔してくるから、あたしは〝あなたのせいでクビになりそうなんだけど〟って言ったのね、そうしたら彼は〝つきあってくれないならクビにするよ〟って」

キャリーは、それこそ正しい職場のパワハラではないかと思ったが、こう答えた。「自分のほしいものをわかってる男っていいよね」

シドニーは別の抽斗をあけた。「そういう女もいいって思わない?」

答えようと口をひらいた瞬間、シドニーが抽斗から取り出したものが見えた。

指に挟んだ剃刀の刃がすべり、小さな鏡を引っかいた。

ひびの入った木の取っ手。二カ所がゆがんでいるギザギザの刃。そのステーキナイフは、リンダが雑貨店で買ったものによく似ていた。キャリーがアンドルーのホットドッグを切り分けてやったナイフに。バディの脚を切り裂いたナイフに。

「マックス?」シドニーが尋ねた。

キャリーは必死に声を出そうとした。自分の鼓動の音がうるさく、低く流れる音楽も、シドニーの深い声もくぐもって聞こえた。「それ——それって結婚祝いにしては安っぽいね」

シドニーはナイフに目をやった。「ああ、これを使うとアンディがすごく怒るんだよね、こんなの五十本だって買えるのに。ベビーシッターから盗んだとか言ってた。よく知らないけど。彼、これに関しては変なの」

キャリーは刃がライムを切り分けるのを見ていた。肺が震えているような気がした。

「ベビーシッターフェチなの？」

「ていうか、なんでもフェチだよ」

キャリーは親指に痛みを感じた。剃刀の刃に肌を薄く削り取られていた。手首まで血が伝った。たくらみがあってここに来たのに、ナイフをひと目見ただけでワレスキー家のキッチンへ引きずり戻されてしまった。

ベイビー、きゅ、救急車を呼んでくれ。救急車を——

キャリーはストローを取った。屈みこむ。四本のラインすべてを立てつづけに全部吸いこんだ。

体を起こすと、目が潤み、心臓が飛び跳ね、耳がじんじんと鳴り、骨が震えていた。

「待ってよ」シドニーが置き去りにされて黙っているわけがない。二袋目の粉を鏡の上にあけた。手早く四本のラインを切ると、気が急《せ》くあまり、尻の突き出しとウィンクはすっ飛ばして、全部のラインを吸いこんだ。「うわ！　ヤバ！　すご！」

キャリーは残った粉をまとめて舐めた。秘密のメッセージのように、フェンタニルの味がした。

「来た！」シドニーが叫び、キッチンを跳びはねてまわった。リビングルームに消えてまた叫んだ。「来た来たぁ！」

キャリーは眼球がぐるりと上を向きたがっているのを感じた。シドニーはカウンターにナイフを置いていった。キャリーの目には、ワレスキー家のキッチンでナイフの取っ手を漂白剤に浸し、へこんだ部分を爪楊枝《つまようじ》でほじくっている自分が見えた。指が喉に触れた。心臓がせりあがり、口から出てきそうだった。コカインが効き、そのあとをフェンタニルが追っている。自分はいったいなにを考えていたのだろう？　ビデオはここにある。シドニーはここにいる。アンドルーは裁判所にいるが、裁判所を出たらどうするだろう？　マディをどうするつもりなのだろう？

バッグからザナックスを取り出し、三錠呑みこんだところで、シドニーがキッチンに戻ってきた。

「マキシー、魚見ようよ」彼女はキャリーの手を取り、リビングルームへ引っぱっていった。

音楽のボリュームが大きくなった。照明が暗くなった。シドニーはリモコンをコーヒーテーブルに置き、キャリーをソファに座らせた。

キャリーはやわらかなクッションに深々と身を沈めた。ソファは奥行きがあり、足が床に届かなかった。キャリーは両脚を折り、クッションの山に腕をのせた。スピーカーから流れるマイケル・ブーブレにうっとりしてしまったのはまったくの謎だが、そのときミノカサゴが赤と黒の縞《しま》模様の棘《とげ》をひらめかせ、岩の後ろにさっと身を隠すのが見えた。有毒なヒレを持つこの魚は海洋で有数の危険生物だが、この武器はもっぱら防御のためのものだ。大きなトンネルのような口に入らない大きさの魚は襲わない。

「マックス？」シドニーが低くセクシーな声で尋ねた。キャリーの髪をいじり、爪で頭皮をそっと引っかいた。

キャリーはかすかにぞくりとするものを感じたが、水槽から目を離すことはできなかった。鼻面の短いツマリテングハギが、びっくりしたような顔のヒトデのそばをすばやく通り過ぎた。それからヒバマタ属の海藻がパーティーにくわわった。やがてアマモがほっそりした指でキャリーに手招きしはじめた。どのくらいそこに座ってカラフルなパレードを眺めていたかわからないが、色彩があせてきたので、どうやらザナックスが効きはじめたようだ。

「マックス？」シドニーが繰り返した。「あたしに注射してくれる？」

キャリーはのろのろと水槽から目を離した。シドニーが身を乗り出し、あいかわらずキャリーの髪を指で梳《す》いていた。瞳孔が大きくひらいている。唇はふっくらとしてみずみずしい。見るからに熟しておいしそうだ。

バッグに注射器が入っている。駆血帯も。ライターも。脱脂綿も。まさに計画どおりだ。シドニーをそそのかし、さらにまたそそのかし、最終的には彼女の腕に注射針を刺してドラゴンの味を教え、暗い絶望の深淵《しんえん》へと追わせるのが、キャリーのたくらみだった。ただし、先に自分が死んでは元も子もない。

「ねえ」シドニーは下唇を噛んだ。彼女の息に混じったテキーラの味がわかるほど、ふたりの顔は近づいていた。「あんた、めちゃくちゃかわいいって知ってた?」

キャリーは口より先に体が応答するのを感じた。シドニーの絹糸のような豊かな髪に指を通した。彼女の肌は信じられないほどやわらかかった。瞳の色は、あの手彫りのセラーに入っていた岩塩を思わせた。

シドニーはキャリーの唇にキスをした。キャリーは最初の二度、唇が触れ合った瞬間に身を引いたが、そこで屈服した。シドニーの口は完璧だった。舌はビロードだ。背すじがぞくぞくした。二十年ぶりに、体から痛みがすっかり消えた。カウチに仰向けになる。シドニーはキャリーに覆いかぶさり、首から胸にキスをし、ジーンズのボタンをはずして体のなかに指をすべりこませた。

キャリーはうめいた。目に涙がたまった。ほんとうに求めた相手を自分のなかに迎え入れたのは、ずいぶん昔のことだ。キャリーは腰を揺らした。シドニーの唇を、舌を吸った。快感が高まりはじめた。目がくらみ、ふくらんだ肺に空気が流れこんできた。目を閉じる。口をあけてシドニーの名前を呼ぼうとしたとき――

息をしろおれはもうすぐイキそうだ。

キャリーの目がさっとひらいた。心臓が肋骨を激しく打った。ゴリラの姿はなく、バディ・ワレスキーの鮮明な声だけが聞こえた。

バディ、お願い、ほんとうに痛いのもうやめてやめて……

自分の声、十四歳の自分の声。痛がっている。怯えている。

キャリーはシドニーを突き飛ばした。声はスピーカーから聞こえた。

うるさい静かにしろキャリーじっとしろと言ってるだろうが。

スピーカーから、大音量のバディの声が殺風景な白い部屋に響き渡った。キャリーはコーヒーテーブルのリモコンをつかんだ。やみくもにボタンを押して音を止めようとした。

このくそあま動くなっておれはもう――

静寂。

キャリーは振り向きたくなかったが、振り向いた。

テレビを見たくなかったが、見た。

染みだらけの毛足の長いカーペット。オレンジ色と茶色のカーテンのひだの下から差しこむ街灯の明かり。背もたれに汗染み、アームに煙草の焼け焦げのある黄褐色のクラブチェア。両端がへこんでいるオレンジ色のソファ。

音声はミュートになっていたが、キャリーの頭のなかではバディの声がしていた――

よし、ベイビー。あとはソファでやろう。

テレビのなかで起きていることは、キャリーの頭に残っている記憶を映したものではなかった。ビデオのふたりはねじ曲げられ、薄汚く残酷なものになっていた。

音のない映像のなかで、バディは十四歳のキャリーにねじこみ、ソファの枠が中央でたわむほどの激しさで巨体を押しつけた。いまのキャリーは、昔の自分が逃げようともがき、抵抗し、彼を押しのけようとするのを見ていた。バディはぼってりした片手でキャリーの両手をつかんだ。反対の手で、ズボンのベルトループからベルトを抜いた。彼がキャリーの両手をベルトで縛り、ひっくり返して後ろから犯すのを、いまのキャリーはおののきながら見ていた。

「違う……」キャリーはかすれた声を漏らした。こんなのじゃなかったはず。一度ならずうまくいったことがあった。一度ならずバディを口でいかせたことがあった。

シドニーが尋ねた。「いまも乱暴なのが好き?」

ガタンという音がした。キャリーはリモコンを落としていた。リモコンは床の上でばらばらになっていた。キャリーはのろのろと振り向いた。シドニーの顔からは美しさがすっかり消えていた。アンドルーのように残忍で酷薄に見えた。

キャリーは震える声で尋ねた。「テープはどこ？」

「まだあるよ」シドニーの声は冷ややかだった。「複数ある」

「何本？」

「何十本も」シドニーは口に指を入れ、大きな音をたててキャリーの味を吸った。「よかったらもっと見せてあげる」

キャリーはシドニーの顔を殴った。

シドニーは不意をつかれて後ろによろめいた。折れた鼻から血が垂れた。はじめて遊び場で殴られたばかかな女パンクスのように、目をぱちぱちさせた。

「どこにあるの？」キャリーは問いただしたが、すでに室内を歩きまわり、壁を叩いて隠れたキャビネットを捜していた。「どこにあるのか言えよ」

シドニーはソファに座りこんだ。白い革に血がしたたり、床に溜まった。

キャリーは指の傷口からにじんだ血が跡を残すのもかまわず、そこらじゅうの壁を叩いていった。ついに一枚の扉がカチャッと音をたててひらいた。シンクとトイレがあった。別の扉を押した。電子機器のラックから熱気が漂ってきた。コンポーネントに指を這わせたが、ビデオデッキはなかった。

シドニーが尋ねた。「そんなにすぐ見つかると思う？」

キャリーは振り向いた。シドニーは顔から首へ血をだらだらと流しながら、両手を脇に垂らして立っていた。白いブラウスが真っ赤に染まっていた。いきなり顔を殴られた衝撃から立ちなおったようだ。舌を覗かせ、唇の血を味わった。

「次はこんな簡単にやられないよ」

こんなクソ女の相手をしている場合ではない。『バットマン』のラストシーンじゃあるまいし。キャリーはキッチンに入った。気がついたら、手はリンダのキッチンナイフを握っていた。

キャリーは屋敷中を捜索した。パウダールームの前を通り過ぎると、トレーニング室があった。クローゼットはない。キャビネットもない。ビデオテープはない。その隣はアンドルーの書斎だった。デスクの抽斗は薄く、ペンやクリップでいっぱいだった。クローゼットは書類やメモカードやファイルが詰まっていた。キャリーはすべてのものを腕で床になぎ払った。

シドニーが言った。「絶対に見つからないよ」

キャリーは彼女の脇を通り抜け、またボンデージ写真が並んでいる長い廊下をすたすたと歩いていった。シドニーがついてくる足音が聞こえた。壁の額縁を床に叩き落とすと、ガラスが粉々に割れた。シドニーは破片を踏みつけ、短く悲鳴をあげた。キャリーは次々とドアを蹴ってあけた。客用寝室。なにもない。また客用寝室。なにもない。主寝室。

キャリーはひらいた入口の前で足を止めた。

ここは真っ白ではなく、なにもかも真っ黒だった。壁、天井、カーペット、ベッドのシルクのシーツ。壁のスイッチを叩いた。室内が明るくなった。ブーツでカーペットを踏んで歩いていった。ベッドサイドテーブルの抽斗を放り捨てた。黒いカーペットに手錠やディルドや肛門《こうもん》プラグがばらばらと散らばった。ビデオテープはない。壁面にかかったテレビの縦の長さは、キャリーの身長と同じくらいだった。その裏を覗き、コードを引っぱった。なにも出てこない。壁の秘密扉を探した。ない。ウォークインクローゼットのなかに入った。黒いキャビネット。黒い抽斗。この腐った家の腐った住人同様に真っ黒だ。

ウォークインクローゼットに、学生寮の冷蔵庫ほどの大きさの金庫があった。コンビネーションロックだ。キャリーは振り返った。そこにシドニーがいるのはわかっていた。彼女は顔の出血もかまわない様子で、クローゼットのドアまでパン屑《くず》のように血の足跡をつけてきていた。

キャリーは言った。「あけて」

「キャリオピー」シドニーはトンネル通路でアンドルーがしたように、残念そうにかぶりを振った。「あけてあげたいのはやまやまだけど、アンディがあたしに暗証番号を教えると思う？」

キャリーは歯ぎしりした。頭のなかでバッグの中身を棚卸しした。この邪悪な女にたっぷりヘロインをぶちこんで心臓を止めてやる。「いつあたしだと気づいたの？」

「ふん、あんたがミーティング会場に入ってきた瞬間からね」シドニーはほほえんでいたが、いまその唇はセクシーにも楽しそうにも見えなかった。彼女は最初からずっとキャリーをもてあそんでいたのだ。「だってマックス、あんたってほんとにかわいいんだもん」

「テープはどこ？」

「アンディの言うとおりだ」シドニーはまた露骨な視線でキャリーの体を眺めまわした。「完璧なお人形さんみたい、だよね？」

キャリーの鼻孔が広がった。

「ねえ、ゆっくりしていきなよ」シドニーの笑顔は吐き気がするほどなれなれしかった。「アンドルーもあと二時間くらいで帰ってくるからさ。あたしがあんたをファックするのを彼に見せるのって、思いつくかぎり最高のウェディングプレゼントだよ」

キャリーは手を見おろした。まだリンダのナイフを握っていた。「その顔をはいで玄関のドアに吊すってのはどう？」

シドニーはぎょっとした。二十年間ストリートで生き延びてきたニードルジャンキーに手出ししたのが間違いだったと、たったいま気づいたかのようだった。

キャリーは彼女に考えるいとまも与えなかった。

ナイフを突き出し、シドニーに突進した。シドニーは悲鳴をあげた。仰向けに倒れ、頭を床でしたたかに打った。キャリーはテキーラのにおいをぷんぷんさせている彼女に、馬乗りになった。ナイフを高く振りあげた。シドニーは自衛しようともがき、両手でキャリーの手首をつかんだ。がくがく震える両腕で、ナイフの切っ先を顔から遠ざけようとした。

キャリーはシドニーの注意をナイフに惹きつけておいた。正々堂々とやるなら、ナイフが頼りだ。だが、バディ・ワレスキーを切り刻んだときからこっち、キャリーはなにかを正々堂々とやったことなどない。いまもシドニーの股間に膝頭を思いきり叩きこむと、骨盤を強打した膝関節がぽきりとずれたのがわかった。

「いたっ！」シドニーが叫び、股間を両手で押さえて横に転がった。口から嘔吐物《おうと》があふれた。全身がぶるぶる震えている。目から涙がこぼれた。

キャリーはシドニーの髪をつかみ、ぐいと仰向かせた。シドニーにナイフを見せた。

「やめて！」シドニーは懇願した。「お願いやめて！」

キャリーはナイフの切っ先を彼女のやわらかな喉に押し当てた。「暗証番号は？」

「知らない！」シドニーは泣きわめいた。「お願い！　アンディは教えてくれないの！」

キャリーはナイフを押しこみ、刃の両脇で肌が盛りあがり、ついにはぷつんと切れて真っ赤な血の筋ができるのを見ていた。

「お願い……」シドニーはなすすべもなく泣きじゃくった。「お願い……キャリー……ごめんなさい。やめてください」

「さっきのビデオはどこにあるの？」キャリーは答える猶予をやったが、シドニーが黙っているので、ナイフを動かしはじめた。

「ラック！」シドニーが叫んだ。

キャリーは手を止めた。「ラックは見たよ」

「違う……」シドニーは恐怖で目に涙をためてあえいだ。「ビデオデッキが裏にあって……ラックの裏に空間がある。デッキは……そこの棚」

それでも、キャリーはナイフをシドニーの喉から離さなかった。手をのばせばすぐにシドニーの脚を切れるし、彼女の命がじわじわと消えていくのを眺めていることもできる。だが、それでは物足りない。アンドルーに見せてやれない。キャリーの思いどおりに、彼を苦しめることができない。アンドルーの父親にレイプされるたびに耐えたのと同じ苦痛を彼に味わわせ、痛みを止められない恐怖に怯えさせ、血を流させなければならない。

キャリーはシドニーに告げた。「アンディに伝えな。ナイフを返してほしけりゃ自分で取りに来いって」

16

リーは狭苦しい会議室で、ダンテ・カーマイケルがいるあいだは感情を静止させていた。今日一日を乗り越えるには、弁護人の自分をそのほかの自分全部から切り離さなければだめだとわかっていた。ひとつの仕切りのなかに入っているものを隣の仕切りにあふれさせてはいけない。ぐちゃぐちゃになって、もはや分けることができなくなる。

ダンテは、あちこち傷つけられたルビー・ヘイヤーの遺体の写真をテーブルに広げたまま出ていったが、リーは二度と見なかった。全部ひとまとめにして、ファイルホルダーのなかに戻した。それからホルダーをバッグに入れ、廊下に出て、クライアントにそろそろ予備尋問を再開と声をかけた。

いま、リーは法廷で、清掃係が次の陪審員候補者たちのために証言台を消毒するのを待ちながら時計を見やった。尋問終了の予定時刻まであと三十分。室内は蒸し暑かった。感染対策のため、入廷が許されるのは判事と廷吏、保安官補、速記者、検事、弁護人、そして被告人だ。普段なら傍聴席に数十人の傍聴人か、少なくともひとりは法廷モニターがいる。傍聴席にだれもいないと、まるで役者がそれぞれの役を演じている芝居のセットのように見える。

今日も法廷内に人は少ない。現時点で決定している陪審員は、九名しかいなかった。最低でもあと三名、さらに補欠が二名必要だ。判事による最初の尋問で、候補者は四十八名から二十七名に絞られた。今日はあと六名に尋問し、明日の朝、また新しい候補者が呼ばれる。

アンドルーが席でそわそわと姿勢を変えた。リーは彼と目を合わせないようにしていたが、真横に座っている相手の視線を無視するのはなかなか大変だ。リズはテーブルの端でうつむいてノートを取っている。ジェイコブはアンドルーの左側でアンケートに目を通し、自分を優秀かつ有能に見せられるような情報を集めようとしている。

裁判の勝ち負けは陪審選任手続きで決まるというのが、ロースクールの恩師の持論だった。リーはつねに、陪審選任手続きで審理に合わせた人選をするのをゲームのように楽しんだ——リーダーシップのある人、リーダーについていくタイプの人、質問好きの人、真実にこだわる人。今日の手続きはとりわけ貴重だ。リーが被告側弁護人席に座るのはこれが最後かもしれないのだから。

ウォルターからさらに二度電話がかかってきたあと、リーは二台の携帯電話の電源を切った。法廷では携帯電話をサイレントモードにしなければならないが、だから応答しなかったのではない。ホリス・アカデミーの保護者たちのあいだでは、ゴシップは光の速さで広まる。ウォルターはルビー・ヘイヤーが殺された件で電話をかけてきたに違いない。彼はしばらくマディを自分の母親と安全な場所へ行かせるつもりだ。そして警察署へ行き、なにもかもぶちまけるのだろう。マディの安全を確保するにはそれしか方法がないのだから。

リーは一時間ごとに、自分にそう言い聞かせた。

そしてその合間には、ウォルターは絶対に自分を警察に突き出したりしないと、自分に言い聞かせていた。ウォルターには愛想をつかされたけれど、彼は無謀ではないし、仕返しをするタイプでもない。警察に行く前に、かならず連絡してくるはずだ。とはいえ、ルビーが殺されたことにおののき、マディを心配してうろたえているだろうから、ジェットコースターはふたたびレールをのぼりはじめている。

係員が消毒を終えた。最前の陪審員候補者は退職した英文学の教授で、公平な立場を守れそうな人物ではなかった。普段なら候補者たちは法廷に集まって着席するが、いまは感染対策として長い廊下や陪審員待合室でたがいに距離をあけて待つ。本を持ってきたり、裁判所のＷｉ‐Ｆｉを使ったりしてもよいが、待ち時間は頭がぼうっとしてくるほど退屈だ。

廷吏がドアをあけて呼んだ。「二十三番の方」

年配の男が入ってきて証言台に立ったとき、その場のだれもがもぞもぞと動いた。ジェイコブがリーの前へ二十三番のアンケート回答用紙をすべらせた。アンドルーは椅子に深く座りなおしたが、用紙を見ようとはしなかった。予備尋問は心理戦ではないと知るや、興味を失ったようだった。質問、回答、直感による判断の繰り返し。裁判というものに対する個人の思いこみや期待は関係ない。

二十三番の名前はハンク・ブレイデル。六十三歳、結婚して四十年になる。リーは、椅子に腰をおろす彼のいかつい顔を観察した。ブレイデルの髭には白いものが交じり、筋肉質の腕は体を鍛えているしるしだ。頭は剃りあげている。まっすぐな背すじ。はっきりとした話し方。

ジェイコブはブレイデルのアンケート用紙の隅に、二本の平行線を引いていた。アンドルーの味方になるか敵になるかなんとも言えないという意味だ。リーのなかで意見は決まっていたが、先入観は持たないほうがいい。

「こんにちは、ミスター・ブレイデル」それまでダンテは候補者への質問を短く切りあげていた。もう午後も遅く、だれもが疲れていた。判事さえうとうとしている様子で、頭は書類の置いてある机のほうへ傾き、ときどき目をぱちぱちさせて、聞いているふりをしていた。

ターナー判事はいまのところいつもどおり、アンドルーに白人男性だけの特権を与えるべく注力していた。リーは、この判事には細心の注意が必要だと、身をもって学んでいた。彼は最高裁判事にふさわしい礼節ある態度を求める。ターナー判事の法廷でリーが一度ならず負けたのは、判事が口の達者な女を毛嫌いしているからだ。

ダンテの尋問に注意を戻すと、また同じパターンを繰り返していた。ブレイデルは性暴力の被害者になったことはない、犯罪の被害者になったこともない。彼の知るかぎり、家族が被害者になったこともない。妻は看護師である。ふたりの娘も看護師である。ひとりは救急医療士と結婚し、もうひとりは倉庫管理者と結婚した。パンデミック以前は、空港リムジン会社でフルタイムの運転手をしていたが、いまはパートタイムで働き、ボーイズ&ガールズ・クラブ・オブ・アメリカでボランティアをしている。被告側にとってとくに問題のないプロフィールだが、気になる点がひとつだけある。彼は二十年間、軍に所属していた。

リーがブレイデルを陪審からはずすほうに傾いていたのは、そのためだ。被告側がほしいのは、司法制度に疑念を抱いている人物だ。一方で検察側は、法はつねに公正であり、警察官は嘘をつかず、正義は差別しないと信じている人物を求める。

この四年間で、司法制度はだれにとっても平等で公正だと信じる人物を探すのはどんどん難しくなっていったが、軍隊経験者は保守的な人物の割合が高いグループだ。ダンテは、理由を示さず候補者を九名まで排除できる専断的忌避の権利を行使して、すでに七名を忌避《ひ》した。ターナー判事の寛大な裁定により、リーは四名を忌避でき、二名の補欠を選ぶ際にも一名を忌避できる。

リーは現時点で選任された陪審員の顔ぶれを確認した。女性五名。男性三名。退職した教師。司書。会計士。バーテンダー。郵便配達員。専業主婦が二名。病院助手。悪くないラインナップだが、もはやラインナップは重要ではない。なぜなら、このなかのだれひとり、陪審席に座ることはないのだから。ジェットコースターはそろそろレールをくだりはじめる。ウォルターは警察にすべてを話し、リーとアンドルーは月曜日の朝が来る前に、それぞれ罪状認否を待つことになる。

アンドルーは、父親がリーに殺されるところを撮影したテープを所持している。リーは、十四歳だった妹を撮影した児童ポルノをアンドルーが大量に隠し持っているのを、彼自身の告白によって知っている。

「判事」ダンテが言った。「検察はこの候補者を承認し、選任することを求めます」

ターナーがさっと顔をあげた。書類をめくり、マスクの下であくびをした。「ミズ・コリアー、どうぞ」

ダンテは大きくため息をついてどすんと椅子に腰をおろした。リーがブレイデルを忌避すると予測しているのだ。

リーは立ちあがった。「ミスター・ブレイデル、本日はご足労いただき、ありがとうございます。リー・コリアーと申します。被告弁護人を務めています」

ブレイデルはうなずいた。「よろしく」

「軍務に服していらしたことにも感謝申しあげます。二十年。すばらしい」

「ありがとう」ブレイデルはまたうなずいた。

リーは彼のボディランゲージを読み取った。ひらいた両脚。体の脇に添えた腕。まっすぐな背すじ。閉鎖的な感じはなく、率直な人物に見える。先ほどまでそこに座っていた女性は、彼にくらべればまるでカジモドだ。

「リムジンを運転していらっしゃったんですね。お仕事はどうでしたか？」

「そうだな」ブレイデルは言った。「おもしろかったですよ。あんなに多くの外国人旅行者がこの街を訪れていると、はじめて知りました。アトランタは世界一、利用者の多い空港なんですよ、ご存じかな？」

「いえ、そうでしたか」リーはそう答えたが、ほんとうは知っていた。この質問の目的は、細かい答えを得ることではなく、ハンク・ブレイデルの人となりを知ることだ。公平な考え方ができるか？　事実に耳を傾けるか？　証拠を理解できるか？　人を説得する力があるか？　合理的な疑いの意味を正しく認識できるか？

リーは言った。「アンケートによれば、八年間、国外に派遣されていたそうですね。外国語は話せますか？」

「わたしは外国語を聴き取るのが苦手でね、しかしリムジンのお客さんはみんなうちの孫より英語を上手に話しますよ」彼は判事と一緒に、若い世代には困ったものだと言わんばかりにくっくっと笑った。「まあ、話し好きなお客さんもいますが、そうじゃない人も多いのでね。こちらからは話しかけず、電話の邪魔をせず、制限速度を守って、定刻までに目的地へ連れていくのが仕事ですよ」

リーはうなずきながら彼の返答を分析した。新しい体験に抵抗がなく、人の話を聞くタイプだ。陪審長として適任だ。ただ、検察と被告のどちらから見て適任なのかは、まだわからない。「あなたはボーイズ&ガールズ・クラブのボランティアをなさっていると、ここにいる同僚に話してくださいましたね。活動はどんな感じですか？」

「正直に言いますよ。わたしの生活でなによりもやりがいを感じる時間になっています」

ブレイデルが青少年を正しい道に導く手伝いをするのは重要だと話すあいだ、リーはうなずきながら聞いていた。彼が善悪をきちんとわきまえているのはいいことだが、やはりアンドルーに有利に働くかどうかは不明だ。

「ほかにもなにかの団体に属していますか？」

ブレイデルは誇らかにほほえんだ。「わたしは北アメリカ神秘聖廟《せいびょう》の貴人たちの古代アラビア教団に属するヤアラブ・シュライナーズの会員です」

リーは振り向き、ダンテの顔を見た。彼はたったいま飼い犬を撃たれたような顔をしていた。シュライナーズはフリーメイソンから派生した組織のなかでもリベラルなほうだ。道化師のパレードを開催したり、おかしな帽子をかぶったり、嘆かわしいほど不均衡なアメリカの医療制度の不備を補填するため、小児病院の建設費として数百万ドルの資金を調達したりしている。リーがこれまで陪審に選んだシュライナーは、〝合理的な疑いを差し挟む余地がない〟の実際の意味を理解しようと努力する人物ばかりだった。

リーはブレイデルに尋ねた。「どんな団体か、少し教えていただけますか？」

「兄弟愛と相互扶助と真実のフリーメイソン主義を基盤にした友愛団体です」

そのまま彼にしゃべらせ、法廷劇場の空気が変わるのを楽しんだ。証言台の前をゆっくりと歩きながら、ブレイデルが陪審席のどこに座るか、弁論をどう組み立てるか、いつ科学捜査の証拠に言及するか、いつ専門家を呼ぶか考えた。

振り向くと、アンドルーの退屈そうな表情が目に入った。

彼は尋問にはまったく興味のない様子で、ぼんやりと速記者を眺めている。彼に与えた筆談用のノートはたった一度、この席に座ったときに使われただけだ。アンドルーは、タミーはどこに座るのか知りたがった。法廷で被害者と対面できると勘違いしていたのは、刑事裁判がどのように進行するのか知らないからだろう。ジョージア州はアンドルー・テナントに重罪容疑をかけている。タミー・カールセンは州側の証人だ。証人隔離の原則により、彼女は証言するときまで法廷に入ることを禁じられている。つかのま傍聴席に姿を現しただけでも審理無効となる場合がある。

「ありがとうございます」リーはブレイデルが息継ぎをした隙に言った。「判事、われわれはこの証人を承認し、選任することを求めます」

「よろしい」ターナーはまたマスクに隠れて大あくびをした。「失礼。では、本日はこれにて閉廷し、明日の朝十時に再開します。ミズ・コリアー、ミスター・カーマイケル、なにか言っておきたいことはありますか?」

リーが驚いたことに、ダンテが立ちあがった。

「判事、ちょっとした事情がありまして、証人リストを修正したいんです。二名をくわえて――」

「判事」リーはさえぎった。「いまから二名の証人をくわえるのは遅すぎます」

判事は迷惑そうにリーを見た。男が人の話をさえぎるのは熱意ゆえだが、女が人の話をさえぎるのはキーキーうるさいというわけだ。「ミズ・コリアー、わたしの記憶では、わたしは土壇場で弁護人を替えたいというあなたの申し立てを認めましたが」

つまりこれは警告だ。「弁護人の変更を認めてくださってありがとうございます、判事。進行を妨げたくはないのですが、審理の延期を――」

「要求が矛盾していますよ。準備はできているのですか、いないのですか」

リーはこれ以上抵抗しても無駄だと悟った。ダンテもわかっていた。彼は判事に資料のコピーを渡しに行く途中で、リーにも一部渡した。証人リストには、リン・ウィルカーソンとファビアン・ゴダードという、リーの知らない名前が追加されていた。リストをアンドルーの前に置くと、彼はちらりと一瞥《いちべつ》をくれただけだった。

ターナーが言った。「提出されたリストのとおり承認します。以上ですか？」

ダンテが言った。「判事、被告人の保釈の取り消しを求めます」

「はあ？　ふざけん――」リーは言葉を呑みこんだ。「判事、いまの申し立てはばかげています。被告人が保釈されたのは一年以上前のことですから、逃亡するチャンスはいくらでもあったはずです。審理にも積極的に協力しています」

ダンテが言った。「ミスター・テナントの保護観察官の宣誓供述書によれば、ミスター・テナントは五度にわたって足首のモニターの機能を阻害しています」

「明らかに保護観察事務所が対処すべき技術的な問題にすぎないのに、その言い方は不当です」

ターナーは手を振って宣誓供述書を要求した。「見せてください」

ふたたび、リーはコピーを与えられた。一ページにも満たない書類にざっと目を通すと、アラームが発信された日時がリストになっていたが、アラームが作動した原因はどれも曖昧だった――〝光ケーブルをいじった可能性。GPS信号遮断器を使用した可能性。許可された行動範囲の外に出た可能性〟。

リーは〝可能性〟は〝証明〟ではないと指摘しようとして、ふと黙りこんだ。どうしてアンドルーを拘置所行きから助けようとするのか？

安全装置。ビデオテープ。キャリー。マディ。

リーはジェットコースターがふたたびレールをカタカタとゆっくりのぼりはじめたのを感じた。なぜいまごろウォルターが警察にいる気がするのだろう？　その直感のもとにあるものはなんだろう？

またひとり十代の女の子をレイプ野郎につなげてしまうかもしれないとは思わなかったのか？

ターナーが言った。「ミズ・コリアー。まだ時間がかかりますか？」

リーはすばやく弁護人モードに戻った。「判事、これらのアラームの誤作動は、ここ二カ月間に起きています。五件目で急に問題視されるのはなぜでしょうか？　審理開始まであと四日、しかもパンデミックの最中ですが？　ミスター・カーマイケルは被告人が拘置所で感染してもかまわないんでしょうか？」

ターナーはリーに険しい目を向けた。拘置所で入所者がコロナウイルスの餌食《えじき》になっている事実は、口にしてはならないことになっている。「それは失礼ですよ、ミズ・コリアー」

「わかりました、判事。では言いなおしますが、被告人が逃亡する恐れはありません」

「ミスター・カーマイケル」ターナーは言った。「あなたの意見は？」

「ここで問題にしているのは逃亡ではありません、判事。われわれの申し立ての根拠は、ミスター・テナントに余罪の可能性があることです。足首モニターをいじったのは、発覚を防ぐためです」

ターナーはあまりにも大雑把《おおざっぱ》すぎる話にあきれた様子だった。「その余罪とはなんですか？」

ダンテはその質問をはぐらかそうとした。「現時点では詳細は省略しますが、あえて申しあげれば、死刑に相当する罪です」

それを聞いて、リーは落胆した。明らかに、彼は最後の手段に頼っている。つまり、アンドルーがルビー・ヘイヤーを殺したことを示す強力な証拠はないのだ。彼はアンドルーのアリバイ崩しの時間を稼ごうとしているか、あるいは死刑の可能性でアンドルーを脅して自白へ持ちこもうとしている。

リーは言った。「判事、おわかりのとおり、これはまったく根拠に欠ける申し立てです。検察には審理延期を申し立てるか、そうでなければ黙っていてほしいですね」

ターナーの目が険しくなった。言いすぎだった。「ミズ・コリアー、いまのも言いなおしますか？」

「いいえ、結構です、判事。わたしの言いたいことは簡単だと思います。ミスター・カーマイケルは、被告人の足首モニターがいじられたことを示す証拠を持っていません。〝可能性〟だけで、具体的な証拠はひとつもない。死刑に相当する罪とのことですが、それは――」

ターナーは手をあげてリーを制した。椅子に深く座りなおし、マスクの下部に手を当てた。無人の傍聴席を見やった。

アンドルーはようやくみずからの自由が脅かされていることに関心を持ったようだ。こっちへ来て状況を説明しろと言わんばかりに、リーを見て顎をしゃくった。リーは待てという合図に人差し指を立てた。

テレビドラマでは、判事はてきぱきと裁定するのが当たり前だが、それは台本があり、そのとおりにしゃべるよう指示されているからだ。現実には、じっくりと時間をかけて考え、選択肢をくらべ、控訴審で覆されるかどうかまで予想する。そのあいだは虚無を覗きこんでいるかのようだ。ターナーはとりわけ、黙考する時間が長いことで知られていた。

リーは席に座った。ジェイコブがアンドルーに判事の沈黙の理由を筆談で教えていた。アンドルーは、ダンテの承認リストに載っていた二名の名前に対してはなんの反応も見せていなかった。リン・ウィルカーソン、ファビアン・ゴダード。レジーが話していた余罪三件のうち二件の被害者だろうか？　アンドルーが裁判にかけられることになったのを知った別の被害者が名乗り出たのだろうか？

　ウォルターはいつも正しいが、アンドルー・テナントの犯罪にリーがどんな役割を果たしているのかはわかっていない。リーが沈黙していたせいで、アンドルーの被害者は増えつづけている。リーの手はルビー・ヘイヤーの血で染まっている。それだけでなく、リーはアンドルーにビデオテープを拡散させないために、タミー・カールセンを追い詰めようとしている。アンドルーが無罪になったあとの影響について、いままでリーは真剣に考えてこなかった。女性がさらに襲われる。さらに暴力を振るわれる。さらに命が奪われる。

　リーとウォルターのすばらしい娘は、家族と家から引き離される。

「では」ターナーが言った。

　リーとダンテは立ちあがった。

　ターナーはアンドルーを見た。「ミスター・テナント？」

　リーは彼に立ちあがるよう合図した。

　ターナーは言った。「あなたの足首モニターの誤作動に関するこれらの報告には問題が多いと考えます。アラームが発信された原因が解明されていないので、今回は再勾留を認めませんが、二度とこのようなことがないのが条件だと、理解してください」

　アンドルーはリーを見た。

　案の定、判事はアンドルーに有利な裁定をしたので、リーはかぶりを振った。「保釈は取り消されないということよ。二度とモニターのことで騒ぎを起こさないで」

彼が満面の笑みを浮かべているのがリーにはわかった。「わかりました、判事。ありがとうございます」

ターナーは小槌を叩いた。廷吏が終了を告げた。速記者は荷物をまとめはじめた。

ジェイコブがリーに言った。「今夜、プロフィールをまとめてメールします。週末は仕事ですね？」

「そうよ」リーは仕事用の携帯電話に電源を入れた。「明日までに調査を終わらせてね。コール・ブラッドリーに、あなたを共同弁護人にしてほしいと話しておくから」

ジェイコブはぽかんとしたが、よろこびのあまり理由を訊くのも忘れていた。「ありがとうございます」

リーの喉が動いた。正しいことをしてなにかを変えるのはよい気分だった。「あなたの努力のたまものよ」

ジェイコブが立ち去ってから、リーは携帯電話を見おろした。ブラッドリーにメールを打ちはじめた。両手はまだしっかりしている。ダンテとミランダもそれぞれ携帯電話に電源を入れながら法廷を出ていった。ジェットコースターは、ウォルターが警察に話す方向へ着実に進んでいる。今夜、キャリーを捕まえなければならない。この先どんな地獄が待っているか、キャリーには知る権利がある。

「ハーリー」

それまでリーはアンドルーを頭のなかから締め出していた。顔をあげた。アンドルーはマスクを取っていた。いま、証言台に立っている。「ここにタミーは座るの？」

リーはメールをブラッドリーに送信して携帯電話をバッグに入れた。「リン・ウィルカーソンとファビアン・ゴダードってだれ？」

彼はうんざりしたように目を上に向けた。「どっちも嫉妬深い元彼女だよ。ひとりはアル中、もうひとりはいかれてる」

「それよりましなストーリーを考えておくことね。ふたりが今日いきなり名乗り出てきたわけじゃない。ダンテはいままでふたりのことを隠していた。ふたりは証言台に立って、まさにわたしがこの前、シドニーがやるかもしれないと言ったとおりのことをするでしょうね」

「なんだっけ？」

「陪審の前で、あなたがベッドで荒っぽくなるサディストだと証言すること」

「それは否定できないな。でも経験上わかるけど、金で釣れば、ふたりともおとなしく口をつぐんでくれるよ」

リーはぴしゃりと言った。「それは賄賂といって、証人を買収するものよ」

アンドルーはどうでもよさそうに肩をすくめた。「レジーがきみの車で待ってる。現時点で決まってる陪審員のリストを渡してくれ。利用できそうな弱点がないか、レジーが調べてくれる」

「どうしてレジーがわたしの車の在処《ありか》を知ってるの？」

アンドルーはばかだなと言わんばかりに舌を鳴らしてかぶりを振った。「ハーリー、知らなかったのか、僕はいつでもその気になれば、きみとキャリーの居場所がわかるよ」

リーはおろおろして彼を調子に乗らせるつもりはなかった。法廷を出ていくまで、彼の視線がついてきた。プライベート用の携帯電話を見おろし、電源ボタンを押した。スクリーンを見つめ、電波がつながるのを待った。

階段室で、通知が届いた。ウォルターから着信が六件。マディから二件。ふたりともボイスメールを残していた。リーは電話を胸の前につかんで階段をおりた。車のなかでボイスメールを聞いて泣こう。妹に連絡しよう。それから、次の行動を考えよう。

ロビーは人で混雑していた。金属探知機は閉鎖されていた。今日一日の業務が終了したのだ。出口のそばで保安官補二名が警備に立っていた。リーはウォルターの友人にうなずいた。ウィンクが返ってきた。

リーは顔に日差しを浴びながら広場を歩いた。また携帯電話が振動した。ウォルターでもマディでもないなら、またニック・ウェクスラーが〝DTF〟をよこしたのだろうか？　頭のなかで丁重な断り文句をいくつか考えているうちに、ニックが気にするわけがないと気づいた。ふたりは愛人関係ですらない。友人でもない。むしろ、リーの犯罪が明るみに出れば敵同士になる。

携帯電話を体の脇におろした。横断歩道を渡った。アウディは広場の反対側の立体駐車場にとめてあった。パンデミック以前は、この駐車場はディケーター市街のレストランやバーやブティックの客の車でいつも埋まっていた。今朝は、一階のいちばん便利な場所も空いていた。

リーは、天井の照明がちかちか点滅している駐車場を歩いた。出入口のゲートの近くにとまっている三台の車の周囲で影が躍《おど》っていた。その三台のほかは、傾斜路の脇にリーのアウディがとまっているきりだ。リーはいつもの習慣で、家の鍵の先端を指のあいだから突き出させて持った。死角が多く天井の低いこんな空間では、よく女性が消える。

リーは身震いした。消えた女性がどうなるかはわかっていた。

携帯電話で時刻を確かめた。リーは離婚訴訟を数多く経験しているので、レジーがアウディを見つけた方法を知っていた。リアバンパーの下に手のひらをすべらせた。車輪格納部を調べた。右後部タイヤの上に磁石で箱が貼りつけてあり、なかにGPS発信機が入っていた。

リーは箱ごと地面に放り捨てた。トランクをあけた。これも習慣で、トランクの床に固定した金庫の暗証番号を押した。自分は中流家庭のママかもしれないが、間抜けな中流家庭のママではない。金庫にはグロックが入っていた。バッグを持ち歩きたくないときに、この金庫にしまうこともある。いまはルビー・ヘイヤーの犯罪現場写真をしまう場所が必要だった。リーはファイルに手をのせた。ルビーの体内に残されていたナイフを思い浮かべた。そして、アンドルーの黒ずんだ痣を。

「リー?」

振り向くと、驚いたことにそこにウォルターが立っていた。警察を連れてきたのだろうかと、リーは彼の背後を見やった。

ウォルターも振り返った。「どうした?」

リーは固唾《かたず》を呑んだ。「マディは無事なの?」

「母さんと一緒にいる。今朝、電話で話したあとに出発した」ウォルターは腕組みをした。怒りはおさまっていないようだが、その焦点は狭まっていた。「ルビー・ヘイヤーが殺された。きみは知っていたのか?」

「アンドルーがやったのよ」

ウォルターは驚いてはいなかった。驚くべきことではまったくないからだ。やはり、アンドルーはエスカレートしている。やはり、リーの生活圏内にいる女性を殺した。ゆうべ、ウォルターが予言したとおりだ。

「キーリーは鎮静剤が必要だった。マディも傷ついている」

リーは、彼が警察へ行ったと告白するのを待ったが、彼の口から言わせるのは酷だと気づいた。「いいのよ。警察に話したんでしょう」

彼は眉をひそめた。口がひらいたが、閉じ、またあいた。「僕が妻を警察に突き出すと思ってるのか？」

リーは返事に困り、黙っていた。

「なんだ、リー。ほんとうにそう思ってたのか？　きみは僕の娘の母親だぞ」

鋼の決意は罪悪感に押し流された。「ごめんなさい。あなたはわたしに腹を立てていたから。いまも怒ってるでしょう」

「僕は――」彼はリーのほうへ手をのばしたが、その手をおろした。「僕はひどい言い方をしたが、きみもちゃんと考えていなかった。いや、考えすぎて、解決できると思っていたんだ。自分の賢さを過信して、自分ひとりで抱えこんで」

リーは震える息を吸った。

「きみはたしかに賢いよ、リー。ほんとうに賢い。でも、きみひとりですべてをコントロールできるわけじゃない。だれかを頼らないと」

ウォルターはリーがなにか言うのを待ったが、リーは言葉に詰まっていた。

「きみはいま、自分だけが全部破壊してまた建てなおすことができると思いこんでるが、それじゃだめだ。絶対にうまくいかないよ」

リーには反論できなかった。長年のあいだに、これと同じ議論をさまざまな形で何度となく繰り返してきたが、リーはいまはじめて彼が全面的に正しいと認めた。

いままで頭のなかで唱えるばかりだった呪文を声に出して言った。「わたしのせいだもの。全部わたしのせい」

「半分くらいはそうかもしれないけど、それがどうした？」ウォルターはあっけらかんと言った。「ふたりで協力して、どうすればいいのか考えよう」

リーは目を閉じた。キャリーがシカゴへ贈り物を連れてきた、あの蒸し暑かった夜を思い出した。運命がノックする直前、リーはついに意地を張るのをやめてウォルターの膝に座った。それから猫のように彼のかたわらで丸くなったのだが、あんなに安心したのは生まれてはじめての体験だった。

あのとき彼に言えなかったことを告げた。「わたしはあなたがいないと生きていけない。愛してる。こんな気持ちになったのはあなたのほかにいない」

ウォルターがためらったのが、リーをふたたび絶望させた。「僕もきみを愛している。でも、そんなに簡単なことじゃないんだ。今回のことを乗り越えられるか、僕には自信がない」

リーの喉が動いた。とうとう、底なしに見えた彼の寛容さも底をついたようだ。

彼は言った。「目の前にある問題の話をしよう。どうすればきみは助かるのか？　どうすればキャリーは助かるのか?」

リーは涙を拭った。ウォルターに重荷を半分背負ってもらうのは簡単だが、やはりこう言わずにいられなかった。「だめよ、スイートハート。あなたを巻きこむことはできない。マディにはわたしたちのどちらかが親として必要だもの」

「僕は交渉してるわけじゃないよ」自分に選択肢があるかのような口ぶりだった。「アンドルーは安全装置を用意しているという話だった。つまり、ほかのだれかがビデオテープのコピーを持ってるってことだ、そうだろ?」

リーは気のない返事をした。「ええ」

「では、そのだれかとはだれだろう?」ウォルターはリーの消極的な態度に気づいていた。「ほら、スイートハート。アンドルーが信頼しているやつは? 友人は多くはないはずだ。その安全装置が持っているのは、フィジカルなデバイスだ——USBとか、外付けハードディスクとか。アンドルーが電話をかけると、安全装置がデバイスを取り出し、中身がインターネットで拡散され、警察に届く。デバイスはどこに保存されているのか? 銀行の貸金庫か? 普通の金庫か? 駅のロッカーか?」

リーはかぶりを振りかけたが、そのとき、明白な答えがひらめいた。初日から目の前にあった答えが。

プライマリサーバーもセカンダリサーバーも、あそこの保管庫に厳重にしまってありま

す。

リーはウォルターに言った。「アンドルーが雇った調査員、レジー。この男がサーバーを持ってるの。最先端の暗号化技術がどうこうとか、クラウドは信用してないとか、自慢そうに話してた。たぶんそこに保存されてる」

「レジーも共謀者か？」

リーは肩をすくめると同時に首を横に振った。「アンドルーが本性を現すのは、レジーがそばにいないときなの。レジーはお金さえもらえればなんでもやる。アンドルーは彼の銀行。アンドルーが逮捕されたら、レジーが指示どおりに安全装置を拡散することになってるかも。なんの疑問も抱かずに」

「じゃあ、そのサーバーを奪おう」

「不法侵入するってこと？」一線は引かねばならない。「だめよ、ウォルター。あなたにそんなことはさせられないし、それでは解決にならない。アンドルーがオリジナルを持ってるんだから」

「だったら、別の方法を考えさせてくれよ」ウォルターはリーの理屈に苛立っていた。「マディには母親が必要だ。あの子は一日中泣いてばかりいて、きみはどこにいるのかと訊くんだ」

リーは自分を呼んでいるマディを思い浮かべると、そばにいてやれなくて胸が張り裂けそうになった。

「ごめんね、母親失格だよね。妻失格だし。姉失格だし。あなたの言うとおりよ。わたしはなにもかも分けて考えようとして、結局はみんなをひどい目にあわせてしまう」

ウォルターは地面を見おろした。リーの言葉を否定しなかった。「とにかくサーバーを盗もう、いいね？　それから、オリジナルを捜すんだ。アンドルーが隠しそうな場所はどこか？　サーバーと同じ場所じゃないはずだ。彼の自宅はどこだ？」

リーは唇を引き結んだ。今回に限っては、ウォルターの考えは浅い。レジーのオフィスは、おそらく夜間は閉まっている。見たところ、セキュリティシステムは設置されていなかった。普通の鍵しかついていないクローゼットをあけるのは簡単だろう。ネジをはずすためのスクリュードライバーさえあればいい。

だが、アンドルーの屋敷には防犯カメラもセキュリティシステムも完備されていて、もちろんアンドルー本人もいるだろう。すでに人をひとり殺し、さらに被害者を出そうとしている男が。

「リー？」ウォルターはやる気満々だった。「教えてくれ。アンドルーの自宅はどこにあるんだ？」

「ウォルター、わたしたちはオーシャンズ11じゃないのよ。ニンジャでも金庫破りでもない」

「だったら――」

「あいつの車を爆破する？　自宅を焼きつくす？」ウォルターだけでなくリーもいかれているのかもしれない。「それとも、あいつを拷問して叶かせるとか。素裸にして鎖で椅子に縛りつけて、爪を剝いで歯を抜くとか。そんなこと考えてた？」

ウォルターは頰をこすった。シカゴに引っ越した年にリーも同じことを考えた。**パターソン校長。ホルト監督。ミスター・ハンフリー。ミスター・ガンザ。ミスター・エメット。**

あのころリーは、あの唾棄《だき》すべき連中を始末する血みどろの方法を数えきれないほど思いついた――空想のなかで、彼らを生きながら火あぶりにしたり、ペニスをちょん切ったり、彼らに屈辱を味わわせ、制裁を加え、滅多打ちにした――が、人を殺したくなるほどの怒りは、キャニオン・ロードのワレスキー家のわびしいキッチンで消え失せていたことに気づいた。

「バディを殺したときのわたしは」リーはウォルターに言った。「わたしは――あれが一時的記憶喪失状態ってやつだと思う。そこにいるのはわたし。やったのもわたし。でもわたしじゃない。わたしじゃなくて、車のなかでバディから性的暴行を受けた女の子だった。妹をあの男にレイプされた女の子、いつも好き勝手にさわられ、いじられ、嗤《わら》われ、嘘つきだの尻軽だの淫乱だのとなじられていた女の子。わたしの言いたいこと、わかる？」

ウォルターはうなずいたが、ほんとうの意味でわかるはずがない。彼は、指のあいだから家の鍵を突き出して車まで歩いたことはない。駐車場でレイプされる可能性を、ブラックジョークにして考えたことはない。非力さゆえに感じる心細さは、彼の感情の範囲にはないからだ。

リーは手のひらをウォルターの胸に当てた。心臓が鼓動している。「スイートハート、わたしはあなたを愛してる。でも、あなたは人殺しじゃない」

「別の方法を探せばいい」

「そんなものは――」リーは黙った。レジー・パルツが完璧なタイミングで現れたからだ。彼は立体駐車場の入口へまわらず、フェンスを跳び越えた。「来た。例の調査員。ちょっとふたりで話をさせて」

ウォルターは背後を見やった。

そして、もう一度見やった。

「あれが？　調査員のレジーか？」

「そう。ここで会うことに――」

ウォルターはいきなり全力で走りだした。

レジーは十メートルほど先にいた。反応するひまもなかった。大声をあげようと口をあけたが、ウォルターは拳で封じた。

「ウォルター！」リーは叫び、彼を止めようと駆け寄った。「ウォルター！」

彼はレジーにまたがり、容赦なく両手で殴りつけていた。コンクリートに血が飛び散った。リーは、折れた歯と粘ついた赤いしぶきが飛ぶのを見た。木切れのように骨が折れた。レジーの鼻はつぶれていた。

「ウォルター！」リーは彼の手をつかもうとした。止めなければ、彼はレジーを殺してしまう。「ウォルター、やめて！」

最後の一発がレジーの口をこじあけた。上下の顎がずれた。体からぐったりと力が抜けた。レジーはウォルターに殴られて気絶していた。それでも、ウォルターはまだ拳を振りあげて殴りかかろうとしていた。

「やめて！」リーはその拳をつかみ、全力で止めた。腕の筋がケーブルのように盛りあがっていた。こんなウォルターをリーは見たことがなかった。「ウォルター」

彼はまだ興奮状態で振り向いた。怒りで顔がゆがんでいる。肩で息をしている。シャツに血が飛び散り、顔にも赤い線が走っていた。

「ウォルター」リーはささやき、彼の目元の血を拭った。びっしょりと汗をかいている。

全身をこわばらせて内側で暴れている獣を抑えつけようとしているのが、リーには感じ取れた。駐車場のなかを見まわした。ほかにだれもいないが、いつ人が来るかわからない。

「ここを出なくちゃ。立って」

「こいつだった」ウォルターはうなだれた。リーの手をきつく握りしめた。リーは、自制心を取り戻そうとしている彼の肩が激しく上下するのを見ていた。「あそこにいた」

リーはもう一度あたりの様子をうかがった。警官だらけの裁判所がすぐそこにある。

「車のなかで話して。早くここを出ないと」

「劇の日に」ウォルターが言った。「レジーがいた。マディの劇の日に、客席にいた」

リーは地面にしゃがみこんだ。また感覚が麻痺し、彼の話を聞くのが精一杯だった。

「幕間《まくあい》で」ウォルターの呼吸はまだ乱れていた。「こいつから話しかけてきた。なんて名乗ったかは覚えていない。引っ越してきたばかりだと言っていた。娘がこの学校に通ってると。兄弟が警察官という話から、組合の話になって……」

リーは口を押さえた。思い出した――幕間で席を立ち、ウォルターを捜した。彼は黒っぽい短髪の男と話していたが、その男はずっとむこうを向いていた。

「リー」ウォルターはリーを見ていた。「こいつはマディのことを訊いた。きみのことも。僕は、こいつがだれかの父親だと思っていた」

「あなたははめられたのよ」リーは、罪悪感で張りつめた彼の声など聞きたくなかった。「あなたのせいじゃない」

「こいつはほかになにを知ってるんだ？　こいつらのたくらみはなんだ？」

リーはもう一度、駐車場のなかを見まわした。だれもいない。防犯カメラが追うのは、出入りする車両だけだ。レジーは入口ではなく、フェンスを跳び越えてきた。

「こいつをトランクに積んで」リーはウォルターに言った。「突き止めに行くから」

17

リーはさがったところでウォルターがトランクをあけるのを見ていた。レジーは気を失ったままだった。トランクのなかの緊急脱出用コードを切断したり、応急処置キットに入れてあるダクトテープでレジーの両手を縛ったりする必要はなかった。思慮深い、優しい夫が彼を殺す寸前まで殴りつけたからだ。

ウォルターは振り返り、周囲を見まわした。レジーのオフィスの駐車場にほかの車はとまっていないが、二十メートル先には道路があり、目隠しになるのは、間隔をあけて並んだレイランドヒノキの生け垣だけだ。ウォルターがアウディをとめたのは、崩れかけたコンクリートの階段のそばだ。太陽は沈みきったが、キセノンライトが駐車場を煌々《こうこう》と照らしている。

グロックをウォルターに渡したらなにをするのかわからないので、リーは自分で持つことにした。こんなに凶暴な彼を見たことはなかった。彼が暗い崖っ縁に立っているのはたしかだ。夫が急に変わったのは自分のせいだと思いたくなかったが、自分ひとりでもなんとかなるという愚かな思いこみがこんな事態を招いたのはわかっていた。

ウォルターはレジーを起こそうとして、リーのほうを振り向いた。「警報器はあるのか？」

「わからない。見た覚えはないけど、あるかもしれない」

ウォルターはレジーの前ポケットに手を突っこみ、複数の鍵がついたキーリングを取り出した。それを渡され、リーはしかたなく彼を車のそばに残して玄関のガラス扉をあけた。ロビーに目を走らせ、警報器のキーパッドを捜した。ない。

ウォルターはうめきながらレジーをトランクから引きずり出しはじめた。

数本の鍵を試したのち、ロックが解除された。ドアがあいた。リーはウォルターにうなずいた。道路にさっと目をやった。駐車場を見まわした。消防士のやり方でレジーを背負ってくる夫がうめき声をあげているはずだが、鼓動の音がうるさくて聞こえなかった。ウォルターは苦労しながら階段をのぼり、レジーをロビーの床におろした。

リーはそちらを見ないようにした。レジーの腫れあがった顔を見たくなかった。ガラス扉に鍵をかけた。「オフィスは二階よ」

ウォルターはふたたびレジーをかついだ。先に螺旋階段をのぼっていった。リーはバッグの奥にグロックを突っこんだが、握ったまま放さなかった。ウォルターに教わったとおり、指をトリガーガードにかけておいた。ほんとうに発射する準備ができるまでは、トリガーに指をかけてはいけない。この銃には通常のセーフティがない。トリガーを引けば弾が発射される。なにかの拍子にびっくりしてとんでもない間違いを犯し、気がついたら二件の殺人容疑で逮捕されていたなんてごめんだ。

もっとも、自分のことだけを心配していればいいわけではない。重罪謀殺の場合、トリガーを引いたのがだれだろうが関係ない。ウォルターがレジーを車のトランクに積みこんだ瞬間から、ふたりはたがいの従犯だ。

ウォルターは踊り場でレジーを背負いなおした。また人間というより動物のような荒い呼吸をしていた。ここまで来るあいだ、ウォルターはほとんど口をきかなかった。ふたりは計画らしい計画も立てなかった。とくに計画することなどない。サーバーを見つける。安全装置を破壊する。そのあとどうなるかは、ふたりとも口にしたくもなかった。

リーは踊り場を歩いた。たった三日前、この踊り場に立っていたアンドルーの姿を思い出した。彼は怒りを剝き出しにして、いなくなった父親の話をしていた。あのとき、リーはいやな予感を無視した。アンドルーのほんとうの目的を知りたくて焦っていたら、彼に面と向かって言われたのだった。

父さんが失踪して、僕たちの日常はぶっ壊れた。父さんを追いやったやつにも、あの気持ちをわからせてやりたいと思うよ。

これがアンドルーの目的だ――いまウォルターがこんなふうになってしまったこと、すばらしい娘が隠れるのを余儀なくされていること、キャリーがどこにいるかわからないこと。アンドルーは、バディが殺されて日常がめちゃくちゃになったときのように、リーが大切にしているもの、愛しているものが、ひとつ残らず混沌《カオス》のなかに放りこまれるのを望んでいる。

ウォルターが廊下の突き当たりにたどり着いた。彼はそこで屈んだ。レジーの両足を床につけ、背中を壁にもたせかけた。それから胸ぐらをつかんだ。レジーはうめき、首をぐらりと傾けた。

「おい」ウォルターはレジーの頬を叩いた。「起きろ、クソ野郎」

レジーの首がまた傾《かし》いだ。窓から差しこむ駐車場の照明が、ウォルターによるダメージを照らし出した。左目はまぶたが腫れてつぶれていた。顎はゆるんで不自然な形に見えた。鼻梁の皮膚は抉り取られ、ピンクがかった白い骨が覗いていた。

リーは震える手でオフィスの鍵を探し、一本一本を鍵穴に差しこんで試した。

「起きろ」ウォルターはもう一度レジーの頬を叩いた。「目を覚ませ」

レジーは咳きこんだ。

ウォルターの顔に血しぶきが飛んだが、ウォルターはまばたきひとつしなかった。「警報器の暗証番号は?」

レジーの顎がポキンと鳴った。弱々しい息の音が漏れた。

「こっちを見ろ、間抜け」ウォルターはレジーのまぶたを親指で無理やり押しあけた。

「死ぬまで殴られたくなければ暗証番号を言え」

リーの肌は不安でちりちりした。鍵から顔をあげた。ウォルターの脅し文句ははったりではない。レジーにもそれがわかったようだ。ぜいぜいと息の音を漏らしながら、ウォルターにはずされた顎で必死に言葉を発しようとした。

「さ、3……」レジーの口から出た声はたどたどしく、くぐもっていた。「9……6……3」

最後の鍵が鍵穴にはまるのを感じたが、リーはドアをあけず、ウォルターに言った。

「罠《わな》かもよ。無音のアラームを発するのかもしれない」

「もしそうなら、こいつの頭を撃ち抜いてサーバーを持ち出せばいい。警察が着いたときには手遅れだ」

リーは彼のきっぱりとした口調に悪寒を覚えた。

もう一度レジーにチャンスを与えた。「その暗証番号は本物？　3963でいいの？」

レジーは咳きこんだ。痛みに顔をゆがめた。

ウォルターがリーに言った。「銃を見せてやれ」

リーはしぶしぶバッグからグロックを取り出した。レジーは武器を見おろし、白目を剝いた。リーは頭のなかでウォルターは本気じゃないと自分に言い聞かせた。本気じゃないに決まっている。ウォルターが人を殺したりするわけがない。

ウォルターはリーから銃をもぎ取った。銃口をレジーのひたいに押しつけた。指はトリガーガードにかかっている。彼は再度尋ねた。「暗証番号は？」

レジーは体を激しく震わせて咳きこんだ。口が閉まらない。血の混じったよだれがシャツに垂れた。

「五」ウォルターがカウントダウンをはじめた。「四。三」

リーは彼の指がトリガーへ動くのを見ていた。彼は本気だ。リーが止めようと口をひらいたとき、レジーが声をあげた。

「逆だ」苦しそうで、呂律《ろれつ》がまわっていなかった。「3、6、9、3」

ウォルターはレジーのひたいに押しつけた銃を離さず、リーに言った。「試してくれ」

リーは鍵をまわした。ドアをあけた。暗い待合室に警告音が鳴り響いていた。その音をたどり、短い通路に入った。キーパッドはオフィスのなかにある。赤いボタンが点滅していた。警告音のテンポが速くなり、警報を発信するまでのカウントダウンがはじまった。

リーは暗証番号を入力した。警告音は止まらなかった。身を屈めて、どうすればいいのか考えた。警告音のテンポがさらに速まった。警報が発信されてしまう。電話が鳴る。合い言葉を尋ねられても、レジーが答えるわけがない。彼がそのときまで生きているとしても、ウォルターはさっき言ったとおりにするだろう。

「くそっ」リーはつぶやき、数字に目を走らせた。1のボタンの下部に〝ＯＦＦ〟という小さな文字があった。リーは暗証番号を打ちなおし、最後に1を押した。キーパッドが最後に長い警告音を発した。赤いボタンが緑色に変わった。

リーは胸に手を当てたが、まだ電話が鳴りそうな気がしていた。沈黙に耳を澄ました。聞こえるのは別の部屋のドアが閉まり、鍵のかかる音、そしてレジーを引きずって通路を歩いていくウォルターの重たい足音だけだった。

照明がついた。リーはソファにバッグを置いた。窓辺へ行き、ブラインドを閉じた。頭のなかでは、ふたつの問いが交互に繰り返されていた。**これからどうする？　そうしたらどうなる？**

ウォルターはレジーを手荒く椅子に座らせた。リーは、彼がパンツの後ろポケットからダクトテープを取り出すのを見てぎょっとした。最初からこうするつもりで、車のトランクから持ってきたのだ。それだけならまだしも、その計画を彼の頭に吹きこんだのは、ほかならぬリー自身だ。

素裸にして鎖で椅子に縛りつけて、爪を剝いで歯を抜くとか。

「ウォルター」彼に考えてほしくて、懇願の気持ちをこめて呼びかけた。

「サーバーはあそこか?」ウォルターは奥の壁にはめこまれた金属の扉を指さした。掛け金にかかっている黒い錠前は、ミリタリーもののカタログに載っているような代物だった。

リーは言った。「ええ、でも——」

「あけるんだ」ウォルターはレジーの胸をダクトテープで椅子の背に縛りつけた。レジーの両手が手首でしっかりと縛られているのを確認し、片膝をついてレジーの足首を椅子の脚に固定した。

リーは口もきけなかった。夫が常軌を逸するのを目の当たりにしているようなものだ。彼を止める手立てがない。彼が正気に戻るまでつきあうしかない。リーは錠前を引っぱった。掛け金はがっちりはまっていた。金属の扉と枠に掛け金を固定したネジはプラスだ。車の応急処置キットにプラスドライバーが入っている。リーはそれをトランクに入れたウォルターを心配性だと茶化したのだが、いまあのときに戻れるなら、トランクから取り出してコンドミニアムの駐車場に置いてきたかった。なぜなら、車から取ってこいとウォルターに指示されるのは時間の問題だから。

この部屋にふたりを残せば、戻ってきたときには片方が死んでいるだろう。

ウォルターはレジーの手首に追加のテープを巻きながら言った。「さあなにもかも吐いてもらうぞ、くそが」

リーはレジーのキーリングをチェックした。どの鍵も、錠前の鍵には見えなかった。短くて、ギザギザの歯がついているはずだ。とりあえず、全部試すことにした。

ウォルターは部屋の反対側から椅子を引きずってきた。レジーと向かい合わせに座った。たがいの膝が触れ合うほど距離が近い。銃は膝の上にある。人差し指を銃身に添えている。

「娘の学校に来た目的はなんだ?」

レジーは答えなかった。クローゼットのそばのリーを見ている。

「妻を見るな。こっちを見ろ」ウォルターは、レジーが応じるのを待ち、もう一度繰り返した。「娘の学校に来た目的はなんだ?」

レジーはまだ黙っていた。

ウォルターは片手で銃を宙に放り、銃口をつかんだ。すかさずバックハンドでレジーにプラスチックの銃把《じゅうは》を叩きつける。レジーは椅子ごとひっくり返りそうになった。リーは口を押さえて悲鳴を呑みこんだ。血しぶきが靴にかかった。カーペットに歯が散らばっているのが見えた。

レジーの背中がわなないた。シャツの前に胃の中身を吐いた。首がぐらりとまわった。顔は腫れあがっている。左目は完全につぶれていた。口はだらりとあき、舌をしまっておけないようだった。

誘拐。加重暴行。拷問。

ウォルターはリーに尋ねた。「錠前はあいたか?」

リーはかぶりを振った。「ウォルター――」

「おい」ウォルターは手のひらでレジーの頭を叩いた。「どこだ、くそ野郎？　鍵はどこにある？」

レジーがまた白目を剥いた。吐瀉物《としゃ》のにおいがリーにも嗅ぎ取れた。

リーはウォルターに言った。「脳震盪《のうしんとう》を起こしてる。もう一度殴ったら気絶するよ。気絶じゃすまないかも」

振り向いたウォルターの目が、何度となく目撃したアンドルーの目つきと同じように冷たく、生気を失っていたので、リーは打ちのめされた。

「ウォルター、お願い。わたしたちがなにをしているのか考えて。なにをしてしまったのか」

ウォルターは二度とリーを振り向くことはないだろう。彼には、マディに対する脅威しか見えていない。グロックを持ちあげ、銃口をレジーの顔に向けた。「鍵はどこだ、くそ野郎？」

「ウォルター」声が震えた。「ネジをはずせばいいのよ、ね？　ネジをはずせばいいだけ。お願い、ベイビー。銃をおろして、ね？」

ウォルターはのろのろと銃を膝に戻した。「急げ」

リーは膝が折れそうになりながらもデスクへ行った。抽斗をあけて中身を床に捨て、小さな鍵を探した。心のなかで、ウォルターがトランクのなかにスクリュードライバーがあることを思い出しませんようにと願った。彼をここから連れ出し、正気を取り戻させなければならない。こんなことはやめなければ。レジーを病院へ連れていかなければ。でも、そうしたらレジーはすぐさま警察に通報し、ウォルターは逮捕され、アンドルーはビデオテープを拡散し――

そのとき、思考が急停止するのを感じた。

脳がバックグラウンドで処理をつづけ、違和感があると告げていた。リーはレジーのデスクの上にあるものをひとつひとつ確認していった。ノートパソコン。黒革のデスクマット。色つきガラスの文鎮。名刺ホルダー。

ティファニー１８３７メイカーズのレターオープナーがなくなっている。

リーは、あの長さ十八センチほどの純銀製のデスクアクセサリーの値段が三百七十五ドルだと知っている。数年前のクリスマスに、ウォルターにプレゼントしたからだ。いかにも男性的な、特徴的な形をしている。

「ウォルター」リーは言った。「話があるから廊下に出て」

彼は動かなかった。「車からスクリュードライバーを取ってきてくれ」

リーはソファへ行った。バッグのなかに手を入れた。ルビー・ヘイヤーの犯罪現場写真がファイルホルダーに入っている。「ウォルター、廊下に出て。早く」

有無を言わせない口調が、ウォルターの頭の霧を貫いたようだった。彼は立ちあがり、レジーに言った。「ドアのすぐ外にいるからな。逃げようとしたら背中を撃つ。いいな？」

レジーは顔をあげた。両目は閉じていたが、やっとのことで一度だけうなずいた。

リーはウォルターが動きだすのを待った。オフィスの外へ連れ出したものの、彼は待合室には入らず、レジーが見えるドアの前から動こうとしなかった。

ウォルターはじれったそうに尋ねた。「どうしたんだ？」

「わたしが買ってあげたレターオープナーを覚えてる？　まだ持ってる？」

彼はリーのほうへゆっくりと振り向いた。「なんだって？」

「レターオープナーよ。ティファニーで買ってあげたやつ。覚えてる？」

次第に彼は混乱した表情になった。リーの夫にほとんど戻ったように見えた。

リーは親指でルビー・ヘイヤーのファイルをめくりながら、またウォルターを興奮させないように写真を隠した。ルビーの脚のあいだからナイフが突き出ている写真を見つけた。できればウォルターには見せたくない。彼の法律家としての仕事は、ほとんど電話かデスクまわりで終わる。凄惨な殺人事件はもちろん、そもそも刑事事件を扱ったことがない。

「見てほしい写真があるの。とても生々しいものだけれど、見てもらう必要がある」

ウォルターはレジーの様子をうかがった。「リー、さっさと要点を言ってくれ」

彼に心の準備はできていないから、まず詳細を説明した。「アンドルーは、ルビーの事件ではアリバイがある。聞いてる？」

ウォルターはうなずいたが、ほとんど上の空だった。

「アンドルーはゆうべ結婚式をあげた」リーは陪審に説明するときのように、情報を単純な形で繰り返した。「今朝、ルビーの事件で警察に尋問されたとき、アンドルーはアリバイを提示した。携帯電話に保存してある写真を見せた。それには、ケータリング業者と彼、カクテルパーティーで母親と一緒にいる彼、それから友人と並んでシドニーが通路を歩いてくるのを待っている彼が写っていた」

ウォルターの顎が動いた。リーの話にいつまでもつきあうつもりはなさそうだ。

「今朝、出廷する前にアンドルーと会った。首に歯形をつけて、ここに引っかき傷があった」リーは顔に手を当て、ウォルターが振り向くのを待った。「防御創よ。アンドルーは今朝、防御創をつけて現れた」

「ルビーに抵抗されたんだな。それで？」

「違うの、前の晩にアリバイがあったことを示す写真があるって言ったでしょう？　アンドルーの首に歯形が認められるけど、すでに痣になりかけてる。タイミングが合わないのよ。わたしがそのことに引っかかるのは、痣が黒くなるまでどれくらいの時間がかかるか知ってるから。アンドルーは昨日の午後三時頃、遅くても四時頃には歯形をつけられた。ルビーは午後五時に家族と電話で話してる。アンドルーは、午後五時半にケータリング業者と写真を撮ってる。警察は、ルビーが殺されたのは午後六時から七時頃と見ている。遺体が発見されたのは午後七時半。アンドルーはそのあいだずっと自宅にいたの、証人に囲まれて」

ウォルターは苛立ちをあらわにしていた。

リーは、集中して話を聞いてほしいときにいつもするように、彼の胸に手のひらを当てた。

彼はようやくリーを見た。頭のなかでいまの話を再生し、なにが重要なのか考えているのが、リーにはわかった。しばらくして彼は言った。「つづきを話してくれ」

「わたしは、アンドルーはルビーを殺していないと思う。別の人物が彼の代わりにやった。犯人はアンドルーがほかの被害者に使った手口をまねた。その一方で、アンドルーは絶対に破られない、完璧なアリバイを用意した」

ウォルターはリーの話を真剣に聞いていた。

「三日前に、このオフィスに来たとき、レジーのデスクにレターオープナーがあったの。わたしがあなたへクリスマスプレゼントに贈ったのと同じものよ」リーは言葉を切り、彼に覚悟ができているのを確かめた。「レターオープナーは、レジーのデスクにはない。抽斗にも入ってない」

ウォルターはファイルホルダーを見おろした。「見せてくれ」

リーは犯罪現場の写真を取り出した。なまくらなナイフのように見える純銀のレターオープナーの取っ手の表面に〝T&CO　MAKERS〟の文字が刻印されている。

ウォルターの表情から険しさが消えた。彼にはレターオープナーが見えていなかった。リーの話の点と点をつなぐことができずにいた。彼に見えているのは、裏庭のバーベキューで笑い話をした相手だ。娘の友人の母親だ。PTAのミーティングや学校行事で冗談を交わした保護者だ。その人物のごくプライベートな部分が犯されたむごい死にざまが、彼の目の前に掲げられた写真に捉えられていた。

彼は頭を片手で押さえた。たちまち涙をこぼした。

リーは彼の苦しそうな様子に耐えられなかった。同じく涙があふれた。写真をウォルターに見えないようにした。ふたりの結婚生活を侵害したもののなかで、これがなによりも残酷に感じた。

「きみは……きみは、あの男が……」ウォルターの打ちひしがれた表情が、リーにはひどくつらかった。「キーリーには……」

「キーリーには知る権利がある」リーは代わりに言った。

「僕は……」ウォルターは振り向いた。レジーを見ている。「僕たちはどうすればいいんだ？」

リーは手をのばした。彼の手から銃を取った。「あなたはここを出て。マディからあなたまで奪うことなんてできない。これはわたしの責任よ。こんなことになったのはわたしのせい。あなたはわたしの車で――」

「だめだ」ウォルターは両手を見おろしていた。指を曲げた。関節に血がにじんでいた。あいかわらず全身から汗が噴き出ている。彼のDNAは、レジーのオフィスにも、アウディにも、立体駐車場にも残っているはずだ。「よく考えよう、リー」

「考えることなんかない」リーは言った。とにかくウォルターをできるだけ遠くに行かせなければならない。「お願いだから、わたしの車で――」

「このことは利用できる。取引の切り札になる」

「いいえ、そんなことは――」リーは途中で口をつぐんだ。できなくはない。ウォルターの言うとおりだ。たしかにふたりしてレジーを拉致して拷問したが、レジーはルビー・ヘイヤーを殺している。

これこそ相互確証破壊だ。

「わたしにレジーと話をさせて。いい？」

ウォルターはためらったが、うなずいた。

リーはファイルホルダーを脇に抱え、オフィスに戻った。

レジーはリーの足音を聞きつけた。濁った片目でリーを見あげた。首を巡らせ、入口に立っているウォルターを一瞥した。それからまたリーに目を戻した。

「いい警官と悪い警官をやってるわけじゃないのよ」リーは彼に銃を見せた。「わたしたちふたりは、あなたを拉致してさんざん殴りつけた。殺すのも時間の問題だと思わない？」

レジーはリーを見あげたまま、その先を待った。

「ゆうべ、あなたはどこにいた？」

返事はなかった。

「アンドルーの結婚式には招待されたの？　彼が警察に見せた写真には、あなたは写っていなかった。あの人、携帯電話で式の一部始終を撮影してた。つまり鉄壁のアリバイがある」

レジーはふたたび目を見ひらいたが、リーは彼の不安を感じ取った。彼にはこの話の行き着く先が見えていない。頭のなかで推測を巡らせているのが目に見えるようだった――**こいつらはどこまで知っているのか、なにをするつもりなのか、ここから逃げられる見込みはあるか、アンドルーがこの仕返しをしてくれるのはいつになるのか？**

リーはダンテ・カーマイケルのまねをした。ホルダーをひらき、犯罪現場の写真を手早くデスクに並べていく。ルビーの頭部のアップではなく、ティファニーのレターオープナーの写真を取っておいた。

もう一度レジーを問いただした。「ゆうべ、あなたはどこにいた？」

レジーは並んだ写真を見て、リーの顔を見あげた。顎がはずれて口を閉じることができないが、うなるように言った。「だれだ？」

「だれだ？」リーは繰り返した。まったく予想外の質問だった。「自分がアンドルーの指示で殺した女性の名前も知らないの？」

レジーは目をみはった。ほんとうにわけがわからないようだった。

リーはレターオープナーのアップを彼に見せた。今度も意外な反応が返ってきた。「なんだって？」レジーは身を乗り出し、顔の向きを変えていいほうの目を写真に近づけた。写真をまじまじと見つめた。レターオープナーを捜すようにデスクを見やる。ようやくリーに目を戻した。かぶりを振る。

「違う」レジーは言った。「違う、違う」

「日曜日の夜、あなたはマディの学校にいた。わたしがルビー・ヘイヤーと話してるのを見た。ルビーのことをアンドルーに教えたのはあなた？　それで、アンドルーはあなたにルビーを殺せと指示したんでしょう？」

「おれは——」レジーは咳きこんだ。顎の筋肉が痙攣《けいれん》した。彼がはじめて怯えているように見えた。「違う。おれじゃない。アンディには、その女が亭主を捨てたことは話した。理学療法士と寝てると。ホテルに泊まってる。でも、おれは——違う。おれはそんなことはしない。あの女は生きてた」

「ルビー・ヘイヤーをホテルまで尾行して、アンドルーには報告しただけで、ほかにはなにもしてない、そういうこと？」

「そうだ」レジーはまだ写真を見ていた。「おれじゃない。ありえない」

リーは彼の顔の残骸を観察した。会った瞬間からわかりやすい男だと思っていた。けれど、ほんとうにそうだろうか。レジー・パルツは、アンドルー・テナントが一度も見せたことのない恐怖心をあらわにしている。

「リー」ウォルターも気づいたようだ。「ほんとうにそうなんだろうか？」

なにがほんとうか、リーにもわからなくなっていた。アンドルーはつねに三歩先にいる。レジーも彼にはめられたのだろうか？

リーはレジーに言った。「あなたがほんとうのことを言ってるとしても、殺人罪の共謀者と見なされる可能性は残ってる。あなたはレイプ事件の容疑者に、家族と離れてひとりきりになった無防備な女性の居場所を教えたんだから」

レジーは恐怖を呑みこもうとして顔をしかめた。

「アンドルーがわたしを見つけたいきさつ、あれはどうなの？　彼があなたに『アトランタ・インタウン』の記事を見せられて、わたしに気づいたって話。あれはほんとうなの？」

レジーはすぐさまうなずいた。「ほんとうだ。誓って言う。記事を見つけた。あいつに見せた。やつはあんただと気づいた」

「それから、わたしと家族についてあなたに調べさせた？」

「そうだ。金をもらった。それだけだ」レジーはまた犯罪現場の写真を見た。「これはおれじゃない。おれはこんなことはしない。できるわけがない」

リーは、彼が正直に話しているような気がしてならなかった。ウォルターと視線を交わした。目顔で同じ疑問をたがいに問いかけた――どうする？

「鍵は――」レジーは痰《たん》の絡んだ咳をした。目をサーバークローゼットへ向けた。「ドア枠の上」

ウォルターはドアへ向かった。ドア枠の上に手をのばした。リーに錠前の鍵を渡した。

彼の目は、リーが感じているのと同じ不安をにじませていた。

直感のサイレンが鳴っていなくても、どこか腑《ふ》に落ちない。リーはこの五分を思い返し、ここ数日も思い出してみた。レジーはアンドルーのためなら違法行為も厭わない。金のためなら人殺しもすると、リーは思っていた。だが、こんな殺し方ができるかどうか、そこが引っかかる。ルビー・ヘイヤーを襲った容赦ない暴力は、あのようなことを楽しむ人物によるものだ。金をいくら積んでも、あのレベルの残虐さは買えない。

リーはレジーに尋ねた。「アンドルーに、デジタルのファイルを保管してほしいと頼まれてない？」

レジーは苦労して一度だけうなずいた。

「彼に万一のことがあったら、ネットで拡散しろと？」

レジーはもう一度うなずいた。

リーはウォルターが鍵を錠前に差しこむのを見ていた。彼は扉をあけた。

ジェイソン・ボーンの映画のように、大型のラックにランプがチカチカ点滅する機材がぎっしり詰まっているのを、リーは想像していた。だが、そこには普通の書類棚があり、最上段に黄褐色の金属の箱が二台あるきりだった。どちらもミルクの一ガロンボトルと同じくらいのサイズだった。前面で赤と緑のランプが点滅している。背面から青いコードがのび、モデムにつながっている。

「ファイルの中身は知ってる？」

「いや」レジーは声を発しようとして、首をこわばらせた。「金をもらった。それだけだ」

「中身は子どもがレイプされるところを撮った動画よ」

レジーの目が丸くなった。全身がわななきだした。彼の恐怖は一目瞭然だった。

ただ、彼がおぞましい事実に戦慄しているのか、法の裁きの結果を恐れているのか、リーには判じかねた。ＦＢＩが逮捕した小児性犯罪者のほとんどは、自分の電子機器に児童ポルノが保存されていたのを知らなかったと主張する。そして、その後の人生の大部分を刑務所で暮らし、もっとましな言い訳をすればよかったと悔やむことになる。

リーはレジーに尋ねた。「さあ、どうする？」

「そこだ」レジーはクローゼットのなかの書類戸棚のほうへ頭を傾けた。「いちばん上の抽斗。奥に」

ウォルターは動かなかった。すっかり消耗している様子だった。ここまで彼を駆り立てたアドレナリンの大量放出はおさまり、みずからの暴力行為に対する恐怖だけが残っているようだ。

いまは彼のケアをしている場合ではない。リーは書類戸棚のいちばん上の抽斗をあけた。クライアントの名前が書かれた見出しが並んでいる。奥の五冊のホルダーを見て、リーの心臓はぎゅっとしぼんだ。

キャリオピー〝キャリー〟・デウィンター
ハーリー〝リー〟・コリアー
ウォルター・コリアー
マデリーン〝マディ〟・コリアー
サンドラ〝フィル〟・サンチャゴ

リーはウォルターに言った。「車で待ってて」

彼は首を横に振った。善良な彼には、リーをひとりで置いていくことなどできるわけがない。

リーはホルダーを抜き出した。ウォルターにホルダーを見られないように、彼に背中を向けて机の前に立った。手はじめになにより重要なマディのホルダーを確認した。

職業柄、調査員の報告書を数えきれないほど読んでいる。どれも形式は決まりきっている。日誌形式の記録、写真、領収書。マディに関する報告書も同様だが、レジーはスプレッドシートではなく手書きで作成していた。

マディの行動の記録は、二日前の『ザ・ミュージック・マン』が上演された日曜日からはじまり、昨日の午後が最新のものだった。

AM8：12　キーリー・ヘイヤー、ネシア・アダムズ、ブライス・ディアスと相乗りで登校

AM8：22　マクドナルドのドライブスルーに立ち寄り、車内で飲食

AM8：49　ホリス・アカデミー到着

PM3：05　講堂で演劇の稽古に立ち会う

PM3：28　サッカーの練習でスタジアムへ（父親同伴）

PM5：15　父親と自宅に到着

リーは、アンドルーが足首のモニターをいじったのを思い出したが、ホリス・アカデミ

ーの講堂でマディが年下の子どもたちと入ってくるのを見ていたのではないか、あるいはマディが週三回サッカーの練習をしているスタジアムに現れたのではないかと、つい想像を巡らせてしまいそうになるのをこらえた。銃弾をこめたグロックが手元にあるいまは、やめておくべきだ。

その代わりに、日誌に添付されている分厚いカラー写真の束をめくった。これも予想どおりだ。車に乗っているマディ。ステージ上のマディ。サッカーフィールドの外側でストレッチするマディ。

ウォルターには写真を見せなかった。またレジー・パルツを殺すことも辞さない獣に変わられたら困る。

次にキャリーのホルダーを選んだ。日誌はマディのものから一日遅れてはじまっている。キャリーはスチュアート・アヴェニューでドラッグを売っていた。ドクター・ジェリーのクリニックで働いていた。モーテルに寝泊まりし、リーに会い、アウディに乗り、フィルの家へ入っていった。日誌を裏付ける写真もあったが、それだけではなかった。バス停でバスを待つキャリー、フィルの家の窓から猫を入れるキャリー、ショッピングセンターの外を歩いているキャリー。そのショッピングセンターは知りすぎているほど知っている場所だったので、リーの目は熱くなった。

キャリーは屋根付き通路にいるところを捉えられていた。ふたりでバディ・ワレスキーの死体の破片を埋めた、まさにその場所だ。

リーはレジーに尋ねた。「ゆうべ、あなたはどこにいたの？」

「あんたの――」レジーは咳払いした。顔つきからして、事態を理解しているのはたしかだ。彼はまずいことになったと気づいている。ここを生きて出られても、アンドルーか警察が待ち構えている。「あんたの妹を監視していた」

リーは昨日のキャリーの日誌を確認した。キャリーは図書館へ行き、そのあとマディがサッカーを練習しているスタジアムへ行き、バスで帰宅している。レジーの記録によれば、彼は昨日午後五時から夜中までフィルの家の外にいた。

調査員の報酬は時給で支払われる。監視対象が移動する可能性がないのに家の外でぐずぐずしていたら、普通は支払いを渋られる。日誌をさかのぼって確認しなくても、キャリーがいったん帰宅したら朝まで出かけたりしないのはわかりきっている。障害があるし、依存症でもある。よほどの理由がなければ、夜間に外出はしない。

「アンドルーは、あなたが午後五時頃キャリーを監視していたのを知ってるの？」

「電話があった。監視をつづけろと」レジーは次になにを訊かれるのか予測していた。

「電話は使い捨て。もう一台は……ここに置いていけと」

「あなたの記録は手書きだけで、パソコンでバックアップは取っていない」

レジーはかすかにうなずいた。「コピーはない」

リーはウォルターを見たが、彼はあいかわらず擦り切れた手の関節を見おろしている。

「タミー・カールセンがレイプされた夜、あなたはどこにいたの？」

レジーは一瞬面食らったが、すぐさま不安な表情に変わった。「アンドルーに依頼されて――シドニーを尾行した」

「カメラのメモリーカードは？　アンドルーに渡したの？」

レジーはすかさずうなずいた。

「支払いは現金よね？　だから請求書はない」

返事はなかったが、必要ない。

彼は最悪の事態に気づいていない。リーはアンドルーのたくらみをすべて提示してやった。「では、ほかの三件についてはどうかしら。アンドルーの行きつけの場所の近くで、三名の女性がレイプされた。それぞれの夜、あなたはどこにいた？」

「仕事」レジーは言った。「元カノの尾行」

リーはダンテのリストに載っていた新たな証人二名の名前を思い出した。「リン・ウィルカーソンとファビアン・ゴダード？」

レジーは動揺して低くうめいた。

「信じられない」リーは言った。すべてが仕組まれていたのだ。「車のカーナビは？」

レジーは目を閉じていた。目尻から血がにじんでいた。「電源を切ってる」

リーは、黙ったままひとつひとつの事実をつなぎ合わせているレジーを見守った。彼には四件のレイプ事件のアリバイがない。ルビー・ヘイヤー事件のアリバイもない。日誌はパソコンに記録していない。仕事をしていたことを裏付ける請求書もない。事件が起きたときに、彼がどこにいたのかをピンポイントで証明する通話履歴やカメラの映像やメモリーカードもない。カーナビの電源を切っているのは、犯罪の証拠を残さないためとみなされるかもしれない。

だから、アンドルーはいつも余裕たっぷりだったのだ。レジーにすべての罪をかぶせるつもりだからだ。

「ちくしょう」レジーも気づいたようだ。

「ウォルター」リーは言った。「サーバーを運び出して。わたしはノートパソコンを持っていく」

リーはレジーのノートパソコンをバッグに押しこんだ。ウォルターが金属の箱からケーブルをはずすのを待った。オフィスを出ていく前に、書類戸棚の前へ引き返した。リン・ウィルカーソンとファビアン・ゴダードのホルダーを取り出した。二冊をレジーに見えるように、デスクに置いてあるものと重ねた。「これ全部もらっていくわ。あなたのアリバイはこれだけしかないんだから、妙なまねをしたらお返しにあなたを叩きつぶす。わかるよね？」

レジーはうなずいたが、彼が気にしているのはホルダーの資料ではない。アンドルーだ。リーは床に捨てた抽斗の中身のなかから鋏《はさみ》を拾った。「わたしがあなただったら、病院へ行って、腕のいい弁護士を探すわ」

レジーは、手首の縛めを鋏で切断するリーを見ていた。

助けてやるのはここまでだ。リーは鋏を彼の手に残した。「行きましょう」

奪ったものをまとめ、ウォルターに声をかけた。

リーはウォルターを先にオフィスから出した。またレジーにつかみかからないとも限らない。ウォルターは黙ってサーバーを階下へ運んでいった。ロビーを抜け、ドアの外へ出る。リーは荷物をトランクに入れた。ウォルターも二個のサーバーをトランクに積みこんだ。

ここまではウォルターが運転してきたが、今度はリーがハンドルを握った。バックで車を出した。ヘッドライトの光が建物の前面をさっとよぎった。オフィスの窓辺に立っているレジー・パルツの影が見えた。

ウォルターは言った。「あいつ、警察を呼ぶだろうな」

「見てくれをととのえて、できるだけ早い便でバヌアツかインドネシアかモルディブへ飛ぶでしょうよ」リーは、逃亡犯罪者を引き渡す条約をアメリカと結んでいない国をあげた。「サーバーに保存されているキャリーの動画ファイルを破壊しなくちゃ。残りは保険に取

って おく」

「そうする意味があるのか？　アンドルーはオリジナルを持ってる。僕たちの状況は変わらない。アンドルーは僕たちを振り出しに引きずり戻した」

「状況は変わったわ」リーは言った。「引きずり戻されてなんかない」

「アンドルーはあのろくでなしに金を払ってマディをつけまわさせた。マディがいまいるところ、これから行くところ、全部知ってる。写真も撮ってるんだろう。きみの顔つきでわかった。ぎょっとしていたじゃないか」

そのとおりなので、リーは否定しなかった。

「ルビーがあいつになにをされたか。最悪だ、めちゃくちゃにされていたじゃないか。あいつはルビーをただ殺したんじゃない。拷問して――」ウォルターはこみあげるものを呑みこんだ。両手で頭を抱えた。「どうすればいいんだ？　マディに安全な場所なんかない。あいつを追い払えない」

リーは路肩に車を止めた。はじめてレジー・パルツのオフィスでミーティングをしたあと、車を一時停止させた場所からさほど離れていなかった。あのときはパニックで嘔吐した。いまは持ち前の鋼のような意志が戻ってきていた。

リーはウォルターの両手を取った。彼が振り向くのを待ったが、うつむいたままだ。

「わかるよ」ウォルターは言った。「きみがどうしてやったのか」

リーはかぶりを振った。「やったって、なにを？」

「キャリーはずっと、きみにとって妹というより娘のようなものだったよな。きみはいつも責任を負ってきた」ウォルターはようやくリーの顔を見た。リーは二十年近く彼と一緒にいるが、この二十分間ほど彼の泣き顔を見たことはなかった。「きみが人を殺した話を聞いたときは、僕は――なんだろう。衝撃が大きすぎて、よく呑みこめなかった。理解できなかった。ものごとには善悪があるけれど――きみがしたことは……」

リーは喉が動くのを感じた。

「僕は、自分があんなふうに暴力を振るうことができるとは思っていなかった。でも、駐車場でレジーを見つけて、マディが危ないと気づいたら――目の前が見えなくなった。怒りでなにも見えなくなった。僕はあいつを殺すつもりだったんだよ、リー。きみもわかっただろう」

リーは唇をきつく結んだ。

「きみの話のすべてを理解したわけじゃない。でも、このことはわかった」

リーは優しく善良な夫を見つめた。ダッシュボードの光に照らされ、顔の汗や血の筋が紫色に見えた。彼をこんなふうにしたのは自分だ。娘を危険に晒したのは自分だ。夫を逆上させたのは自分だ。自分が責任を取らなければならない、それもいますぐ。

リーはウォルターに言った。「わたしはキャリーを捜しに行く。あの子には知る権利があるから。なにがあったのか。これからどうなるのか」

「どうなるんだ?」

「三日前にすべきだったことを、いまからやる」リーは言った。「わたし、自首する」

18

ドクター・ジェリーのクリニックで、キャリーは鍵のかかった薬品棚の前に立った。シドニーのBMWのオープンカーは、向かいの駐車スペース二台分にまたがってとまっている。ここまで来るのは、最後に盗難車を運転したときより大変だった。アンドルーのガレージを出るときに、BMWの右側をこすってしまったのを皮切りに、何度も車をとめては発進しなおした。ドライブウェイでは、車体の後部をぶつけて立派な郵便箱を壊してしまった。さらに、角を曲がるときに目測を誤ってホイールを縁石にこすること数度。

スチュアート・アヴェニューの麻薬常習者のたまり場に立ち寄ったときにBMWが強奪されなかったのは、ヘロインが人をだめにする証拠だ。キャリーがシドニーの財布と携帯電話を薬と交換しているあいだに、高価なタイヤを盗む者はいなかった。窓を割ってカーラジオを奪う者もいなかった。ご機嫌すぎて頭がまともに働いていないやつか、盗んだ車の部品を売る店が使いをよこすのも待てないほど切羽詰まったやつしかいなかったのだろう。

一方で、キャリーは悲しくなるほど正気だった。これまで何度もうまくいったメサドンの維持投与は、以前のようなご褒美をくれなくなっていた。最初の一発で味わった多幸感がほしいのに、体はオピオイドをあっというまに代謝し、キャリーは無限につづく絶望のループのなかで多幸感を追い求めるようになっている。薬が注入される数秒間の不快感ののち、わずか五分間の多幸感があり、一時間もしないうちにぼうっとした感覚は薄れ、脳はキャリーにもっと、もっと、もっと、もっと、もっと必要だと命じはじめる。

これは耐性と呼ばれ、同じ効果を得るために必要な薬物の量が増えていくことと定義されている。耐性にはやはりμオピオイド受容体が関連している。オピオイドに繰り返し曝《ばく》露《ろ》されると、得られる鎮静効果は弱まっていく。新しいμオピオイド受容体をいくら作っても、それらは古い受容体の記憶を引き継いでいるからだ。

耐性は、依存症者がさまざまな薬物を混ぜて使うきっかけにもなる。フェンタニルやオキシコンチンやベンゾジアゼピンを追加したり、たいてい混ぜ物入りのクズを注射したりして、カート・コベインにあんたの娘は顎の下をショットガンでぶち抜いたときのあんたより年を取ったよと笑い話をすることになる。カートは〝色あせて消えていくより燃えつきたい〟と遺書に引用したニール・ヤングの歌をちょっと歌ってくれるかもしれない。

キャリーは薬品棚をじっと見つめ、怒りを呼び覚まそうとした。スタジアムのトンネル通路にいたアンドルー。クローゼットの床でもだえるシドニー。テレビに映っていた自分とバディのおぞましい動画。なんの屈託もなく、あざやかな緑色のフィールドを走るマディ。慈しまれ、愛されているあの子は、これからもずっとそうでなければならない。

一本目の鍵を鍵穴に差しこむ。二本目。戸棚があいた。慣れた手つきで、キャリーは薬瓶にそっと指を走らせた。メサドン、ケタミン、フェンタニル、ブプレノルフィン。いままでだったら、ポケットに詰めこめるだけ詰めこんだだろう。今回は、それらは残してリドカインを取った。扉を閉めかけたそのとき、なにかがキャリーを引きとめた。棚の最下段に、ペントバルビタールの瓶が数本並んでいる。ガラスクリーナーに似た青色の液体。瓶の大きさは、ほかの薬品の三倍近い。キャリーは一本取り、扉に鍵をかけた。

治療室へは向かわず、受付ロビーへ行った。板ガラスの窓から、強盗よけの鉄柵越しに駐車場が見える。街灯の電球はなくなっているが、シドニーのぴかぴか光る車はよく見えた。それ以外には、大型ゴミ容器へ歩いていく野良猫がいるきりだ。理容店は閉まっている。ドクター・ジェリーはいまごろ自宅でみずから哺乳瓶で育てた子猫、ミヤミヤ・キャスにソネットを読み聞かせているだろう。ここに来たのはわれながらいいアイディアだったと思いたいところだが、一生に一度級の無謀な選択をしてしまったいま、あとはどうなろうが知ったこっちゃないというものの投げやりさに欠けた自分がいる。

アンディに伝えな。ナイフを返してほしけりゃ自分で取りに来いって。

キャリーは完全な技術革新反対者ではない。車が衛星に信号を発し、現在位置を知らせていることは知っている。シドニーのばか高いBMWが巨大なネオンサインの役割を果たし、いずれアンドルーに居場所を知られることもわかっている。それから、アンドルーの陪審選任手続きが数時間前に終わっていることも。

それなのに、なぜ彼は追いかけてこないのだろう？

キャリーは休憩室へ行く途中で、サージカルパックを一袋取った。脚がひどく痛み、脚を引きずりながらテーブルにたどり着いた。大小の薬瓶をそっとテーブルに置いた。サージカルパックの袋をあけた。椅子に座り、太腿に触れた。ジーンズの下の膿瘍はコマッグミの卵ほどの大きさになっていた。わざとそこを強く押さえた。心の痛みより体の痛みのほうがましだ。

目を閉じた。脳が避けられないことに抵抗するのをやめさせ、動画を頭のなかで再生した。

ソファに押さえつけられた十四歳のキャリー。

バディ、お願い、ほんとうに痛いのもうやめてやめて……

キャリーに覆いかぶさるバディの巨体。

うるさい静かにしろキャリーじっとしろと言ってるだろうが。

キャリーの記憶とは違う。どうして忘れていたのだろう？　脳がどうかしていたのだろうか？　精神がどうかしていたのだろうか？

指をパチンと鳴らすだけで、幼いころフィルにされたひどいことを細かい部分まで数えきれないほど思い出せる。意識がなくなるまで殴られた、とか、道路の端に置き去りにされた、とか、アルミ箔《はく》の帽子をかぶった男たちが大きくて太い針を持って外で待っているという話を夜中に聞かされ、死ぬほど怖い思いをさせられた、とか。

バディには何度となく脅され、部屋の反対側へ突き飛ばされ、蹴られ、無理やり挿入され、縛られ、あげくの果てには首を絞められたのに、なぜこの二十三年間、一度も思い出さなかったのだろう? 大げさに泣いたり騒いだりするな、言われたとおりにできないおまえが悪いんだと一万回くらい責められたのに、なぜその記憶を締め出していたのだろう?

自分の唇が鳴っていることに気づいた。脳はフィルとバディと鍵のかかった薬品棚を一本の線でつないでいた。

メサドン。ケタミン。ププレノルフィン。フェンタニル。

フィルの家でピタピタの黒いカットソーを脱ぎ、破れたケアベアのTシャツと黄色いサテンの虹柄ジャケットに着替えてから、リュックを持ち出した。ジャケットのボタンは首までとめた。安心毛布のようなもので、そのほうが落ち着くのだ。リュックに注射セットが入っている。駆血帯も。ライターも。スプーンも。使用済みの注射器も。白い粉がたっぷり詰まっている袋も。

キャリーはなにも考えずに手をのばした。なにも考えずに注射セットをあけた。筋肉が記憶に従ってライターと駆血帯と、究極の謎が詰まった袋を並べた。

このヘロインは、キャリーの知らない売人から買ったものだ。彼がなにを混ぜたのかわかったものではないし――ベーキングパウダー、粉ミルク、メサドン、フェンタニル、ストリキニーネ――そもそも彼が仕入れた時点で純度の低いものだったかもしれない。なんにせよ、手元に現金四十ドルとシドニーに使った残りの処方薬があり、売人は象一頭殺せる量のヘロインを持っているのなら、買わない手はない。

キャリーは口のなかの血を飲みこんだ。絶えず嚙んでいるせいで唇が切れていた。気力を振り絞り、薬品から意識を引き離した。椅子の上で腰を浮かせ、ジーンズをおろした。天井の照明に照らされた太腿は工作糊《のり》の色で、そこへ真っ赤な膿《うみ》の詰まった塊を落としたように見えた。指でそっと膿瘍をなでた。指先に熱い拍動を感じた。膿瘍に注射針を突き刺した跡に、乾いた血がこびりついていた。

何度追い求めても二度と得ることのない、たった五分間の陶酔をあきらめきれない。ジャンキーなんかろくでもない。

正確な計量もせず、リドカインを注射器に吸いこんだ。針の先が膿瘍に沈むのを眺めた。努力の見返りに、新しい血が流れ出た。痛むのは患部だけでなく、いまや全身が痛かった。首も腕も背中も、シドニーの股間に叩きつけた膝頭も。以前はなにも感じない完璧な眠りに導いてくれたヘロインの重みは、いずれ自分を窒息させる重石に変わってしまった。目を閉じてリドカインが膿瘍から広がっていく感覚を味わった。ゴリラの声が聞こえないか耳を澄ました。首筋に熱い吐息を感じないか待ち構えた。だが、完全に孤独だった。あのキッチンの夜からこっち、つねに地平線にうろつくゴリラと生きてきたのに、いまはだれもいない。スタジアムのトンネル通路でアンドルーに襲いかかったときを最後に、ゴリラは現れなくなった。この矛盾の謎がいつまでも頭に引っかかっていた。突き詰めて考えれば、答えは単純だ。長年つきまとってきたゴリラはバディ・ワレスキーではなかったのだ。

最初からずっと、獰猛《どうもう》で血に飢えた鬼はキャリー自身だった。

「やあ、友よ」ドクター・ジェリーの声がした。

キャリーはさっと向きを変えたとたん、恥ずかしさで心が燃えあがった。ドクター・ジェリーが部屋の入口に立っていた。その目がテーブルへ動いた。注射セットとヘロインの袋。サージカルパック。リドカインの注射器。青いペントバルビタールの大瓶。

「おや」ドクター・ジェリーはキャリーの脚の大きな赤い瘤《こぶ》に目をとめた。「治療しようか？」

キャリーの口のなかは謝罪の言葉でいっぱいだったが、唇が動かなかった。この状況では弁解しようがない。裁判で提示された証拠のように、犯した罪は一目瞭然だ。

「いまなにができるか考えてみようか、お嬢さん」ドクター・ジェリーは椅子に腰をおろした。白衣は皺くちゃだ。眼鏡は傾いている。髪に櫛を通した形跡はない。ドクターは起き抜けの口臭を漂わせながら、膿瘍の周囲を慎重に指で押した。「きみが三毛猫なら、激しく抗議するだろうね。もちろん、三毛猫にはよくあることだ。ボクサー並みにパンチが得意だからね。ところがボクサー犬は雄弁で知られている。とりわけ、何杯か飲ませてやるとだな」

キャリーの視界は涙でぼやけた。全身全霊で恥じていた。普段ドクターのほら話を聞くときと同じようにじっと座っているのがつらかった。

「リドカインはもう注射したようだね」ドクターは患部の周囲を押しながら尋ねた。「麻酔は効いているかな、どうだろう？」

キャリーはついうなずいたが、ほんとうはまだ膿瘍の焼けつくような痛みを感じていた。なにか言わなければならないけれど、なんて言えばいいのだろう？　ドクターからいろいろなものを盗んだことを、どう詫びればいいのだろう？　クリニックをつぶしかねないことを。面と向かって嘘をついたことを。

ドクター・ジェリーはなにごともなかったかのように、サージカルパックから手袋を取り出した。治療をはじめる前に、キャリーにほほえみかけ、怯えたホイペットに話しかけるように優しく前置きした。「大丈夫だよ、お嬢さん。われわれふたりにとって、いささか心地よくないことをするが、できるだけ早く終わらせるからね。すぐ元気になるぞ」

キャリーはドクターが膿瘍を切開するあいだ、彼の背後の冷蔵庫を見ていた。ドクターの指が膿を絞り出し、ガーゼで傷口を拭うのが感じられた。ドクターは膿が出なくなるまでそれを繰り返した。傷口に冷たい液体がかかった。生理食塩水で傷を洗浄しているのだろう。キャリーは脚を見おろすことができなかったが、丁寧に手当てされているのはわかっていた。ドクターはいつも、クリニックに来るかわいそうな動物たちに優しい。

「さあ、終わったよ」ドクター・ジェリーは手袋をはずした。抽斗から救急セットを取り出し、中くらいの大きさの絆創膏を選んだ。それを傷口に貼りながら言った。「抗生剤を飲まなくちゃいかんが、ちゃんと飲めるかね？　わたしはチーズに隠してほしいが」

キャリーはまだ口をきくことができなかった。椅子から腰を浮かしてジーンズをはいた。ウエストが余った。ベルトが必要だ。

ベルト。

自分の両手を見おろした。バディはズボンのベルトループからベルトを抜き、この手を縛っていた。二十三年ものあいだ忘れていたことが、ホラー映画の一場面のようにまぶたの裏に焼きついてしまった。

「キャリー？」

顔をあげると、ドクター・ジェリーが辛抱強く待っていた。

「わたしは普段、体重の話はしないようにしているんだが、きみとはおやつの量を増やす話をしてもいいと思う。どう見てももっと栄養が必要だ」

キャリーが口をひらくと、言葉があふれ出てきた。「ごめんなさい、ジェリー先生。あたしはここにいていい人間じゃない。戻ってきたのがいけなかったんです。先生に助けてもらう資格なんてない。信頼してもらう資格もない。あたしはずっと盗みを働いて、それだけじゃなくて――」

「友よ。きみはそれだよ。わたしの友達だ。十七歳のときからいままでずっと」

キャリーはかぶりを振った。自分はドクターの友達などではない。寄生虫だ。

「はじめてここに来たときのことを覚えているか？　助手募集の貼り紙をしたときに、きみのような特別な人が来てくれたらいいなとひそかに思っていたんだ」

こんな優しい言葉は受け取れない。キャリーは息もできないほど泣きじゃくりはじめた。

「キャリー」ドクターはキャリーの手を取った。「泣かなくていい。わたしは驚いてはいないし、がっかりしてもいないよ」

キャリーはそう言われてほっとするはずが、ますますいたたまれなくなった。ドクターはいままで見逃してくれていたのだ。ドクターは見て見ぬふりをしてくれていたのに、自分はばれていないつもりだった。

「カルテの改竄《かいざん》も痕跡の消し方も、きみはじつに巧妙だったよ。こんなことを言っても、慰めにもならんか」

　慰めと思ってはいけない。非難だ。

「ところが計算違いだったのが、わたしはぼけかけているかもしれんが、股関節形成不全の秋田犬のことは覚えていることだろう」規制薬物の窃盗などなんでもないことのように、ドクターはウィンクした。「秋田犬がときにどんなに手に負えない小悪魔になるか、きみも知っているな」

「ごめんなさい、ジェリー先生」涙がとめどなく流れた。鼻水も止まらない。「あたし、ゴリラに追いかけられてて」

「ああ、だったら知っているだろうが、このごろゴリラの世界で個体数の統計的変化が起きていて、それにより異常な行動が見られるようになっているんだ」

　キャリーは、自分の唇が震えながら笑みになるのを感じた。ドクターは講義をはじめたのではない。動物に絡めて話をしたいのだ。

　深呼吸をして言った。「詳しく聞きたいです」

「ゴリラは普通、たがいに近づきすぎないかぎり争わない動物だ。しかし、人間のせいで生息地が狭められているし、言うまでもなく種の保護にも悪い面がある。保護された種が増えすぎてしまうんだ。そうだ、きみはゴリラに会ったことがあるか？」

　キャリーはかぶりを振った。「記憶にあるかぎりではないです」

「そうか、それはよかった。以前は幸運な一頭が群れを統率していた。雌を独占しているそいつは、それはもう満足していたわけだ」ドクター・ジェリーは劇的な効果を狙って、いったん黙った。「ところがいま、若い雄たちが群れを離れて自身の群れを作るのではなく、群れに残るようになっている。そして、愛される見込みがない彼らは、自分より弱くて孤独な雄を襲うようになった。信じられるかね？」

キャリーは手の甲で鼻を拭った。「ひどいですね」

「そうとも。目的のない若者は、ときにトラブルに巻きこまれる。たとえば、わたしの次男だ。あの子は学校でひどいいじめにあった。依存症と闘っていたことは話したかね？」

キャリーはかぶりを振った。ドクター・ジェリーに息子がふたりいるとは知らなかった。オレゴンにひとりいると聞いたことがあるだけだ。

「ザカリーは十四歳で薬を使いはじめた。友達がいなかったんだ。いつもひとりぼっちだったが、あまりつきあってほしくないたぐいの子どもたちのグループに入った。いまでもこんな言葉が遣われるのか知らないが、いわゆるジャンキー学生だ。グループのメンバーになる条件は、ドラッグをやることだった」

キャリーもハイスクールで似たようなグループに入っていた。いまではみんな結婚して子どもがいて、いい車に乗っているのに、自分ときたら本物の父性愛を与えてくれた唯一の人物から薬を盗んでいる。

「ザカリーは十八歳の誕生日の一週間前に死んだ」ドクター・ジェリーは休憩室を歩きまわり、戸棚の扉をあちこちあけたり閉めたりしたあげく、食べきりサイズの動物クラッカーが入った箱を取り出した。「わたしはザカリーのことを隠していたわけではないんだよ。話しにくいことがあるのはわかってくれるだろう」

キャリーはうなずいた。ドクターが知っている以上にわかっている。

「わたしのすばらしい妻もわたしも、あの子を助けようと必死だった。だから、長男は国の反対側に行ってしまったんだよ。われわれ夫婦は四年近くザカリーのことしか考えていなかった」ドクター・ジェリーはひとつかみのクラッカーをもぐもぐと食べた。「しかし、われわれにできることなどなかったよ。かわいそうに、あの子は依存の苦しみから逃れられなかった」

キャリーのジャンキー脳は計算をはじめた。八〇年代にティーンエイジャーだったとすればクラックだろう。コカインは依存性が高いと言うなら、クラックは破滅的だ。キャリーは、クラック頭のサミーが皮膚の下を虫が這いまわっていると信じて腕を掻きむしるのを見たことがある。

「ザカリーの短い生涯のあいだでも依存症の研究は盛んだったが、わが子となると難しいものだよ。そこまでばかじゃないだろうとか、みんなとは違うと思ってしまう。じつのところ、たしかに子どもはひとりひとり特別ではあるが、みんな同じなんだ。自分の行動を振り返ると情けなくなるよ。最後の数カ月をやりなおせるなら、その貴重な時間をつかって、ザカリーに愛していると伝えたい。実際には、おまえは善悪の判断ができないのか、人格がないのか、家族を憎んでいるのかと、声をかぎりにどなりつけるばかりで、そのせいであの子は薬をやめなかった」

ドクター・ジェリーはクラッカーの箱を振った。キャリーは食べたくなかったが、手を差し出し、トラとラクダとサイが振り出されるのを見ていた。

さらにもうひとつかみクラッカーを食べ、ドクターはまた椅子に座った。「ザカリーを埋葬した日の翌日、ジューンは乳癌と診断された」

ドクターが妻の名前を口にすることはめったになかった。キャリーはジューンに会ったこともない。クリニックの窓に助手募集の貼り紙を見たときには、ジューンはすでに故人だった。今度ばかりはジャンキー脳で計算するまでもない。はじめてドクター・ジェリーに会ったとき、キャリーは十七歳で、ザカリーがオーバードーズで亡くなったときと同じ年齢だった。

「不思議なことに、パンデミックがきっかけであのころのことを思い出したよ。最初にザカリーが逝き、悲しむまもなくジューンが入院した。言うまでもないが、ジューンはあっというまだった。幸いではあるけれど、やはりショックだった。どうしていまあのころを思い出すかと言うと、地球上のだれしもいまこの大変なときを生き延びていても、一時的に死を免れているにすぎないからだ。アメリカだけでも五十万人が亡くなった。その数はとてつもなくて実感が湧かないから、みんな日常生活をつづけて、できることをやる。でも、一時的に免れた死も最後にはわれわれを待ち構えている。かならず捕まるんだよ、そうだろう？」

キャリーはドクターに箱を差し出され、クラッカーを取った。

「なんだか元気がなさそうだな、友よ」

そのとおりなので、キャリーは否定しなかった。

「しばらく前に、じつに奇妙な夢を見た。ヘロイン依存症者の夢だ。きみは会ったことはあるかね？」

キャリーの心は沈んだ。自分はドクターのほら話の登場人物にはふさわしくない。

「彼らはとても暗く、さびしい場所に暮らしている。悲しいことだ。なぜなら、彼らが非常に優しい生き物であることはあまねく知られているからな」秘密を打ち明けるかのように、ドクターは口に手を当てた。「とりわけ女性はな」

キャリーは嗚咽をこらえた。自分にはこんな話を聞かせてもらう資格はない。

「彼らが猫を非常に好むことは話したかな？　ディナーにするのではなく、ディナーをともにする相手として」ドクターは両手をあげた。「そうとも、彼らはほんとうに愛すべき存在なんだ。愛さずにはいられない。よほど冷たい心の持ち主でなければ、彼らを愛さないなんて気がとがめて耐えられるものじゃない」

キャリーはかぶりを振った。ドクターに救ってもらうわけにはいかない。

「それに、気前のよさにかけては伝説的だ！」ドクター・ジェリーはうれしそうにそう言った。「ほかのかわいそうな生き物たちのために、金庫に何百ドルも残していくことで知られている」

鼻水が止まらず、キャリーは困った。

ドクターは尻ポケットからハンカチを取り出し、キャリーに差し出した。

キャリーは洟《はな》をかんだ。ほかの個体にくっついて融合してしまう魚や硬い毛に毒をためるネズミの話を思い出し、ドクター・ジェリーは結局、例え話をしていたのではないかもしれないとはじめて考えた。

「依存症者についてまとめると、一度でも彼らに心を許そうものなら、死ぬまで愛するのをやめられない。なにがあってもだ」

キャリーはまたドクターの愛情がもったいなくてかぶりを振った。

「呼吸器悪液質かね？」

両手にやることを与えるため、とりあえず洟をかんだ。まったく、なにもかもばれている。「先生が人間のお医者さんもできるなんて知りませんでした」

ドクターは椅子に深く座り、腕組みをした。「きみは呼吸をするだけで、食物から摂取する以上のカロリーを消費している。だから、そんなに痩せているんだ。悪液質とは消耗の病気だ。そんなことはもう知っているんだろうけれど」

キャリーはまたうなずいた。別の医師から同じような説明を受けたことがある。もっと食べなければならないが、腎臓が弱っているので蛋白質《たんぱくしつ》を摂《と》りすぎてはいけないし、肝臓がほとんど機能していないので、加工食品も控えなければならない。肺にガサガサという音がするし、X線写真に写った肺の一部は磨《す》りガラスのように真っ白だ。頸椎は壊れているし、まださほど年を取っていないのに膝の関節は炎症を起こしている。さらに医師の話はつづいたが、キャリーは途中で聞くのをやめていた。

ドクターは言った。「長くはもたないんじゃないか？　きみがこの道を進みつづけるとしたら、長くはもたない」

キャリーはまた血の味がするほど唇を噛んだ。あの陶酔を追い求めて売買所に行ったものの、ヘロインだけではこの痛みを取り除くことはできないところまで来てしまったのではないかと、薄々気づいてはいた。

「わたしの長男、たったひとり残った息子が、一緒に住まないかと言ってきた」

「オレゴンの？」

「軽い卒中を起こしたときから、ずっと言われていたんだ。ポートランドなんかに行ったら、アンティファにグルテンフリーを強要されるんじゃないかと答えていたんだがね……」ドクターは長々とため息を漏らした。「秘密の話をしてもいいかね？」

「どうぞ」

「昨日の午後、きみが帰ったあとからずっと、わたしはここにいたんだよ。ミャミャ・キャスは取り合ってもらえてうれしそうだったが……」ドクターは肩をすくめた。「家に帰る道順がわからないんだ」

キャリーは唇を嚙んだ。ここへ来たのは三日ぶりだ。「メモを書いてあげます」

「携帯電話で調べたんだよ。いまはそんなことができるなんて知っているかね？」

「いいえ。すごいですね」

「そうだろう。道順やなにかを全部教えてくれるんだが、しかし居場所がすぐわかるというのは厄介なことだと思うね。匿名に隠れられた時代がなつかしいよ。人には消えたければ消える権利がある。それぞれが決めることだ、そうだろう？　だれもが匿名でいる権利がある。われわれには、仲間の人類としてそれぞれの決断を支持する義務があるんだよ。たとえ意見が異なる者同士であってもね」

インターネットの話ではないことは、キャリーにもわかった。「先生のトラックはどこですか？」

「裏にとめてあるんだ。信じられるかね？」

「珍しいですね」キャリーはそう答えたが、ドクター・ジェリーはつねにトラックをクリニックの裏にとめる。「わたしもついていって、道順を教えますよ」

「じつに親切な申し出だが、ひとりで大丈夫だ」ドクターはまたキャリーの手を取った。「この数カ月をなんとかしのげたのは、きみのおかげにほかならない。きみが無理をしてくれていたのはわかっている。働くためになにをしなければならなかったのか」

ドクターはテーブルの上の注射セットを見ていた。キャリーは言った。「ごめんなさい」

「きみが謝らなければならないことなんて絶対にない」ドクターはキャリーの手を口元へ持っていき、軽くキスをして放した。「さて、いまわれわれはなにをしようとしているのかな？　わたしはきみにしくじってほしくないんだ」

キャリーはペントバルビタールを見やった。ユサゾールという商品名のラベルがついているが、まさにこの薬品はその名のとおり安楽死《ユーサネイジア》に使用される。ドクター・ジェリーは、キャリーがこの薬品を棚から持ち出した動機を察しているつもりのようだが、それは思い違いだ。

「たまたま危険きわまりないグレートデーンに出会ってしまったんです」

ドクターは顎を掻き、その意味を考えていた。「それは珍しいな。きっと責めを負うべきは飼い主だろう。グレートデーンは、たいていは非常に友好的で思いやりのあるやつらだ。優しい巨人と呼ばれるのもゆえなきことではないのだが」

「この犬に限っては、優しいところなどまったくないんです。女性に危害をくわえます。

レイプする、痛めつける。あたしの大事な人たちを襲うと脅しもする。姉とか。あたしの
──姉の娘とか。マディっていうんです。まだ十六歳で。まだ人生これからで」

ドクター・ジェリーはもうわかったようだ。薬瓶を取った。「その犬の体重は？」

「だいたい八十キロくらい」

ドクターはじっと瓶を見つめた。「フレディという、世界最大の犬と認定された立派なグレートデーンがいたんだが、彼は九十キロ超えていた」

「それは大きな犬ですね」

ドクターは黙りこんだ。頭のなかで計算しているようだ。

しばらくして言った。「確実な量は、少なくとも二十ミリだな」

キャリーは唇のあいだから短く息を吐いた。「大きな注射器が必要ですね」

「大きな犬だからな」

キャリーは次の質問を考えた。通常は点滴で鎮静してから安楽死させる。「どうやって投与すればいいんでしょう？」

「頸静脈がいいだろう」ドクターはさらに黙考した。「心腔内《しんくう》がもっとも早い。心臓に直接注射する方法だ。きみも見たことがあるだろう？」

クリニックで見たことがあるが、ナロキソンが出まわる前は、街中でも見たことがあった。

キャリーは尋ねた。「ほかに気をつけることは？」

「心臓は体の中心にあるが、左心房が後部に位置しているから針が届きやすい、そうだな？」

キャリーは黙って心臓の構造を頭に思い浮かべた。「そうです」

「数秒で鎮静効果が現れるが、その犬を確実に来世に送り届けるには、全量を注射する必要がある。もちろん、全身の筋肉がこわばるだろう。苦しそうな呼吸音も聞こえるはずだ」ドクターはほほえんだが、その笑みは悲しげだった。「こんなことを言うのは失礼だが、きみのような小柄な人にはきわめて危険な仕事かもしれない」

「ジェリー先生。いまとなっては、わたしが危ないことに命を賭けてるってご存じでしょう？」

ドクターはにんまりと笑ったが、やはり悲しそうだった。

「残念です。息子さんのことですけど、息子さんはいつだって先生を愛してたんですよ。ほんとうはやめたかったんです。少なくとも、息子さんの一部分は。普通に生きて、先生の自慢の息子になりたかったはずです」

「そんなふうに言ってもらえてどんなにありがたいか、言葉ではあらわせないよ。きみという友達の存在は、わたしの人生を明るくしてくれた。きみとの友情はよろこびばかり、ほんとうによろこびばかりもたらしてくれた。それは忘れないでくれ、いいね？」

「忘れません。先生もあたしにとってそんな人です」

「おお」ドクターはこめかみをとんとんと叩いた。

「それは決して忘れないだろうな」

あとはドクターを無事に帰すだけだ。

キャリーは、ドクターのオフィスのソファで丸くなっているミャミャ・キャスを見つけた。猫は眠気から覚めず、キャリーケースに入れられるという屈辱にも抗議しなかった。それどころか、キャリーが彼女の丸い腹にキスをしても怒らなかった。人工哺乳のおかげだ。体力もついた。きっと生き延びるだろう。

先ほどドクター・ジェリーは建物の裏にトラックがとまっていることに驚いていたが、キャリーは彼の適応力に感心した。彼はキャリーに手伝ってもらいながら猫のキャリーケースをシートベルトで固定し、自身もシートベルトを締めた。エンジンがかかっても、ふたりとも黙っていた。キャリーはドクターの頬に触れた。それから身を屈め、無精髭の生えた頬に別れのキスをした。トラックはゆっくりと路地に出ていった。左のウィンカーが点滅しはじめた。

「違うって」キャリーはつぶやき、手を振って合図した。ドクターが手を振り返すのが見えた。右のウィンカーが点滅した。

トラックが見えなくなってから、キャリーはクリニックのなかに引き返した。ドアに鍵をかけたのを二度確認した。油断したとたんに、ろくでなしジャンキーが襲撃に来るかもしれない。

二十ミリリットルの注射器は入院用の部屋にある。めったに使わない。キャリーは実物を手に取り、意外と大きいなと思った。それを持って休憩室に戻った。針のキャップをはずした。瓶からペントバルビタールを吸いあげた。プランジャーをぎりぎりまで引いた。それから針にキャップをかぶせると、注射器の長さはペーパーバックの縦の長さと同じくらいになった。

注射器をジャケットのポケットにしまった。ポケットの端にぴったりおさまった。反対のポケットに手を入れた。指先がナイフに触れた。

ひび割れた木の柄。ゆがんだ刃。アンドルーがホットドッグを一口で詰めこもうとしてむせるので、切り分けてやるために使ったナイフ。

いまアンドルーはどこにいるのだろう？

シドニーの車は、ドライブインの〝歓迎〟の看板並みに目立つ。アンドルーのお気に入りのナイフはここにある。彼の妻が今後六週間まっすぐに排尿することができないようにしてやった。クローゼット内のオーディオラックの奥にビデオデッキとビデオテープも見つけた。白い革のソファを切り裂き、真っ白な壁に長々と醜い傷を何本もつけてやった。

彼はなにをぐずぐずしているのだろう？

キャリーは、まぶたが重くなるのを感じた。もうすぐ午前零時だ。今日はもうくたくただし、明日も同じくらい大変だろう。どういうわけか、ドクター・ジェリーにすべてを白状したおかげで、いままでの無茶が祟《たた》って、ついに無理がきかなくなったようだという厳しい事実を体が受け入れたようだ。体中が痛む。体中が壊れている気がする。

注射セットに目をやった。ここでまた一時の安楽を求めて注射してもいいのだが、うとうとしかけたとたんにアンドルーが現れる予感がした。ポケットの注射器は検死官に発見されるためのものではない。マディを守り、リーがいままでどおり生きていけるように、アンドルーを殺すためのものだ。

計画性のかけらもないただの思いつきだが、それにしても危険で愚かな思いつきだ。ドクター・ジェリーは正しい。アンドルーとの体格差は大きいし、また不意討ちを仕掛けることはできない。彼も今度こそ逆上した女が待っているのを予測しているはずだから。

少しは時間をかけて、いや、しっかり時間をかけて、もっといい方法、もっと巧妙な計画を考えるべきなのかもしれないけれど、しっかり先を見通していると褒められたことはないし、だいたい首に埋まったピンやロッドのせいで後ろを向くこともできない。今度こそ決着をつけるという意志だけが頼りだ。思いどおりの終わり方にはならないかもしれないけれど、とりあえず終わらせる、それしかない。

19

午前零時をまわるころ、リーはドクター・ジェリーのクリニックの外に立ち、正面の窓に設置された防犯用の柵越しに真っ暗な待合室を覗きこんだ。リーは、老獣医師はとうに亡くなったものと思っていたが、レジーがキャリーを尾行して撮影した写真によれば、まだ生きていたようだ。クリニックのフェイスブックのページには、最近治療した動物たちの写真が載っていた。動物たちの名前を読めば、投稿者はキャリーだとわかる。クレオキャトラ。ミューソリーニ。ミャミャ・キャス。ピンクスというのが、ファッキン・ビッチ、略してフィッチの本名らしい。

『ホーカスポーカス』は、フィルですら台詞《せりふ》をいくつか諳《そら》んじているくらい、姉妹が何度も見た映画だが、あの映画の猫を覚えていたのはキャリーくらいなものだろう。妹を必死に捜しているときでなければ笑い話だったのに。普段なら、二日間くらいキャリーと連絡が取れていなくてもおろおろしない。いまは最悪のシナリオばかり頭に浮かぶ――アンドルーに捕まったのではないか、薬をやりすぎていないか、ＥＲから電話がかかってくるのではないか、警察がうちに来るのではないか。

ウォルターが尋ねた。「ほんとうにここにいると思うのか？」

「さっき道路でドクター・ジェリーのトラックとすれちがったもの。ここにいるはずよ」リーは指でガラスを叩いた。建物の前の駐車スペース二台分を独占しているシルバーのBMWが気になった。この界隈《かいわい》にあんなものがとまっているのも怪しいが、ここはそもそもフルトン郡だ。BMWのナンバープレートはディカーブ郡、つまりアンドルーの居住地のものだ。

「スイートハート、もう夜中だ」ウォルターはリーの背骨の付け根を押した。「七時間後には弁護士と会う。それまでにキャリーを見つけるのは無理だよ」

リーはわかってくれないウォルターを揺さぶってやりたかった。「一刻も早くあの子を見つけたいのよ、ウォルター。アンドルーはレジーと連絡が取れなかったら、その瞬間になにかあったと気づくわ」

「なにもかもわかるわけじゃないだろう」

「あいつはけだものよ。直感でわかるのよ。考えてみて。レジーが消えて、予備尋問が延期されて、わたしとも連絡が取れない。そうなったら、動画を全部ネットで拡散するか、バディ殺しのビデオテープを警察に提出するか――とにかくどっちにしてもキャリーをここに戻すわけにはいかない。急いであの子を逃がさなくちゃ」

「キャリーはここを出ていかないよ。わかるだろう。彼女の居場所はここだ」

リーは妹に選択肢を与えるつもりはなかった。キャリーは出ていかなければならない。そこに話し合いの余地はない。リーはさらに強くガラスを叩いた。

「リー」

ウォルターを無視して少し移動し、両手をひさしのようにかざして暗い待合室のなかに目を凝らした。心臓が喉から飛び出そうだった。緊張と恐怖が観覧車のようにぐるぐるまわっている。五分以上先のことは考えたくなかった。考えてしまうと、雪玉を転がすように想像がふくらみ、いままでの人生がもうすぐ終わるという事実を直視しなければならなくなる。

雪崩《なだれ》が襲ってくる前に、キャリーを避難させなければならない。

「リー」ウォルターにもう一度呼ばれ、リーは夫のこともこれほど心配していなければ、何度も呼ばないでとわめき散らしていたかもしれない。

ふたりとも自分たちがレジーにしてしまったことに愕然とし、消耗していた。何時間も当てもなく車を走らせたが、かえって焦燥は強まるばかりだった。フィルの家の前を通り、キャリーが寝泊まりしていた安モーテルのドアを叩き、ほかのモーテルの受付係を怒らせ、麻薬常用者のたまり場の様子をうかがい、警察に電話で問い合わせ、五カ所のＥＲの看護師と話した。まるで昔に戻ったようで、やはり恐ろしく、精神的に疲弊したが、それでもキャリーの行方はわからなかった。

リーは絶対にあきらめたくなかった。ビデオテープの動画が拡散されるかもしれないと、せめて警告する義務がある。

いまさらだが、キャリーに真実を話す義務がある。

「いたぞ」ウォルターが柵越しに指をさしたとき、待合室が明るくなった。キャリーは黄色いサテンのジャケットとジーンズという格好で、そのジャケットはリーの覚えているかぎりミドルスクールのときに着ていたものだ。この蒸し暑いのに、ボタンを首までとめている。

「キャル！」リーはガラスのむこうに呼びかけた。

その張りつめた声も、待合室をのろのろと突っ切ってくるキャリーを急かしはしなかった。日焼けしていたというウォルターの話は事実だった。キャリーの肌は小麦色になっていた。だが、あいかわらず顔色が悪く、痛々しいほど痩せ、目は落ちくぼんでいる。

キャリーがドアにたどり着いたとき、明るい光に照らされて症状のひどさがはっきりと見て取れた。見るからに大儀そうで、表情はうつろだ。口で息をしている。なにがあっても、郡刑務所の金属のテーブル越しであっても、リーと会えたらうれしそうにしていたのに。いまのキャリーは警戒心でいっぱいに見えた。駐車場に目を走らせながら、鍵を鍵穴に差した。

ガラス扉がひらいた。別の鍵でセキュリティゲートをあけた。近づくと、キャリーの顔の崩れたメイクが見えた。にじんだアイライナー。よれたアイシャドウ。唇は濃いピンクに染まっている。リーが見たことのある妹のメイクと言えば、頬にまっすぐな猫の髭を描くくらいで、それも三十年ほど前の話だ。

キャリーはまずウォルターに話しかけた。「久しぶりだね、友よ」

ウォルターも返した。「会えてうれしいよ、友よ」

リーは、ふたりのチップとデールごっこにつきあっていられなかった。キャリーに尋ねた。「大丈夫なの？」

キャリーはキャリーらしく答えた。「大丈夫な人なんかいるの？」

リーはＢＭＷのほうへ顎をしゃくった。「だれの車？」

「なんか一晩中とまってるね」キャリーは答えたが、答えになっていない。

リーは問い詰めようと口をひらいたが、そんなことを知ってもしかたないと気づいた。車などどうでもいい。妹に話があって来たのだ。長い長い夜を通して、頭のなかでスピーチを練習した。キャリーからは時間さえもらえればいい。キャリーが持っているものは数少ないが、時間だけはいつだってたっぷりあった。

「きみたちふたりで話してくれ」ウォルターは合図をもらったかのように言った。「会えてよかったよ、キャリー」

キャリーは敬礼を返した。「またね」

リーは許可を待たなかった。さっさとクリニックのなかに入り、ゲートを閉めた。ロビーは二十数年前から少しも変わっていなかった。においまでなじみがある――濡れた犬のにおいと、かすかな漂白剤のにおい。キャリーはドクター・ジェリーに掃除をさせないよう、四つん這いで床を拭いているのだろう。

「ハーリー」キャリーは言った。「どうしたの？　なにしに来たの？」

リーは黙っていた。振り返ってウォルターの様子をうかがった。アウディの助手席で、彼の影がじっとしている。両手を見おろしている。リーは車のなかで一時間近く手を握ったりひらいたりしている彼を見ていたのだが、しまいにはやめてくれと声をかけた。すると、彼は指の関節の傷をいじりだし、流れた血がシートに伝い落ちてしまった。その様子は、レジー・パルツに振るった暴力を忘れないために、消えないしるしを残そうとしているように見えた。リーは彼に気持ちを吐き出させようとしたが、かなわなかった。結婚してはじめて、ウォルターのことがわからなくなった。自分のせいで、またひとりの人生が台無しになってしまった。

キャリーに向きなおった。「奥の部屋へ行きましょう」

キャリーは、なぜ待合室ではだめなのかとは訊かなかった。リーの先に立って、ドクター・ジェリーのオフィスへ廊下を歩いていった。オフィスもやはり変わっていなかった。

ずんぐりしたチワワがベースになった珍妙なライト。リージェンシー時代の扮装《ふんそう》をした動物たちを描いた、色あせた水彩画が壁にかかっている。古ぼけた緑と白のタータンチェックのソファも以前からここにあるものだ。変わったのはキャリーだけだ。すっかりやつれている。いままで無茶をしてきたのが、ついに限界に達したのだろうか。

リーは妹に追い打ちをかけることになるのを覚悟した。

「さて」キャリーはデスクに寄りかかった。「話して」

リーははじめて頭のなかにあることをそのまま口にした。「ウォルターとふたりで、アンドルーの調査員、レジー・パルツを拉致したの」

キャリーは「へえ」とだけ言った。

「レジーが安全装置を持ってた。でも、わたしはこれから自首する。その前に、あなたに話しておくべきだと思ったの。ビデオテープに映ってるのはあなただから」

キャリーはジャケットのポケットに両手を突っこんだ。「訊きたいことがあるんだけど」

「もういいの。決めたから。マディを守るために自首するの。ほかの人たちも守るために。あの男がなにをするかわかったものじゃないから」リーは言葉を切り、こみあげるパニックを呑みこんだ。「アンドルーとリンダがブラッドリーのオフィスに現れた瞬間に、こうすべきだったのよ。もっと早く自白していれば、ルビーはいまでも生きていたはずだし、マディは逃げなくてすんだし――」

「ハーリー、ちょっと待って。最後に話したときは、あたしが天井裏でパニック発作を起こしちゃったけど、今度は姉さんが、安全装置だの自首するだのルビーとかいう人が死んだだのマディがなんとかだのって、なに言ってるのかさっぱりわかんないんだけど」

リーは、娘の早口のおしゃべりより話がとっちらかっていたことに気づいた。「ごめん。マディは元気よ。無事にしてる。ウォルターがさっき電話で話したから」

「どうしてウォルターが？　姉さんじゃないの？」

「それは……」リーは考えをまとめるのに苦労していた。自首すると決めたとたん、いくぶん気持ちが落ち着いたような気がしていた。だが、こうしていざ妹の前に立ってすべてを話すときが来ると、やはり話さない理由を探してしまう。

「ルビー・ヘイヤーはママ友なの――ママ友だった。水曜日の夜に殺されたの。アンドルーがみずから殺したのか、だれかに殺させたのか、どちらかはわからないけど、彼が関わっているのは間違いないと思う」

キャリーは動じなかった。「安全装置っていうのは？」

「レジーがオフィスに二個のサーバーを保管していたの。アンドルーは安全装置として、バディのビデオテープのバックアップをそこに保存させた。アンドルーになにかあったら、レジーが動画を拡散させる手はずになっていた。わたしはウォルターと、サーバーを盗んだ。ノートパソコンは暗証キーがなければひらけない。サーバーに入っていたのはビデオのファイルが十四本と、バディ殺しのファイルが一本」

キャリーの顔から血の気が引いた。悪夢が現実になったのだ。「姉さんは見たの？ウォルターは――」

リーは嘘をついた。ウォルターには部屋の外に出てもらった。動画を見たのは、内容を確かめておかなければならなかったからだ。だが、少し見ただけで吐き気がしてきた。

「ファイルの名前で最低限のことはわかったから――あなたの名前と、一から十四までの番号。バディ殺しのファイルには、あなたとわたしの名前がついていた。だから、すぐにわかった。中身を見なくてもわかったの」

キャリーは唇を噛んだ。リーはウォルターだけではなく、キャリーの考えていることもわからなくなった。「ほかには？」

「アンドルーはレジーにあなたを監視させていた」リーは言った。「あなたはバスで図書館へ行ったときも、フィルの家に帰ったときも、ここに来たときも、ずっと尾行されていた。レジーの日誌や写真を見たの。あの男はあなたの行動を監視して、アンドルーに報告していた」

キャリーは驚いた様子を見せなかったが、こめかみから頬へ汗が伝い落ちた。ジャケットを着ていれば暑いはずだ。ボタンも首まできっちりととめている。

リーは尋ねた。「泣いてたの？」

キャリーは、それには答えなかった。「マディはほんとうに無事なの？」

「ウォルターのお母さんがドライブ旅行に連れていってくれた。混乱してるけど――」リーの喉が動いた。いまにもくじけそうだった。キャリーは見るからに具合が悪そうだ。タイミングがよくない。待つべきなのかもしれないが、いままで待ってもいいことはひとつもなかった。時間の経過は、リーの秘密を嘘にし、嘘を裏切りにした。

「キャル、大事な話はここからよ。オリジナルのテープはまだアンドルーのもとにある。でも、問題はビデオテープだけじゃない。彼が自由でいるかぎり、あなたもわたしもウォルターもマディも――だれひとり安全じゃない。アンドルーはわたしたちの居場所を知ってる。また女性を襲い、おそらくまた犠牲者が出る。あの男を止めるには、わたしが自首するしかない。逮捕されたら、州側の証人になってあいつを道連れにするわ」

キャリーは一呼吸置いて言った。「それが姉さんの計画？　自分を犠牲にするのが？」

「犠牲じゃないよ、キャリー。わたしはバディを殺したんだから。法を犯したのはわたし」

「あ、あ、あたしたち、が殺したんだよ。あ、あ、あたしたち、が法を犯したの」

「〝あたしたち〟じゃないよ、キャル。あなたは正当防衛。わたしはあいつを殺した」リーは殺しのビデオテープを最初から最後まで見た。キャリーがバディに反撃したのは、恐怖にかられたからだ。自分は彼を殺すつもりで殺した。「ほかにもまだあるの。いままで話していなかったことが。わたしの口から話しておきたいの。裁判で明らかになることだから」

キャリーは歯を舌でなぞった。子どものころから、自分の聞きたくない話を聞かされそうなときは敏感に察した。そんなとき、いつもキャリーは話をそらしてリーを面食らわせたが、今度もそうだった。「あたし、偽名でAAに出て、シドニーに接近したんだよね。で、薬で酔っ払わせて、一緒にアンドルーの家に行って、ファックして、乱闘になって、股間をガツンと膝蹴りしてやったのね、あと、オリジナルのテープはあそこのクローゼットの金庫に入ってるよ」

リーは胃袋が石のようにずっしり重くなるのを感じた。「はあ？」

「こいつも盗んできた」キャリーはジャケットのポケットからナイフを取り出した。

リーは自分の目が信じられず、まばたきしたが、記憶にあるナイフと同じものだった

――ひび割れた木の柄。ゆがんだ刃。鋭いぎざぎざの刃。

キャリーはナイフをポケットにしまった。

「キッチンの抽斗に入ってた。シドニーがマルガリータを作るときに、これでライムを切ったの」

リーは、ゆっくりと衝撃を受けているような気がした。「ファックされたの、ファックしたの？」

「厳密に言えば、どっちもかな?」キャリーは肩をすくめた。「シドニーはテープのことを知ってたよ、それを言いたかったの。自分から進んでってわけじゃないけど、オリジナルがアンドルーのクローゼットのなかにある金庫に入ってるって教えてくれた。それから、ナイフが大事なものだってことも知ってた。アンドルーが小さいころ、あたしが使ってたナイフだってことをね」

リーはかぶりを振り、たったいま聞いたことを理解しようとした。薬、ファック、乱闘、膝蹴り、金庫。でも、シドニーはレジー・パルツほどひどい目にあったわけではない。

「ねえ、わたしたち日に日にフィルに似てくるよね」

キャリーはソファに腰をおろした。まだ爆弾はあるようだ。「外にとまってるBMW、シドニーのなんだ」

グランド・セフト・オートだ。

「さっきは姉さんじゃなくてアンドルーが来たと思ったの。まだ来ないんだよね。どうしてだろ」

リーは天井を見あげた。頭が話を一気に吸収できなかった。「あなたに彼女をボコボコにされて。わたしに調査員を追い払われて。きっと激怒してるね」

「ウォルターは大丈夫なの?」

「ううん、大丈夫じゃなさそう」リーは振り向き、キャリーを見た。「マディに全部話すよ」

「あたしのことは言わないでよ」キャリーは強い口調で言った。「あたしは望んでないからね、リー。あたしは土みたいなものだから。姉さんとウォルターのためにあの子をおなかで育てただけ。あの子はあたしの子じゃないよ」

「マディなら大丈夫よ」リーは言ったが、心のなかでは、だれひとり無傷ではすまないとわかっていた。「最初のロックダウンのときにあの子に会えばよかったのに。友達はみんな、子どものことで愚痴をこぼしてたけど、マディはほんとうにいい子だったのよ、キャル。あんなときでも癇癪《かんしゃく》を起こさず、自棄にならず、わたしたちを困らせもしなかった。どうしてか訊いてみたら、もっとつらい子たちがかわいそうだって言ったのよ」

キャリーはいつものように、ほかのことで気をそらしていた。壁にかかったリージェンシーの動物の絵がいまなによりも重要なものであるかのように、じっと目を据えていた。

「あの子の父親はいいやつだった。姉さんも気に入ったと思うよ」

リーは黙っていた。それまでキャリーがマディの実父の話をしたことはなく、リーもウォルターも尋ねる勇気がなかった。

「おかげで少しさびしさが紛れたんだ。あたしに大声をあげたり手をあげたりしたことは一度もなかったしね。薬を買うために、あたしに無理強いもしなかった」キャリーに教えてもらわなくても、女性がなにを無理強いされるか、リーもよく知っている。「ウォルターみたいな人だったよ、ウォルターがヘロイン依存症者になって乳首が片方しかなくなったみたいな感じ」

リーは声をあげて笑った。涙がにじんだ。

「ラリーって名前だった。ラストネームは聞いたことがない。聞いたけど忘れたのかも」キャリーは長々と息を吐いた。「ポンセ・デ・レオンの〈ダンキンドーナツ〉でオーバードーズして死んじゃった。警察の記録を調べたら、たぶん名前がわかるよ。トイレで一緒に注射してたの。あたしはぼうっとしてたんだけど、警察が来たのに気づいて、ひとりで逃げた。捕まりたくなかったから」

「その人もあなたを好きだったんだね」妹を好きにならないなんて不可能だ。「あなたが逮捕されるのは望んでなかったはずよ」

キャリーはうなずいた。「でも、そばにいてほしいと思ってただろうね。あたしがCPRをしてあげてたら死ななかったかもしれない」

リーは横を向いたまま、妹の尖《とが》った横顔を観察した。キャリーは子どものころからきれいだった。リーはいつも怒っているような自分の顔つきを気にしているが、キャリーは違う。子どものころから、妹はだれかに優しくしてもらうことだけを欲していた。優しさに飢えていたキャリーが悪いのではない。

「じゃあ」キャリーはしばらくして言った。「本題」

少しずつ話してもつらい事実がつらくなくなるわけではないので、リーはいきなり切り出した。「バディは先にわたしを試したの」

キャリーははっとしたが、なにも言わなかった。

「はじめてアンドルーのベビーシッターをした晩に、バディが車で送ってくれたの。車で送ってほしいとわたしに言わせた。それから、デガイルさんの家の前で車をとめて、わたしをさわった」

キャリーはあいかわらず黙っているが、動揺したときの癖で腕をさすりはじめた。

「それ一度きりだった。またやられかけたときに、やめろと言ったら、それで終わり。そのあとはなにもなかった」

キャリーは目を閉じた。目尻から涙が流れた。リーは妹を抱きしめてもう大丈夫だと慰めたかったが、妹の痛みの原因は自分だ。妹を傷つけておきながら、慰める資格はない。

リーは自分を奮い立たせた。「そのあと、わたしはそんなことがあったのも忘れてしまった。どうしてかわからないけれど、とにかく頭のなかからその事実が消えてしまったの。だから、あなたに警告しなかった。あいつの家で仕事をもらえると言ってしまった。あいつにあなたを引き合わせてしまった」

キャリーは下唇を吸いこんだ。苦しそうに、大粒の涙をぽろぽろとこぼしながら泣いていた。

リーは心臓がばらばらに砕けたような気がした。「あなたに謝りたいけれど、謝ったところでなんにもならないよね」

キャリーは黙っている。

「忘れていて、あなたをあの家で働かせていた、あなたが変わりはじめたのに気づかないふりをしていた、そういうことが帳消しになるわけじゃないよね。わたしはあなたが変わったのに気づいていたんだよ、キャリー。気づいていたのに、なぜ変わったのか考えなかった」リーは息を継いだ。「それが、ゆうべウォルターに話したときに細かいことまで思い出したの。一気に思い出した。煙草と安物のウィスキーのにおいとか、ラジオでかかっていた曲とか。ずっと頭の奥深くに埋めていたんだと思う」

キャリーは震える息を吐いた。凍りついた頸椎が許すかぎりの範囲で、小さくかぶりを振りはじめた。

「キャル、お願い。気持ちを教えて。怒っても、わたしを憎んでも――」

「なんの曲がかかってた?」

思いがけない質問だった。責められるのが当然で、そんな些末《さまつ》なことを訊かれるとは、リーは思ってもいなかった。

キャリーはソファの上で体の向きを変え、リーを見た。「ラジオでなんの曲がかかってた?」

「ホール&オーツ。《キッス・オン・マイ・リスト》」

「ほほう」おもしろいことを聞いたとでも言いたげな口ぶりだった。

「ごめん」謝っても意味はないとわかっていても、リーはやはり謝らずにはいられなかった。「わたしのせいであんなことになって、申し訳ないと思ってる」

「それって姉さんのせい？」

リーはこみあげるものを呑みこんだ。答えがわからなかった。

「あたしも忘れてた」キャリーは自分の言葉に息をする余裕を与えるかのように、いったん黙った。「全部じゃないけど、でも大部分を忘れてたよ。いやな部分はとにかく全部。あたしも忘れてた」

リーはまだ言葉に詰まっていた。長年のあいだずっと、キャリーはすべてを忘れられないからヘロインにはまったのだと思っていたのに。

「あいつは子どもを食い物にするやつだった」キャリーはやはり言葉の重みを確かめるように、静かに言った。「あたしたちは子どもだった。だまされやすい子どもだった。あいつはそこにつけこんだ――食い物になる子どもがほしかったから。あいつにとっては、どっちでもよかったんだよ。また戻ってこさせることができる子なら、あたしたちのどっちでもかまわなかったんだよ」

リーはまた喉に詰まった大きな塊を呑みこみ、痛みを感じた。理屈ではキャリーの言うとおりだとわかっていた。それでも、妹を守れなかったと自分を責める気持ちは消えなかった。

「ほかにだれがやられたんだろう？」キャリーが言った。「あたしたちだけじゃないよね」

リーは愕然とした。いままでほかに被害者がいる可能性を考えたことなどなかったが、もちろんいたに決まっている。「考えたこと――考えたことなかった」

「ミニー・なんとかっていたよね？　姉さんが少年院に入ってるとき、アンドルーのベビーシッターをしてた。覚えてない？」

リーは覚えていなかったが、なぜかどのベビーシッターも無責任にやめてしまうとリンダがこぼしていたのをはっきりと思い出した。

「あいつ、きみは特別だって言ったでしょ」キャリーは袖で鼻を拭いた。「それがバディの手口だった。たったひとりの特別な子みたいに思わせる。自分はいままで普通の男だったのに、きみが特別だから好きになってしまった、みたいなね」

リーは唇を引き結んだ。自分はバディのおかげで特別な子になれたような気分にはならなかった。自分は汚れた、恥ずかしい存在だと思わせられた。「あなたに警告すべきだった」

「違うよ」キャリーはそれまでと同じようにきっぱりと言った。「聞いて、ハーリー。起きたことは起きたこと。あたしたちふたりとも被害者。ふたりともつらいことは忘れた、そうしないと生き延びることができなかったから」

「それは——」リーは自分を押しとどめた。反論してもしかたがない。ふたりとも子どもだった。ふたりとも被害者だった。この話をしたそもそもの理由に戻るしかない。「ごめんなさい」

「姉さんのせいじゃないのに謝らないでよ。わかんないかなあ」

リーはかぶりを振ったが、心のどこかではキャリーの言うとおりだと信じたかった。

「よく聞いてよ」キャリーは言った。「大人になってもずっと罪悪感を抱えていたのなら、そんなの捨てちゃいなよ、だって姉さんの罪じゃないんだよ。あいつの罪なんだから」

リーは泣くのに慣れすぎていて、涙がこぼれていることに気づいていなかった。「ほんとうにごめん」

「だからなんで？　姉さんのせいじゃないってば。姉さんはなにも悪いことをしてないよ」

何度も聞いた呪文がリーのなかのなにかを破った。激しい嗚咽が漏れ、それ以上我慢できなくなった。

キャリーはリーを抱きしめ、苦しみを引き取った。リーの頭のてっぺんに唇を押し当てた。キャリーがこんなふうにリーを抱きしめたことはない、いつもその反対だった。いつも慰め役になるのはリーだった。ウォルターの言うとおりだからだ。最初からフィルは姉かいない。

妹の母親ではなかった。子どものころも、そしていまも、リーとキャリーにはおたがいし

「大丈夫だよ」キャリーはピンクスにするように、リーの頭のてっぺんにキスをした。

「一緒に乗り越えよう、ね？」

リーは体を起こした。鼻水が止まらない。目もじんじんと熱い。

キャリーはソファから立ちあがった。ドクター・ジェリーのデスクからティッシュを取った。何枚か自分で使い、箱をリーに渡した。「じゃあ次」

リーは洟をかんだ。「次って？」

「計画。姉さんのことだから、なにか計画があるんでしょ」

「ウォルターが計画したの。最後まで面倒を見てくれる」

キャリーはソファに座った。「ウォルターって見た目よりタフだよね」

それがいいことなのかどうか、リーにはわからなかった。新しいティッシュを取り、目の下を拭いた。「朝が来たら、マディにフェイスタイムで電話をかけるの。ほんとうは直接会って話したかったけど、万が一にもマディの居場所をアンドルーに知られたくないから」

「衛星経由でってこと？」

「そう」リーは、キャリーが追跡装置についてそこまで知っていることに驚いた。「ウォ

ルターの指示で、いまお母さんとマディはガソリンスタンドにいる。車体の下を見て、発信機がついてないことも確認済み。わたしの車には一個ついてたけど、もう取り除いた」

「アンドルーもシドニーのＢＭＷに発信機をつけてるだろうから、すぐに追いかけてくると思ってたんだけど」

「追いかけてきてほしいの？」

「言ったでしょ――ナイフを取り戻したければ取りに来いってアンドルーに伝えろって、シドニーに言っといた」

無謀なことをしたものだと思ったが、リーは黙っていた。〝やるなら徹底的にやれ〟的な考え方は姉妹の優性形質だ。「七時に弁護士と会う約束なの。ウォルターの友達。電話でおおまかな話はしてある。攻めるタイプで、心強いわ」

「無罪にしてくれそう？」

「それはどうしたって無理ね。明日の正午に地区検事と会うの。取引をするつもり。〝一日限りのクイーン〟って呼ばれるやつよ。事実を話すけど、わたしの言ったことはわたしに不利な証拠にはしないという取引。わたしの持ってる証拠で、アンドルーを確実に刑務所送りにできるはず」

「弁護人とクライアント間の秘匿特権は？」

「関係ない。わたしは法律家の仕事をつづけるつもりはないし」リーは、その言葉の重みに動けなくなりそうな気がした。その重みを押しのけるために言った。「厳密に言えば、わたしがクライアントは犯罪に関与していると確信するか、クライアントが人に危害をくわえかねない存在となったら、特権を破ることができるの。アンドルーはそのどっちにもあてはまる」

「姉さんはどうなるの？」

「刑務所へ行く」攻めるタイプの弁護人だろうが、実刑は免れないという点に異論はないだろう。「運がよければ五年から七年、行儀よくしていれば四年で出られるわ」

「厳しいね」

「問題はビデオなの、キャル。アンドルーはあれを拡散する。それはわたしにも止められない」リーは鼻を拭いた。「拡散されたら、みんながわたしのやったことを見たら、政治的な大問題になる。検察は総攻撃を求められるだろうね」

「でも、あいつがやったことは？　バディがあたしにしたこと。姉さんにしたこと。それって問題にならないの？」

「わからない」そう答えたものの、リーは経験上、検察も判事も正義より世間の目を気にすると考えている。「最悪の事態に備えるけど、最悪の事態にならなければ、わたしはよほど運がいいってことね」

「執行猶予はつかないの？」

「わたしには答えられないよ、キャリー」リーは妹にもっと大きな絵を見てほしかった。「拡散されるのはバディ殺しだけじゃない。残り全部もよ。バディが作ったあなたたちのビデオが十四本もある」

キャリーの反応は思いがけなかった。「シドニーも関係してると思わない？」

リーは頭のなかで大きな電球が光ったような気がした。シドニーが関わっていると考えれば、なにもかも説明がつく。

アンドルーには、ルビー・ヘイヤーが殺害された時刻に動かしがたいアリバイがある。レジーの調査日誌に嘘がなければ、事件の夜、彼はフィルの家の外にとめた車のなかにいた。そうなると、ルビーを殺すことができた人物はひとり。アンドルーは手がかりをわかりやすいところに残している。携帯電話の結婚式の写真にシドニーは写っていない。シドニーが式に到着したのは直前だったとほのめかした。シドニーには、ルビー・ヘイヤーを殺す時間はたっぷりあった。殺したあとウェディングドレスに着替えても、午後八時からの結婚式に充分間に合ったはずだ。

リーはキャリーに言った。「ルビーは連れ合いを捨てて浮気相手と一緒になるつもりで、ホテルに泊まっていた。レジーは、アンドルーにルビーの居場所を教えたと認めた。アンドルーのアリバイは結婚式の写真で証明されている。残るはシドニー」

「間違いない？」

「間違いない。ルビーの殺され方は——アンドルーがシドニーにやり方を細かく指示したのよ。だから、シドニーはなにをすればいいのか心得ていた。どうすればいいのかも。明らかに、シドニーは楽しんでやってた」

「あたしをファックするのを本気で楽しんでたからね。正直言うと、こっちもだけど。ということは、あたしたちの敵は異常者ひとりじゃない。ふたりだよ」

リーはうなずいたが、ひとりだろうがふたりだろうが、やることは変わらない。「車に一万ドル入ってる。ウォルターもわたしも、あなたにこの街を出ていってほしいの。ここにいてはだめ。これは譲れないよ。あなたをフィルの家に連れていくから、ビンクスを連れてきて。そのあとバス停に送る。あなたの安全を確保するまでは自首できないよ」

キャリーは尋ねた。「ビンクスをマディにあずけてもいい？」

「もちろん。あの子もよろこぶよ」リーはその要求の意味を深読みしすぎないようにした。キャリーがマディに会ってくれること以上に望むことはない。「ウォルターに今夜ビンクスを連れて帰ってもらえばいいよ、ね？　帰ってくるマディを出迎えることになってるの」

キャリーは唇を噛んだ。「気をつけなよ、ビンクスは全財産をビットコインにしてるから」

「税金対策ね」

キャリーはほほえんだ。

リーも笑みを返した。

「いつでも更生施設に送り返すからね」

「マジでお断り《アイ・セッド・ノー・ノー・ノー》」

エイミー・ワインハウスの物真似に、リーは笑った。キャリーが二〇〇三年以降のポップカルチャーを引き合いに出したと、ウォルターに話さなければ。

キャリーが言った。「じゃ、行こうか」

リーは立ちあがった。キャリーの手を取り、ソファから立ちあがるのを手伝った。オフィスを出ても、キャリーはリーの手を放そうとしなかった。狭い廊下でふたりの肩がぶつかった。待合室に入っても、キャリーはまだリーの手を握っていた。こんなふうに、いつも一緒に登校した。成長して、手をつないでいると変な目で見られるようになっても、キャリーはかならずリーの手をしっかり握りしめていた。

「まだBMWがとまってるね」キャリーはがっかりしたように言った。

「アンドルーは人に動かされるのがいやなタイプだからね。わたしたちを待たせていらいらさせようって魂胆でしょ」

「じゃあ無視しようよ。こっちからあいつの家に行って、テープをいただいちゃおうよ」

「それはだめ」リーはすでにウォルターを道連れにしてしまっている。「わたしたちは犯罪者じゃない。不法侵入して、住人を脅して金庫を破ったりしない」

「よく言うよ」キャリーはドアを押しあけた。

リーは、心臓が一瞬止まったような気がした。

アウディのなかにウォルターがいない。

リーは左を見て、右を見た。

キャリーも同じことをした。「ウォルター?」

ふたりとも静寂に耳を澄ました。

「ウォルター?」キャリーがもう一度呼びかけた。

今度は、リーは返事を待たなかった。一気に飛び出した。ひび割れたコンクリートにヒールを突き刺しながら、理容店の前を走り抜けた。角を曲がる。ピクニックテーブル。空のビール缶がたくさん。ゴミの山。理容店の裏も似たようなものだった。ふたたび走り、店の前へまわった。キャリーがアウディのひらいたドアからなかを覗きこんでいるのを見て、ようやく足を止めた。

キャリーが体を起こした。ちぎれた紙片を手に持っていた。

「やめて……」リーはささやいた。また脚が動きだし、リーは両腕を振って、車へ向かって走った。キャリーの手から紙片をもぎ取った。目の焦点が合わない。薄い青色の罫線。赤黒い血が、破れた縁に染みこんでいる。中央に書き殴られた一行の文字。

アンドルーの文字は、リーの教科書に落書きをしていたころから変わっていなかった。あのころは恐竜やバイクのイラストに吹出しを添え、くだらない台詞を書きこんでいた。いま、彼が書いてよこしたのは、キャリーがシドニーを通して伝えた脅し文句をまねた言葉だった。

旦那を返してほしければ自分で連れ戻しに来い。

20

キャリーは跳びすさり、リーの嘔吐物をよけた。姉は恐怖に打ちのめされて体をふたつに折っていた。その口から獣じみた泣き声があがった。

駐車場を見まわす。ＢＭＷはまだそこにある。道路は暗く、ほかに車はない。アンドルーは逃げたあとだ。

「ああ！」リーはがっくりと膝をついた。両手で頭を抱えた。「わたしのせいだ」

アンドルーの書き置きが地面に落ちていた。キャリーはリーを慰めず、屈んで紙を拾った。自分の文字と同じくらいよく知っている下手な文字だ。

「キャリー！」リーは泣き叫び、アスファルトに頭を押しつけた。また身を引き裂くような泣き声が漏れた。「どうしよう？」

キャリーは、最後にリーが絶望で吠《ほ》えたときと同じように、姉の苦しみを別世界のことのように感じていた。あのとき、ふたりはリンダとバディの家の主寝室にいた。リーはキャリーを助けに来て、その結果、人生が狂ってしまった。

またた。

リーがキャリーのために犠牲になったのは、バディ・ワレスキーを殺して切り刻んだ夜だけではなかった。最初はふたりがもっと幼かったころにさかのぼる。キャリーが公園でほかの子にからかわれ、泣いて帰ってきたことがあった。リーはガラスの破片でその子の頭皮を剝ぎ取り、少年院に入った。

その後またリーが少年院行きになったのも、キャリーのせいだった。リーのいやらしい上司が、キャリーのTシャツの外側から乳首の形が見えると言った。その夜、リーは上司の車のタイヤを切り裂いて捕まった。

ほかにも程度の差はあるが枚挙にいとまがなく、免職の危険を冒してジャンキーを買収し、キャリーの罪をかぶってもらったのはまだいいほうで、今度はキャリーがあからさまに挑発した異常者に夫を拉致されてしまった。

キャリーはもう一度シドニーのBMWをとっくりと眺めた。アンドルーがこの車を追ってこなかったのは、強力な切り札が手に入るチャンスを辛抱強く待っていたからだ。マディの代わりにウォルターが拉致されたのは、まったくの偶然でしかない。

「ああ！」リーが嗚咽した。「あの人を返して。返して」

キャリーは紙を握りつぶした。姉のそばにひざまずくと、膝の関節が鳴った。手のひらをリーの背中に当てた。リーを泣きたいだけ泣かせた。それ以外に、なにもできないからだ。物心ついたころからずっと目の前にあるものだけを見てきたのに、先を見通せる力がほしいとはじめて思った。

「どうしよう?」リーが泣き声で言った。「ねえキャリー、どうしたらいいの?」

「前にやったことをやろう」キャリーはリーの肩を引いて顔をあげさせた。いつもそうだった。ふたり一緒に冷静さを失うことは決してない。「ハーリー、しっかりして。泣いたりわめいたりするのは、ウォルターを無事に連れ戻してからだよ」

リーは口元を手の甲で拭った。体がぶるぶる震えていた。「わたしはあの人がいないとだめなの、キャリー。だめなんだよ」

「だれもいなくなったりしないよ」キャリーは言った。「いまからアンドルーの家に行って、決着をつけるんだから」

「え?」リーは首を横に振りはじめた。「そんな、いきなり――」

「聞いて」キャリーはリーの肩をつかんだ両手に力をこめた。「アンドルーの家に行く。やるべきことをやってウォルターを取り戻す。金庫をあける方法を見つける。テープを奪って逃げる」

「わたしは……」リーはいくぶん落ち着きを取り戻したようだった。稲妻が見えたら、リーはいつだってキャリーを庇《かば》おうとする。「あなたにそんなことはさせられない。させるつもりもない」

「ほかに方法はないよ」キャリーはリーのパニックをふくらませる方法を知りつくしている。「アンドルーはウォルターを捕まえた。マディが捕まるのも時間の問題じゃない？」

リーはぎょっとした。「そんな――わたしは――」

「しっかりしてってば」キャリーはリーを立たせた。嘔吐物をよける。「あっちに着くまでに、いい方法を考えよう」

「いいえ」リーは冷静さを取り戻すのに苦労しているようだ。キャリーの手をつかみ、くるりと向きを変えさせた。「あなたは連れていかない」

「いまは話し合いをしてるんじゃないんだけど」

「そのとおり。これはわたしひとりでやるべきことよ、キャル。わかるでしょ」

キャリーは唇を噛んだ。これこそ、リーが先を見通せない状態に陥っている証拠だ。

「ひとりでできるわけないでしょ。あいつは銃を持ってるし――」

「わたしも持ってる」リーは車のなかに上半身を入れた。バッグを取る。モーテルの外でトラップとディエゴに見せびらかしたグロックを取り出した。「いざとなったら彼を撃つ」

リーが本気でそう言っているのはたしかだった。「で、姉さんが命懸けでアンドルーと対決してるときに、あたしはここで待ってなきゃいけないの？」

「お金を持っていきなさい」リーはバッグに手を入れ、今度は札束の入った封筒を取り出した。「いますぐこの街を出ていくの。あなたの安全が確保されないと解決できない」

「どうやって解決するの？」

リーの目は血走っていた。燃えさかる火に油を注いで解決するつもりなのだ。「とにかく、無事でいてくれないと困る」

「あたしだって姉さんが無事でいてくれないと困るよ」キャリーは言った。「姉さんを置いていけるもんですか」

「そのとおり。わたしが置き去りにされるんじゃない。あなたが置き去りにされるの」リーはキャリーの手に封筒を叩きつけた。「これはわたしとアンドルーの問題なの。あなたはなんの関係もない」

「姉さんは犯罪者じゃない」キャリーは姉の言葉をそのまま返した。「家に不法侵入する方法なんて知らないし、住人を脅して金庫をあけるやり方もわからないでしょ」

「そんなの考えるわ」有無を言わせない口調だった。リーがこうなったらなにを言っても無駄だ。「ちゃんと逃げると約束して、そうしたらわたしも四日前にやるべきだったことをやるから」

「自首するの？」キャリーは無理やり笑った。「リー、いまさら警察へ行ったところで、アンドルーを止められるとほんとに思ってるの？」

「止める方法はひとつしかない。父親と同じように、あの腐れ頭野郎を殺してやる」

キャリーはリーが運転席へまわるのを見ていた。姉とは長いつきあいだが、こんなふうに執拗《しつよう》になにかを追いかけるのを見たことはなかった。「ハーリー？」

リーは振り向いた。唇が一直線になっている。引きとめられると思っているのだ。

キャリーは言った。「バディのことだけど。許すも許さないもないから。でも、どうしてもって言うなら、あたしは姉さんを許す」

リーの喉が動いた。つかのま目のくらむような激情に引っぱられそうになった自分を引き戻し、冷静な顔に戻った。「もう行くよ」

「愛してる」キャリーは言った。「いままで姉さんを愛してなかったときなんか一瞬もなかったよ」

リーの涙はとめどなく流れていた。なにか言おうとしたが、結局はうなずくのが精一杯のようだった。それでも、キャリーには聞こえた。

わたしも愛してる。

車のドアが閉まった。エンジンがうなりをあげて目を覚ました。リーは駐車スペースから車を出した。キャリーは曲がり角の手前でテールランプが光るのを見た。姉の高級車が通りを走っていき、がら空きの交差点に消えるまで、ずっと見送っていた。

親友が帰ってくるのを待っている犬のようにずっとそこに突っ立っていたかったが、時間がない。封筒のなかの百ドル札を親指でぱらぱらめくりながら、クリニックのなかに戻った。札束はドクター・ジェリーの貴重品箱に入れた。次にどうするか考えた。薬の入った大きな注射器はまだジャケットの右ポケットに入っている。注射セットをまとめて左のポケットに突っこんだ。

リュックにシドニーの車のキーが入っていた。BMWにもう一働きしてもらおう。

パニックはいつもリーを無防備にする。キャリーはその知識を利用して姉を遠ざけた。

アンドルーがウォルターを連れていったのは、あのつるつるしたシリアルキラー屋敷ではない。すべてを終わらせる場所はひとつしかない――すべてがはじまった場所。

キャニオン・ロードのマスタード色の家だ。

黄色いサテンの虹柄ジャケットの下の体は汗ばんでいたが、キャリーはボタンをきっちり首までとめて通りを歩いていった。フィルはいまごろドライブウェイに置いてきたシドニーの車を分解しはじめている。キャリーが母親に盗難車の始末をまかせたのはこれが二度目だった。

一度目は、バディのコルベットだ。キャリーの足はかろうじてペダルに届いた。ハンドルに体をくっつけるように座っていたので、肋骨をごつごつとぶつけた。ジグザグ走行で家の前になんとかたどり着いたとき、スピーカーからはホール&オーツが流れていた。《モダン・ヴォイス》がバディのお気に入りのアルバムだった。《ユー・メイク・マイ・ドリームス》と《エヴリタイム・ユー・ゴー・アウェイ》が好きで、いちばん好きな《キッス・オン・マイ・リスト》を変なファルセットで一緒に歌っていた。

　はじめてキャリーがアンドルーのベビーシッターをした夜、バディはやはりキャリーを送っていく車のなかで同じ曲をかけた。キャリーは歩いて帰りたかったが、バディはしつこかった。出されたラム＆コークも飲みたくなかったが、彼はしつこかった。バディはフィルの家まで行く途中にあるデガイル家の前に車をとめた。それからキャリーの膝に手を置き、その手を太腿へすべらせ、指をなかに入れた。

赤ちゃんみたいだななんてやわらかい肌なんだ桃みたいな産毛だ。

　ドクター・ジェリーのオフィスでリーの告白を聞いたとき、真っ先に感じたのは激しい嫉妬だった。そして、悲しくなった。そして、あきれるほどばかばかしいと思った。バディはリーにただ同じことをしたのではない。まったく同じことをリーにもしていたのだ。

　キャリーは深呼吸した。ポケットのなかのナイフを握りしめ、デガイル家の前を通り過ぎた。薬の入った二十ミリの注射器が手の甲に触れた。注射器が裏地に隠れるように、ポケットの上部を破って細工してあった。

　視線を空へさまよわせた。下のほうに月がかかっていた。いま何時かわからないが、リーはアンドルーの家にまだ到着していないだろう。姉が正気を取り戻していなければいいのだが。リーは激情型だが、キャリー同様に動物的な勘も持ち合わせている。なにかがおかしいとまず直感で気づく。それからなにがおかしいのか知力で解き明かすのがリーだ。

さっきは折れるのが早すぎたかもしれない。リーの頭に、アンドルーの家へ行けと吹きこんだ。リーはなにも考えずにすっ飛んでいったが、そのあとよくよく考えて、引き返したほうがいいと気づいたかもしれない。

それを待っているのは時間の無駄だ。リーはリーのやるべきことをやる。キャリーはアンドルーに集中しなければならない。

犯罪小説の探偵役は、殺人犯は本心では捕まえられたがっているというような含蓄のある台詞を言うことがある。アンドルー・テナントは捕まえられたがってはいない。彼がゲームの危険度をどんどんあげていくのは、危険を冒すときのアドレナリンラッシュに淫《いん》しているからだ。キャリーとリーとウォルターは、シドニーを襲い、レジー・パルツを拉致して、かえってアンドルーを調子づかせてしまった。リーは、アンドルーが主導権を失ってうろたえていると思っている。でもキャリーは、自分がヘロインを追い求めるように、アンドルーも興奮を追い求めているのを知っている。体内で作られるドラッグに依存性で勝るものなどない。

オピオイドと同じで、人がアドレナリン・ジャンキーになる理由は科学的に説明できる。リスクの高い行動の報酬は、急激に分泌されるアドレナリンだ。アドレナリン受容体は、親類のμオピオイド受容体のように、過度な刺激に食いつく。闘争逃走反応が起きるのがこの経路だ。大多数の人は危険に晒された感覚を嫌うが、アドレナリン・ジャンキーはその感覚を味わうために生きている。アドレナリンの別名はエピネフリンといい、ボディビルダーやそのほか娯楽的な目的のユーザーに重宝がられるホルモンだ。アドレナリンの急激な分泌は万能感をもたらす。心拍数をあげ、筋肉を増強し、集中力を高め、痛覚を鈍くし、ウサギにも勝てるほど性欲が昂進《こうしん》する。

アンドルーも依存症者の例に漏れず、ハイになるために必要なドラッグの量がどんどん増えている。だから、自分の声を知っている相手を襲った。だから、リーのママ友を残酷なやり方で殺させた。だから、ウォルターを拉致した。リスクが高ければ高いほど、得られる報酬は大きい。

キャリーは口をあけて深く息を吸った。二十メートル先にマスタード色の壁板が見えた。雑草のはびこる庭には、あいかわらず〝所有者直売〟の看板が立っている。近づくと、界隈のグラフィティアーティストが勝負を受けて立っているのが見えた。電話番号にかぶせるように描かれているのは射精するペニスで、睾丸《こうがん》から猫の髭のような毛が生えている。郵便箱のそばに黒いメルセデスがとまっていた。ディーラーナンバー。テナント自動車販売グループ。また故意にリスクを冒している。家は板でふさがれているので、界隈の人々はドラッグのディーラーが売買所に在庫を補充しに来たと思っているだろう。あるいは、たまたま通りかかって様子を見に来たパトカーか。

メルセデスのなかにウォルターがいないか覗いてみた。車内は無人だった。ゴミひとつ落ちていないが、カップホルダーのひとつにミネラルウォーターのボトルが入っていた。ボンネットに触れた。エンジンは冷えきっている。トランクのなかを確認しようかと思ったが、ドアはすべてロックがかかっていた。

しばらく家を眺めてから、覚悟を決めてドライブウェイを歩いていった。不審なものは見当たらないが、大きな違和感があった。家に近づくにつれて、パニックがどんどんふくらんできた。震える脚で、バディがコルベットを駐車していたあたりに残った油染みをよけた。カーポートは、外の闇になかの闇を侵食されて真っ暗だった。ドクターマーチンがコンクリートの上のなにかを踏みつけ、ジャリッと音がした。目を落とす。だれかが粗末な警報器として、カーポートの入口にガラスの破片をまいていた。

「止まれ」シドニーの声がした。

姿は見えないが、裏口のそばに立っているらしい。キャリーはガラスの破片を踏み越えた。さらにもう一歩。

ガチャガチャッ。

九ミリ拳銃のスライドを引く特徴的な音が聞こえた。

キャリーはシドニーに言った。「銃が見えればもっと怖いんだけど」

シドニーが暗がりから姿を現した。銃を構える手つきはまるっきりの素人で、指をトリガーにかけ、ギャング映画の登場人物のように銃を横に倒していた。「これでどう、マックス?」

キャリーはその偽名をほとんど忘れていたが、おそらくシドニーがリーの友人を殺した張本人であることは覚えていた。「びっくり、歩りるんだ」

その証明に、シドニーはまた一歩前に出た。什事用の服装ではない彼女が、街灯の明かりに照らされた。レザーのパンツ。ピタピタのレザーのベスト。シャツは着ていない。黒いマスカラ。黒いアイライナー。血のように赤い唇。キャリーが自分の変化に見入っていることに、シドニーは気づいていた。「気に入った?」

「すごく」キャリーは答えた。「こないだもその格好だったら、お返しのファックをしてあげたのに」

シドニーはにやりと笑った。「イカせてあげられなくて残念だった」

キャリーはもう一歩進んだ。シドニーがつけているムスクの香水のにおいが嗅ぎ取れた。

「またいつでもどうぞ」

シドニーはにやにや笑いをやめなかった。キャリーはそこに同類のジャンキーの姿を見た。シドニーもいかれた夫に負けず劣らずのアドレナリン中毒だ。

「ねえ」キャリーは言った。「車のトランクで一発どう?」

にやにや笑いが歯を剝き出した笑いになった。「アンドルーが先だって言ってた」

「二回戦のほうが濡れてるよ」銃口がキャリーの胸に当たった。キャリーは銃を一瞥した。

「素敵なおもちゃだね」

「でしょ。アンディが買ってくれたの」

「セーフティってどれか教えてくれた?」

シドニーは銃をひっくり返してボタンを探した。

キャリーはもっと早くにしておくべきだったことをした。

銃を押しのけた。

ポケットからナイフを抜き、シドニーの腹を五回刺した。

「えっ」シドニーの口が驚きの形にひらいた。吐息はチェリーのにおいがした。

ナイフをさらに奥へ押しこむと、熱い血が手をぐっしょりと濡らした。ぎざぎざの刃が骨を引っかく振動が腕に伝わってきた。ふたりの唇が軽く触れあった。キャリーは言った。

「イカせてくれなかったからだよ」

濡れた音をたててナイフが抜けた。

シドニーはよろめいた。銃が地面に落ちた。なめらかなコンクリート面に血が飛び散った。シドニーの脚がもつれた。両手で腹を押さえ、まっすぐな姿勢でゆっくりと倒れていく。ガラスの破片に顔がぶつかった瞬間、いやな音がした。上半身のまわりにスノーエンジェルの翼のような形で真っ赤な血が広がった。

キャリーは無人の通りを見やった。目撃者はいない。シドニーの死体はカーポートの闇のなかに倒れている。不審に思った者がいても、ドライブウェイを歩いてこなければ死体は見えない。

ナイフはキャリーのジャケットのポケットに戻った。キャリーは銃を拾い、カーポートの奥へ進んだ。親指でセーフティを解除した。記憶を頼りに裏口のドアを見つけた。脚をあげ、二日前にリーがあけた穴からなかに入ると、ようやく目が暗がりに慣れてきた。あいかわらず覚醒剤のにおいがしたが、煙のようなよくわからないにおいもかすかに嗅ぎ取れた。不意に、リーがこの穴倉へ無理やり連れてきてくれてよかったと思った。おかげで、前回のように、記憶に頬を殴られずにすむ。テーブルや椅子、ミキサーやトースターの幻を見ずにすむ。見えるのは、死にたい連中が来るむさ苦しいたまり場だ。

「シド?」アンドルーの声がした。

キャリーはその声をたどってリビングルームに入った。

アンドルーがバーのなかに立っていた。テキーラの大瓶とショットグラスが二個、カウンターに置いてある。彼が持っている銃は、いまキャリーの手のなかにあるものとまったく同じだった。照明器具のない室内でそれがわかったのは、部屋のあちこちで蠟燭《ろうそく》が燃えているからだ。小さなもの、大きなもの。バーカウンターにも床にも、ガラスの汚れた出窓にも。壁でちらちらと躍る影が悪魔の舌のようだ。天井のあたりを煙がたゆたっている。

「キャリオピー」アンドルーは銃をカウンターに置いた。蠟燭の明かりを受けて、頬の傷がてらと光った。キャリーが首につけた歯形は黒ずんでいた。「よく来てくれたね」

キャリーは室内を見まわした。この前と同じ汚れたマットレス。汚らしいカーペット。同じ絶望感。「ウォルターはどこ？」

「ハーリーはどこ？」

「たぶんいまごろあんたの悪趣味な豪邸に火をつけてるよ」

アンドルーの両手はカウンターに平たく置かれていた。銃はテキーラのボトルと同じくらい近いところにある。「ウォルターは廊下にいる」

キャリーはアンドルーに銃口を向けたまま、横へ動いた。ウォルターは仰向けに倒れていた。見たところ、唇の裂傷以外に怪我はなさそうだった。目は閉じている。口は大きくあいている。縛られてはいないが、微動だにしない。キャリーは彼の首の脇に触れた。力強い鼓動を感じた。

「この人になにをしたの？」

「大丈夫だよ」アンドルーはテキーラのボトルを取った。キャップをひねる。指に毛が生えているが、爪は汚れていない。バディの大きな金色の腕時計が、細い手首にゆるく巻きついている。

おれにも一杯くれ、お人形さん。

キャリーはまばたきした。そう言ったのはバディなのに、自分の声がそう言うのが聞こえたからだ。

「きみもやる?」アンドルーは二個のショットグラスにテキーラを注いだ。

キャリーは銃を構えたままカウンターへ歩いた。

アンドルーは、自宅には高級品をそろえているのに、ここには〈ウォルマート〉で売っている安酒のホセ・クエルボを持ってきていた。キャリーがバディからアルコールの快楽を教わり、酒を常飲しはじめたころに飲んでいたのと同じブランドだ。

唇を噛みすぎて血の味がした。バディは快楽を教えてくれたのではない。キャリーが痛がって泣くのをやめさせるために、体から力が抜けるように無理やり飲ませたのだ。

キャリーは一瞬、廊下に目をやった。ウォルターはまだ気を失っている。

アンドルーが言った。「薬を飲ませたから邪魔されないよ」

キャリーは、アンドルーがロヒプノールを好んで使うことを忘れていなかった。「あんたの父親も、被害者を気絶させて抵抗できなくするのが好きだったね」

アンドルーの顎がこわばった。一個のグラスをキャリーのほうへすべらせた。「歴史修正主義に傾くのはよくないな」

キャリーは透明な液体を見つめた。ロヒプノールは無味無色だ。キャリーはボトルの取っ手をつかみ、じかに飲んだ。

アンドルーはキャリーが飲むのを待ち、グラスの中身をあおった。グラスをバーに叩きつけるように置いた。「その血の量だと、シドニーは無事じゃなさそうだね」

「死んだと思っていいよ」キャリーはアンドルーの顔に目を凝らしたが、なんの表情も浮かんでいなかった。シドニーもきっと同じ反応をしただろう。「シドニーにリーの友達を殺させたでしょう？」

「僕はやれとは言ってないよ」アンドルーは否定した。「彼女は結婚の贈り物のつもりだった。僕にかかっている疑いをそらすことができるだろ。代わりに少しばかりお楽しみをわけろってね」

それは嘘ではないだろう。「あの子、あんたに出会う前からいかれてたの？　それともあんたの影響？」

アンドルーは少しためらってから答えた。「彼女は最初から特別だった」

キャリーは自分の決意が揺らぎはじめるのを感じた。アンドルーが一瞬ためらったせいだ。彼はすべてを、会話のリズムに至るまでコントロールしている。銃にもひるまない。キャリーの暴力の可能性も恐れていない。リーは、アンドルーがつねに三歩先を行っていると言っていた。彼はキャリーをここへ誘《おび》き寄せた。なにか恐ろしいことをたくらんでいる。

こんなとき、姉妹の大きな違いがあらわになる。リーだったらあらゆる視点から考えようとするだろう。キャリーはテキーラをもう一口飲みたくてたまらず、ボトルを凝視しているだけだ。

「ちょっと失礼」アンドルーはポケットから携帯電話を取り出した。青い光が彼の顔を照らした。彼はキャリーにスクリーンを見せた。防犯カメラが自宅の異常事態を知らせたようだ。リーの高級車がドライブウェイにとまっている。リーがグロックを片手に玄関へ歩いていく姿が捉えられた直後、アンドルーは映像を消した。

アンドルーが言った。「ハーリーはなんだか苦しそうだったね」

キャリーはシドニーの銃をカウンターに置いた。急がなければならない。リーは思ったより早く到着してしまった。引き返してくるときはもっとスピードをあげるだろう。「それがあんたの目的？」

「帰宅したとき、シドの指からまだきみのにおいがした」アンドルーは反応を期待するかのように、キャリーをじっと見つめた。「想像していたとおり、きみは甘い味がしたよ」

「口唇ヘルペスに感染したね、だれよりも先にお祝いさせて」キャリーはショットグラスをひっくり返した。自分でボトルからテキーラを注いだ。「なんのためにこんなことをしてるの、アンドルー？」

「知ってるんだろう」アンドルーはキャリーの返事を待たなかった。「父さんの話を聞きたい」

キャリーは笑いそうになった。「あのクソ野郎についてあたしに訊くなんて、相手を間違ってるよ」

アンドルーは黙っていた。リーが言っていたとおり、冷たい目でキャリーを眺めている。キャリーは、やりすぎた、無謀すぎたと気づいた。アンドルーはすぐに銃を取れるし、カウンターの下にはナイフがあるかもしれないし、素手で襲いかかってきてもおかしくない。近くで見ると、彼は大柄だし、シャツの下で動いている筋肉は見世物ではないとわかる。また接近戦になったら、今度こそキャリーに勝ち目はない。

「昨日までは、バディは鬼畜だと思ってたけど、やっぱり普通の男だった」

「昨日なにがあった？」

彼はシドニーからなにも聞いていないふりをしている。「テープを見たの」

アンドルーはおもしろそうな顔をした。「どう思った？」

「そうだな……」キャリーは深く考えないようにしていたが、幻滅したのはたしかだ。「長いあいだ、バディに愛されてたんだと思いこもうとしてたけど、あいつになにをされたのかよくわかった。あれは愛情じゃなかった、そうだよね？」

アンドルーは肩をすくめていなした。「ちょっと乱暴だったけど、きみも楽しんでたときがあった。きみの表情でわかったよ。あれは演技じゃない。子どもに演技はできない」

「そんなことないよ」キャリーは物心ついたころからずっと演技ばかりしてきた。

「そうかな？　父さんがいなくなって、きみはどうなった？　父さんが死んだ瞬間に壊れたじゃないか。父さんがいなくなって、きみは無意味な存在になった」

キャリーがひとつだけ断言できるのは、自分が生きていることには意味があったということだ。リーに赤ちゃんを育ててあげた。リーが自分を信用できなくてあきらめていたものを与えることができた。「どうしてこだわるの、アンドルー？　バディはあんたを嫌ってたのに。あいつがあんたに最後にかけた言葉は、ナイキルを飲んでさっさと寝ろ、でしょ」

急所にヒットしたのがアンドルーの顔つきでわかった。「父さんが僕のことをどう思ってたかなんかわからないだろう？　きみとハーリーは、僕たちがおたがいをよく知る機会を奪ったんだ」

「あんたのためにいいことをしたのよ」ほんとうかどうかはわからないけれど。「お母さんは知ってるの？」

「あのくそババアは仕事以外はどうでもいいんだ。きみも知ってるくせに。あのころ、母は僕にかまうひまもなかったし、いまも僕をほったらかしだ」

「お母さんはいつもあんたのためを思ってたよ。あの界隈であんなにいいお母さんはほかにいなかった」

「群れいちばんのハイエナだって言ってるようなものだよ」アンドルーの顎がこわばり、骨が鋭く突き出た。「母の話はもういい。僕らはそんなことをするためにここに来たんじやない」

キャリーは後ろを向いた。蠟燭の火が気になった。煙と鏡。廊下で動かないウォルター。マットレスが移動していたことに、はじめて気づいた。大きな三台が積み重なっている。以前ソファがあった場所に。

首筋にアンドルーの吐息を感じ、背後に彼が立っていることに気づいた。彼の両手が腰をつかんだ。その重みが骨に食いこんできた。

アンドルーの両手が下腹にのびてきた。唇は耳のすぐそばにある。「きみはほんとうにちっちゃいな」

キャリーはこみあげた酸《す》っぱいものを呑みこんだ。バディの言葉。アンドルーの声。

「この下になにがあるのか確かめてみよう」彼はサテンジャケットのボタンをはずした。

「どう?」

腹にひんやりとした空気が触れた。シャツの下に手がすべりこんできた。胸をさわられ、キャリーは唇を噛んだ。彼は反対の手をキャリーの脚のあいだへのばした。キャリーの膝が折れた。シャベルの平らなほうにまたがっているような感じだった。

「かわいいお人形だな」アンドルーはジャケットを脱がせはじめた。

「やめて」キャリーは逃げようとしたが、脚のあいだをがっちりとつかまれた。

「ポケットの中身を全部出せ」彼の口調が乱暴になった。「早くしろ」

キャリーの体のすみずみに恐怖が染みこんだ。全身が震えだした。足が床に届かない。時計の振り子のように、脚のあいだの手が唯一の支点になっている。

アンドルーが手をきつく握りしめた。「早く」

キャリーはポケットに手を入れた。ナイフについたシドニーの血がべとついた。薬の入った注射器が指の外側に触れた。ゆっくりとナイフを取り出しながら、アンドルーがこれで満足するように願った。

彼はナイフをもぎ取った。それをカウンターに放り捨てた。「ほかには?」

キャリーは震えを止められず、左のポケットに手を入れた。注射セットはとても私的なものなので、自分の心臓を取り出しているかのように感じた。

「これはなんだ?」

「あ、あたしの――」答えられなかった。キャリーは泣いていた。恐怖に耐えられなかった。世界がぶくぶくと沸き立っている。バディの薔薇《ばら》色のかすかな記憶と、彼の息子の冷酷な怒りが衝突する。ふたりの手は同じだ。ふたりの声も同じだ。そしてふたりともキャリーを傷つけて楽しんでいる。

「あけろ」アンドルーが言った。

キャリーは親指の爪でケースの蓋をこじあけようとしたが、手が震えてうまくいかなかった。「できない――」

アンドルーはキャリーからケースをひったくった。脚のあいだから彼の手がするりと抜けた。

キャリーは体の内側を抉り取られたような気がした。積みあげたマットレスのほうへよろよろと歩いた。腰をおろし、ジャケットの前をかき合わせた。

アンドルーが目の前に立った。ケースの蓋はあいていた。「これはなんだ?」見あげると、彼は駆血帯を手にしていた。茶色い革のストラップは、マディの父親のものだった。片方の端が輪になっている。反対側の端が噛み跡でよれているのは、駆血帯をきつく締めて血管を浮き出させるために、以前はラリーが、そのあとキャリーが歯で引っぱっていたからだ。

「早く答えろ。これはなんだ?」

「それ――」キャリーは咳払いした。「いまはもう使ってない。それは――あたしの腕は使える血管がもうないの。だから脚に注射する」

アンドルーはしばらく黙っていた。「脚のどこに?」

「だ、大腿静脈」

アンドルーの口がひらいたが、言葉が出てこないようだった。蠟燭の光が彼の冷たい瞳に反射した。しばらくして彼は言った。「ここでやってみせろ」

「いやだ――」

彼の手がキャリーの首をつかんだ。キャリーは息が詰まるのを感じた。彼の指に爪を立てた。マットレスに押し倒された。彼は耐えがたいほどに重い。体内に残っていたわずかな空気が一気に押し出された。まぶたが震えながら閉じようとしているのがわかった。アンドルーはキャリーにのしかかり、顔をしげしげと眺め、恐怖を貪っている。片手で楽々とキャリーを押さえつけている。キャリーはこのまま殺されるのを待つしかない。

ところが、アンドルーはキャリーを殺さなかった。

キャリーの首から手を離した。キャリーのジーンズのボタンをはずした。ジッパーをおろす。キャリーは仰向けになったまま、自分には彼を止められないとあきらめ、ジーンズを脱がされても抵抗しなかった。アンドルーは蠟燭を持ってきて、キャリーの太腿を照らした。

「これはなんだ?」

訊き返す必要はなかった。アンドルーは、ドクター・ジェリーが膿瘍に貼った絆創膏に人差し指を突っこんだ。切開した傷が裂け、脚全体に鋭い痛みが走った。

「答えろ」アンドルーはさらに傷を強く押した。

「膿瘍。注射のせいで」

「よくあることなのか?」

キャリーは唾を呑みこんでから答えた。「うん」

「おもしろい」

彼の指がそわそわと脚を這いはじめ、キャリーは身震いした。目を閉じた。体のなかに強い意志はひとかけらも残っていなかった。いますぐリーがドアを蹴破り、アンドルーの頭を撃ち抜いてくれたらいいのに、ウォルターを助け、この先待ち受けていることから自分を救い出してくれたらいいのに。

そんな弱い気持ちをキャリーは押し殺した。リーに助けてもらうなんてとんでもない。自分ひとりでやりとげねばならない。リーはいずれここへ来る。自分のせいでまたリーが手を血で汚すことなど、あってはならない。

キャリーはアンドルーに言った。「起きるから手を貸して」

アンドルーはキャリーの腕をつかんだ。乱暴に引っぱられて、頸椎がポキッと音をたてた。注射セットを捜した。彼は蓋をあけたケースをマットレスの端に置いていた。

「水が必要なの」

アンドルーはためらった。「なにか混じっていてもいいのか?」

「大丈夫」キャリーは嘘をついた。

アンドルーはバーへ戻っていった。

キャリーはスプーンを取った。持ちやすいように、柄は曲げて輪にしてある。アンドルーから水のボトルを受け取った。ウォルターに飲ませたのだろう。ロヒプノールがどんな影響を及ぼすか見当もつかないけれど、知ったことか。

「待て」アンドルーがキャリーの手元に蠟燭を近づけた。

キャリーは喉が動くのを感じた。これはポルノではない。プライベートな行為であり、そうでなければ同じジャンキー仲間とやるものだ。なぜなら、行為のプロセスは自分のもの、自分だけのものだからだ。

「これはなんに使うんだ？」アンドルーはセットのなかの脱脂綿を指さした。

キャリーは答えなかった。手の震えもおさまったので、体が欲しているものをこれから与えるのだ。小袋をあけた。オフホワイトの粉をスプーンに振り出した。

アンドルーが尋ねた。「それだけでいいのか？」

「充分」むしろ多すぎるくらいだ。「ボトルの蓋をあけて」

キャリーはアンドルーが応じるのを待った。水を一口含み、雛《ひな》に餌をやるカーディナルのようにスプーンに吐き出した。いつものジッポーは使わず、床から蠟燭を取った。ホワイトビネガーの香りが強くなるにつれて、薬がじわじわと液体になった。あのディーラーは嘘つきだ。こんなににおいが強いということは、純度が低い証拠だ。

スプーンから立ちのぼる煙越しに、アンドルーと目が合った。彼の舌がわずかに覗いていた。最初からこれが目的だったのだ。バディはテキーラ、アンドルーはヘロインを使ったが、どちらも目的は同じ――キャリーをぼうっとさせて、抵抗を封じることだ。

キャリーは片手で脱脂綿を裂いた。注射器を取る。歯でキャップをはずす。針を脱脂綿に突っこみ、プランジャーを引く。

「フィルターだな」アンドルーは、偉大な謎を解いたかのように言った。

「よし」においが喉の奥に届いたとたん、キャリーの口のなかは唾液でいっぱいになった。

「準備できた」

「どうするんだ?」ためらったアンドルーの表情に、キャリーははじめて子どものころの彼の面影を垣間見た。彼は新たに悪事を覚えることに興奮し、胸を躍らせている。「僕が——僕がやってもいいか?」

キャリーはうなずいた。口のなかに唾液がたまって話せないのだ。体をひねり、両足をマットレスにのせた。太腿が蠟燭の光に照らされて青白く光った。他人の目に映っている自分が見えた。大腿骨や膝頭の骨が浮き出ていて、まるで骸骨だ。

アンドルーはなにも言わなかった。キャリーの脚の隣に寝そべり、頬杖をついた。キャリーは、かつて自分の膝を枕に彼が眠りについていたころのことを思い出した。こんなふうに寝転んで本を読んでもらうのが、アンドルーは好きだった。

いま、アンドルーはキャリーの顔を見あげ、ヘロインの打ち方を教えてもらうのを待っている。

キャリーはきつい体勢で座っていたので、太腿の上のほうが見えなかった。絆創膏をはがした。膿を吸い取った膿瘍の中心を手探りで見つけた。「ここ」

「この――」アンドルーはまだ及び腰だった。キャリーすらよく見たことのない膿瘍の跡が、彼にはよく見えている。「膿《う》んでるみたいだけど」

キャリーは、真実であると同時に彼の聞きたがっている言葉を言った。「痛みが気持ちいいの」

またアンドルーの舌先が覗いた。「わかった、どうすればいい？」

キャリーは両手を後ろについて仰向いた。サテンジャケットの前がひらいた。「注射器の側面を軽く叩いて、プランジャーを少し押して空気を抜く」

アンドルーの両手はわなないていた。熱帯魚店で買ってきた二匹のフタイロカエルウオを見せてやったときのように興奮している。彼はキャリーに見守られているのを確かめ、プラスチックの筒を軽く叩いた。

コツコツコツ。

トレヴ、やめてって言ったのに水槽を叩いてない？

「それでいい。今度は空気の泡を抜いて」

アンドルーは注射器を蠟燭の光のそばへ持っていき、よく見ながらプランジャーを少し押し、プラスチックの筒から空気を抜いた。薬液が一滴、針を伝い落ちた。こんなときでなければ、キャリーはそれを舐め取っていただろう。

「静脈を刺すの、いい？　青い血管。見える？」

　キャリーは彼の息が脚にかかるのを感じた。彼の指が膿瘍を押した。大丈夫かと尋ねるように、ちらりと顔をあげた。

「いい気持ち」キャリーは言った。「もっと強く押して」

「すげえ」アンドルーはつぶやき、爪を立てた。わなわなと震えている。彼にとってはこのすべてが興奮の体験なのだ。「こんな感じか？」

　キャリーは顔をしかめながらも答えた。「そう」

　アンドルーはふたたびキャリーと目を合わせてから、指先で静脈をなぞった。キャリーは彼の頭頂を見おろした。バディと同じ場所につむじがあった。バディの髪を指で梳いた感触を思い出す。頭皮が覗いた部分を髪で覆うバディの恥ずかしそうな顔も。

おれはただのジジイなのにお人形さんなんでおれとつきあってくれるんだ？

「ここでいいか？」アンドルーが尋ねた。

「いいよ。ゆっくりと針を刺して。あたしがそこと言うまではプランジャーを押さない。針は血管と平行にすべりこませる。貫通させない」

「貫通したらどうなるんだ？」

「薬が血流に入らない。筋肉に入って、なんの効果もない」

「わかった」アンドルーがほんとうのことを知っているわけがない。

キャリーはアンドルーが作業に戻るのを見ていた。彼は肘の位置をなおして楽な体勢を取った。片方の手は注射器を膿瘍の中心へ確実に近づけていく。

「いいか？」

アンドルーはキャリーの返事を待たなかった。

針の先端がぷつりと入ったとたん、キャリーの口から声が漏れた。キャリーは目を閉じた。アンドルーと同じくらい呼吸が速くなった。崖っ縁から自分を引き戻そうとした。

「これでいい？」アンドルーが尋ねた。

「ゆっくり」キャリーはなだめるように言い、彼の背中をさすった。「針をなかで動かして」

「うっ」アンドルーはうめいた。キャリーは脚に勃起したものを押し当てられるのを感じた。彼は腰を揺らし、針を血管から抜き差ししている。

「つづけて」キャリーはささやき、アンドルーの背骨に指を這わせた。彼が息をするたびに肋骨が動くのが感じ取れた。「いいよ、ベイビー」

アンドルーの顔が腰に落ちてきた。彼の舌が肌に触れた。息は熱く湿っている。

キャリーはジャケットのポケットに手を入れた。二十ミリの注射器の蓋をはずした。

「そこよ」キャリーは言いながら、第九肋骨と第十肋骨のあいだを指で探り当てた。「プランジャーを押して、ゆっくりとね。いい？」

「わかった」

ヘロインの最初の気持ち悪さがウイルスのようにじわりと入ってきた。

ポケットから注射器を出す。青い液体が蠟燭の光のもとではくすんで見えた。

キャリーは躊躇《ちゅうちょ》しなかった。アンドルーが生きてこの家を出ていくのは許さない。角度をつけて針を突き刺し、筋肉も腱も貫き、アンドルーの心臓の左心房に直接注射した。

アンドルーが異変に気づいたときには、プランジャーはすでに押されていた。

もはや、アンドルーにはなすすべもなかった。

暴れて抵抗することはなかった。悲鳴もあがらなかった。助けを求める叫び声もなかった。最後の言葉がなんにせよ、ペントバルビタールの鎮静効果が消し去った。ドクター・ジェリーが言っていたとおりに、脳幹の反射運動によってあえいでいるような、苦しげな呼吸音が聞こえた。アンドルーが最後まで動かせた右手でヘロインを一気に注入した瞬間、キャリーは大腿静脈に火がついたような気がした。

キャリーは歯を食いしばった。全身に汗が噴き出た。二十ミリの注射器をしっかり握り、ぶるぶると震える親指で濃厚な青い液体を注射針に押しこんだ。かろうじて倒れこまずにすんでいるのは、ひとえにアドレナリンのおかげだ。注射器には薬がまだ半分残っている。キャリーは少しずつさがっていくプランジャーを見ていた。アドレナリンがつきるまでに、全量を注射しなければならない。リーがもうすぐ来る。今度こそあの夜のようにはしない。

自分がはじめた仕事を姉に仕上げてもらうわけにはいかない。

ついにプランジャーが奥まで押しこまれた。キャリーは最後の薬液がアンドルーの黒い心臓に流れこむのを確認した。

手が力なく落ちた。キャリーはマットレスに倒れこんだ。

ヘロインが効いてきて、波となってキャリーを迎えに来た――多幸感はなく、体はふわりふわりと落下し、ついに運命に屈しようとしている。

鼻を刺す酢のにおい。普段より多い薬の量。水に混じっていたロヒプノール。ドクター・ジェリーの薬品棚から盗んで白い粉に混ぜたフェンタニル。

この家を生きて出ていけなくなったのは、アンドルー・テナントだけではない。

最初に凝り固まった筋肉がほぐれた。それから関節の疼きが消え、首も痛くなくなり、キャリー自身も数えるのをやめてしまったほど長い年月をともにした痛みを、体が手放した。もう息苦しくなかった。肺が空気を必要としなくなったからだ。心臓の鼓動は、止まりかけた時計さながら残された時間をゆっくりとカウントダウンしている。

キャリーはフクロウのようにひらいた瞳孔で天井を見あげた。ソファからこの天井を何百回も見あげたことは思い出さなかった。最高の姉と姉の優しい夫を思い、ふたりのすばらしい娘がサッカーフィールドを走りまわっている姿を思い浮かべた。ドクター・ジェリーとビンクスを思い、フィルまで思い出したあげく、最後にやはり、カート・コベインに思いが至った。

彼はもうキャリーを待ってはいない。ここにいて、ママ・キャスとジミ・ヘンドリックスとしゃべり、ジム・モリソンとエイミー・ワインハウスとジャニス・ジョプリンとリヴァー・フェニックスと笑っている。

みんなが同時に、キャリーに気づいた。キャリーのほうへ駆け寄り、手をのばして助け起こした。

突然、キャリーの体は羽根のように軽くなった。床を見おろすと、ふわふわした雲に変わっていった。仰向くと、あざやかに青い空が見えた。左を見て、右を見て、後ろを振り向いた。温和な馬たち、たくましい犬たち、賢い猫たちがいて、ジャニスがボトルを、ジミがマリファナを差し出し、カートは自作の詩を読もうと言い、キャリーは生まれてはじめて、ここが自分の居場所だと確信した。

エピローグ

リーはウォルターのかたわらで折りたたみ椅子に座っていた。墓地は静かで、墓石のむこうの木で小鳥がさえずっていた。ふたりはキャリーの淡い黄色の棺《ひつぎ》が地中へおりていくのを見守った。滑車はキーともギーとも音をたてなかった。キャリーの体重は、検死官事務所に到着したときには四十三キロだった。遺体には長期にわたる薬物濫用と病気による影響が見られたと、検死報告書には書いてあった。肝臓と腎臓は病に冒されていた。肺の機能は半分に落ちていた。致死量の麻薬と毒物のカクテルを摂取していた。ヘロイン、フェンタニル、ロヒプノール、ストリキニーネ、メサドン、ベーキングソーダ、洗濯用洗剤。

意外でもなんでもなかった。スプーンと蠟燭と薬の小袋からはキャリーの指紋しか検出されなかったのも、驚くには当たらない。キャリーの脚に刺さっていた注射器には、キャリーとアンドルーの指紋が残っていたが、アンドルーの心臓に致死量のペントバルビタールを注入した注射器にはキャリーの指紋しか残っていなかった。

しばらく前から、リーはいずれキャリーが亡くなったときには後ろめたさの混じった安堵を覚えるのだろうと思うようになっていたが、いま感じるのは、押しつぶされそうな悲しみだった。夜中の電話、ドアのノック音、妹さんの遺体を確認してほしいと告げる警官という、リーの長年の悪夢は現実にならなかった。

現実には、十四歳のときからずっと魂を閉じこめられていた家で、積み重なった汚いマットレスに横たわるキャリーを発見することになった。

ただ、最期を見届けることができたのは、せめてもの救いだった。リーはもぬけの殻のアンドルーの屋敷で、キャリーにはめられたと気づいた。ブルックヘイヴンから車を走らせたときの記憶はほとんどない。覚えているのは、ワレスキー家のカーポートでシドニーの死体につまずいた瞬間からだ。廊下に倒れているウォルターにまったく気づかなかったのは、かつて醜いオレンジ色のソファがあった場所に積み重なったマットレスに横たわるふたりに目を奪われていたからだ。

アンドルーはキャリーと十字に重なって倒れていた。背中に空の注射器が突き刺さっていた。リーは彼を妹の上から押しのけた。キャリーの手をつかむと、肌が冷たかった。すでに細い体から温もりは消えかけていた。太腿に突き刺さっている注射器には目もくれず、少しずつ弱まっていく妹の呼吸音に耳をそばだてた。

最初のうちは、胸がふくらんでしぼむのに二十秒かかった。そのうち三十秒かかるようになった。やがて四十五秒になった。最後に長く静かな息を吐き、キャリーは逝った。

「おはよう、諸君」ドクター・ジェリーがキャリーの足側へ歩いてきた。子猫柄のマスクを着けてきたのはキャリーのためか、それともたまたま手元にあっただけか、定かではない。

ドクターは薄い本をひらいた。「エリザベス・バレット・ブラウニングの詩を朗読させてくれないか」

ウォルターがリーに目配せした。いささか気まずい。ドクター・ジェリーは、その詩人が若いころからモルヒネに依存していたことを知らないのだろう。

「彼女のソネットのなかでもいちばん有名なものを選んだから、よかったらご一緒に」

墓穴の反対側で、フィルが鼻を鳴らした。

ドクター・ジェリーは、控えめに咳払いして朗読をはじめた。「わたしはどれほどあなたを愛しているのでしょう？／教えてあげましょうか／深く広く高く／わたしの魂が届くかぎり……」

ウォルターの腕がリーの肩を包んだ。彼はマスク越しに、リーの耳の上にキスをした。リーは彼の温もりをありがたく思った。今日は急に寒くなった。それなのに、今朝はコートを出すひまがなかった。墓地の管理人から電話があり、ウサギと子猫をかたどった墓石は子どもには合うが、大人の女性にはどうかとやんわり止められ、話が長くなったからだ。

リーは、キャリーは子どもだもの、と叫びたかったが、電話をウォルターに代わってもらったので、電話線を伝っていって相手の男の首をねじ切ってやらずにすんだ。

ドクター・ジェリーはつづけた。「日差しや蠟燭の明かりのように　毎日あたりまえに必要なものと同じくらい　あなたを愛しています。人が権利を求めるように　あなたを自由に愛しています」

リーは墓穴のむこうにいるフィルを見た。ジョージア州で最初にクラスター感染が起きたのは葬儀なのに、マスクを着けていない。ふてぶてしく両脚を広げ、両手を拳に握って座っている。次女の葬儀にも、家賃の取り立てへ出かけるときと同じ格好だ。革のチョーカー。シド・ヴィシャスの黒いTシャツを着ているのは、ヘロイン礼賛か。狂犬病のアライグマめいたアイメイク。

いつものように母親に対する怒りがこみあげる前に、リーは顔をそむけた。葬儀を実況しているカメラを見つめた。驚いたことに、フィルの実母は存命で、フロリダの老人ホームに暮らしていた。もっと意外なことに、コール・ブラッドリーがリモートで葬儀に出席したいと言ってきた。いまのところ彼はまだリーのボスだが、近いうちにふたたび彼のオフィスに呼びつけられるだろう。事務所に言わせれば、要するに世間体がよくないのだ。リーの妹が、リーのクライアントとその新婚の妻を殺し、自らもオーバードーズで死亡したうえに、その動機もわからないのだから。

リーは、この件については一切の弁解をしないと明言したし、その大きな空白を埋めようとしゃしゃり出てくる者もいなかった。レジー・パルツは、案の定姿を消した。友人や隣人も、弁護士や銀行や資産管理人も、プロの情報屋すら出てこなかった。けれど、だれかが真実を知っているはずだ。リーがアンドルーの屋敷に押し入った夜、金庫の扉は大きくひらいたままになっていた。なかは空だった。

リーは、大丈夫だと自分に言い聞かせた。ビデオテープはいまだに存在する。いずれはだれかが警察に通報するか、リーに接近してくるか――とにかく、なんらかの行動を取るだろう。そうなっても、リーはその結果を受け入れるつもりだった。そのときが来るまでどう生きていくか、自分に決められるのはそれだけだ。

ドクター・ジェリーは締めくくった。「かつて愛していた聖人たちと同じくらい／あなたを愛しています／わたしの呼吸、わたしの笑み、わたしの涙、わたしのすべてを差し出してもいいくらい／あなたを愛しています／そして、ああ／死んだあともあなたを愛したい」

ウォルターは長々とため息をついた。リーも同じ気持ちだった。ドクター・ジェリーは思ったより理解していたのかもしれない。

「ありがとう」ドクター・ジェリーは本を閉じた。キャリーにキスを送った。フィルに弔意を伝えるために歩いていく。

優しい老人にフィルがとんでもないことを言うのではないかと、リーは気が気ではなかった。

「大丈夫?」ウォルターがささやいた。心配そうな目をしていた。去年のいまごろなら、リーはそんな彼に苛立ったかもしれないが、いまは感謝で胸がいっぱいだった。深く傷つくことをウォルターが身をもって知ったいま、なぜか彼を思いきり愛してもいいのだと思えた。

「大丈夫」声に出してそう言えばほんとうに大丈夫になるかもしれない。

ドクター・ジェリーが墓穴を一周して戻ってきた。「久しぶりだね、お嬢さん」

リーは言った。「お越しいただいて、ありがとうございます」

ドクターのマスクは涙で濡れていた。「われらがキャリオピーは、ほんとうにいい子だった」

「ありがとうございます」自分のマスクも顔に貼りついているのがわかった。もう涙が涸《か》れただろうと思っても、またあふれてくる。「あの子は先生が大好きでした」

「ありがとう」ドクターはリーの手を軽く叩いた。「わたしの妻が亡くなったときに知った秘密を話そうか」

リーはうなずいた。

「だれかが亡くなっても、そのときに関係が終わるわけではない。終わるどころか、もっと強くなる」ドクターはウィンクした。「なぜかというと、その人からおまえは間違ってるとじかに言われなくなるからだ」

リーの喉に塊がこみあげた。

ウォルターが話を替えた。「ジェリー先生、あのシボレーはそうとう古いものですね。見せていただけませんか？」

「もちろん、よろこんで」ドクターはウォルターに腕を差し出した。「ところで、きみはタコの顔を殴ったことはあるかね？」

「やれやれ」フィルが椅子の背にもたれた。「じいさん、ヤキが回ったね。オレゴンに引っ越して、アンティファだかなんだかと暮らすんだとさ」

「やめて、母さん」リーはマスクを取った。バッグのなかのティッシュを探した。

「この子はあたしの娘だったんだよ」フィルは墓穴越しにどなった。「だれがこの子を育てた？　いつもこの子はだれを頼って帰ってきた？」

「明日、ウォルターが猫を迎えに行くから」

「ステューピッド・カントのこと？」

リーは一瞬ぎょっとし、それから笑った。「そう、ステューピッド・カントはうちで暮らすの。キャリーがそう望んでたから」

「なんだって」フィルは、リーからキャリーの死を告げられたときより動揺しているようだった。「あれはいい猫だよ。わかってるんだろうね」

リーは洟をかんだ。

「ひとつ言っときたいんだけど」フィルは両手を腰に当てた。「あんたとキャリーの問題は、あの子は昔を振り返ってばかりいて、あんたはいつも躍起になって前しか見てなかったことだよ」

腹立たしいことに、フィルの言うとおりだった。「それよりも大きな問題は、わたしたちにはあきれるほどだめな母親しかいなかったことね」

フィルの口がひらいたが、またぴしゃりと閉じた。目が丸くなった。幽霊を見ているかのように、リーの背後を見つめている。

リーは振り返った。幽霊のほうがましだ。

リンダ・テナントが黒いジャガーに寄りかかっていた。煙草をくわえている。今日もシャツの襟を立ててパールのネックレスを着けているが、寒いので長袖だ。アンドルーの母親と会うのは、コール・ブラッドリーのオフィスで会議用テーブルを挟み、息子の弁護を依頼されたあの夜以来だ。

「わたしたち――」フィルがそそくさと反対方向へ向かったので、リーは言葉を切った。

「ありがとう、母さん」

リーは深呼吸した。アンドルーの母親のもとへ、長い距離を歩きはじめた。リンダはあいかわらずジャガーに寄りかかっている。腕組みをしている。キャリーの葬儀に奇襲をかけに来たとしか思えない。リーも同じ立場ならこのくらい臆面もなくやるだろう。なにしろ息子と義理の娘を殺されたのだ。ルビー・ヘイヤーの遺族や、タミー・カールセンや、アンドルーが襲ったほかの三名の被害者たちも、彼に裁きを受けさせたかったはずだが、リンダの知ったことではないだろう。リンダ・テナントは説明を求めているのだ。

それでもリーは説明するつもりがなかったが、リンダが怒りをぶつける相手になるのが自分の義務だと思っていた。

リーが近づくと、リンダは煙草を草地に捨てた。「あの子はいくつだったの?」

思いがけない質問だったが、とりあえず話の糸口は必要だろう。「三十七歳でした」

リンダはうなずいた。「うちの仕事をはじめたのは十一歳のときだったかしら」

「十二歳のときです。わたしがお宅で仕事をはじめた年齢より一歳下でした」

リンダはチノパンツのポケットから煙草のパックを取り出した。一本振り出す。ライターの火をつける手つきはしっかりしていた。煙をシュッと吐き出した。怒気をはらんだその様子に、リーはどなられるか車で轢《ひ》かれるのを覚悟した。

そのどちらでもなかった。リンダは言った。「あなた、きれいにしたわね」

リーは自分の黒い服を見おろした。このあいだのジーンズとエアロスミスのTシャツとは大違いだ。リーは訊き返すように言った。「それはどうも?」

「服装のことじゃないのよ」リンダはさっと煙草を唇から離した。「いつも片付けてくれてたけど、あそこまできれいに掃除したのは、あれがはじめてだった」

リーはかぶりを振った。言葉は聞こえるが、意味がさっぱりわからなかった。

「わたしが病院から帰ってきたとき、キッチンの床はぴかぴかだった」リンダはまた苛立たしそうに煙草を吸った。「漂白剤のにおいがきつくて、目が痛いくらいだった」

リーは、自分の口がはっとひらくのを感じた。キャニオン・ロードの家の話をしているのだ。死体を始末したあと、キャリーは四つん這いで床を磨いた。リーはシンクを洗った。ふたりで掃除機をかけ、から拭きし、カウンターを水拭きし、ドアノブと幅木を磨いたが、仕事から帰宅したリンダ・ワレスキーが、いつもじめじめした陰気な家をなぜあの子たちが急にきれいにしていったのか不審に思うのではないかとは、まったく考えていなかった。

「はあ」なんと言えばいいのかわからないキャリーの声が聞こえたような気がした。

「わたしは最初、あなたたちがお金目当てであの人を殺したんだと思っていたの」リンダは言った。「でも、なにかよくないことがあったのかもしれないと考えなおした。あなたの妹の顔──次の日うちに来たとき──あれはひどかった。明らかに、殴られたか──なにかされていた。わたしは警察に通報しようと思ったの。あなたたちがお母さんと呼んでるあのろくでなしをぶっ叩いてやりたかった。でも、できなかった」

「どうして?」そう尋ねるのが精一杯だった。

「理由はどうでもよかったからよ。あなたたちはあの男を始末して、お金を手に入れたんだからそれでいいの、それが正当なことだもの」リンダは煙草を強く吸った。「黙っていたのは、わたしの望みが叶ったから。あの男は絶対に別れてくれなかった。一度、離婚を切り出したら、めちゃくちゃに殴られたわ。あの男はわたしを気絶するまで殴りつけて、そのまま床に放置したのよ」

リーは、キャリーがこれを聞いたらどう思うだろうと考えた。たぶん悲しむだろう。キャリーはリンダが大好きだったから。「実家は頼れなかったんですか?」

「自分でまいた種だもの」リンダは舌についた煙草の葉をつまみ取った。「あなたたちがあの男を始末してくれたあとも、くそ意地の悪い兄に頭をさげなければならなかった。あいつはわたしが野垂れ死のうが少しもかまわなかったでしょうよ。一カ月も待たされて、それでも家には入れてもらえなかった。使用人みたいにガレージの二階のむさ苦しい部屋に住まわされたわ」

リーはぐっと我慢した。はるかにひどい場所に住んでいる人々もいる。

「でも、不思議だったの。いつも考えていたわけではなければど、どうしてあなたたちはあんなことをしたんだろうって。バディが工事の仕事でもらったお金っていくらだったかしら、五万?」

「ブリーフケースには五万入ってました。そのほかに、家中を探して三万七千ドル見つけました」

「それはよかった。それでも、わからなかった。あなたたちはお金目当てで人を殺すような子じゃなかった。あの界隈には――たしかにそういう子もいたけどね。十ドルのために他人の喉を掻き切るなら、八万七千ドルのためならなんだってやるでしょう。でも、あなたたちは違う。だから、どうしても気になってしかたがなくてね」リンダはベルトから車のキーをはずした。親指をボタンに当てる。「そうしたら、うちのガレージでこれを見つけて、ついにわかったの」

トランクの蓋があいた。

リーはジャガーの後ろへ歩いていった。黒いビニール袋がトランクに入っていた。口はあいていた。VHSテープの山が見えた。数えなくても、全部で十五本あるのはわかった。キャリーのテープが十四本。キャリーと自分のテープが一本。

「アンドルーが、死ぬ前にうちに来たの。ガレージでがさがさやってる音が聞こえた。なにをしてるのかは訊かなかった。たしかに様子が変だったけれど、いつもそうだったし。だけど、少し前に、そう言えばと思ったの。棚の奥に、このゴミ袋が突っこんであった。警察には知らせなかったけれど、あなたには知らせたくて」

リーはまた喉が詰まって苦しくなった。リンダの顔を見あげた。

リンダは同じ場所で煙草を吸いつづけていた。「わたしがアンドルーの父親と出会ったのは十三のときだった。完全に、虜《とりこ》になった。三年間、家出しては連れ戻されて、祖父母の家にあずけられたり、寄宿学校に入れられたりしたあげく、ようやく両親もわたしの意志の固さをわかってくれて、結婚を許してくれたの。知ってた？」

ゴミ袋をつかみ取りたいが、すべてはリンダの胸ひとつだ。コピーがあるかもしれない。ほかにもサーバーがあるかもしれない。

「思ってもみなかった……」リンダは声を途切れさせ、また煙草を一口吸った。「あいつ、あなたにも手を出したの？」

リーはトランクからあとずさった。「はい」

「あいつの思いどおりに？」

「一度だけ」

リンダは煙草のパックからまた一本振り出した。いままで吸っていたものから火をつけた。「わたしはあの子が好きだった。いい子だったもの。安心してアンドルーをあずけられた。ひどいことが起きてるなんて、少しも気づいていなかった。でも、ほんとうは――あの子はひどく傷つけられて、あの男は死んだあともあの子を傷つけつづけてた……」

リーはリンダの頰を涙が伝うのを見ていた。彼女はキャリーの名を一度も口にしていない。

「とにかく」リンダは咳きこみ、口と鼻から煙を吐き出した。「あいつがあなたにしたことを謝るわ。あの子にしたことも、ほんとうに申し訳ないと思う」

リーは、ウォルターに言われたことをそのまま言った。「十三歳の自分に手を出した性犯罪者が別の十三歳の女の子を傷つけるかもしれないとは、一度も思わなかったんですか？」

「愛していたのよ」リンダは自嘲気味に笑った。「あなたのご主人にも謝らないとね。ご主人はもう大丈夫？」

リーは答えなかった。ウォルターは殴り倒され、銃口を突きつけられ、デートレイプドラッグを飲まされた。しばらくは大丈夫ではないだろう。

リンダはフィルターまで煙草を吸いきった。また新しい一本を振り出し、いままで吸っていたもので火をつけた。「あの子はあの女性をレイプしたのね？　もうひとりを殺したのもあの子でしょう？」

アンドルーとシドニーの罪の話だろう。リーは、リンダにタミー・カールセンとルビー・ヘイヤーの名前を言わせようと試みた。「どの女性のことですか？」

リンダはかぶりを振って煙を吐き出した。「やっぱりそうなのね。あの子も父親と同じで腐りきってた。あの結婚相手の子も――あの子と同じ人でなしだった」

リーはビデオテープを見おろした。リンダは理由があってこれを持ってきたはずだ。

「キャリーがアンドルーとシドニーを殺した理由は知りたくないんですか?」

「いいえ」リンダは吸い殻を草地に捨てた。車の後ろへ歩いていく。ゴミ袋を取り出し、地面に置いた。「わたしの知るかぎり、コピーはほかにないはずよ。もし出てきても、作り物だと言うわ。よくできた偽物だと。ディープフェイクって言うんだっけ。わたしはいままでどおり、あなたの秘密は守る。それを言いに来たの。こんなこと言ってもしかたないけど、コール・ブラッドリーにはあなたにはなんの落ち度もないと言っておくわ」

「わたしはお礼を言うべきでしょうか?」

「いいえ。お礼を言わなければならないのはわたしよ、ハーリー・コリアー。わたしに言わせれば、あなたはわたしに代わってけだものを退治してくれた。あなたの妹が、もうひとりのけだものを退治してくれた」

リンダは車に乗りこんだ。エンジンをかけ、走り去った。

リーは流線型の黒いジャガーが墓地を出ていくのを見送った。リンダのいらいらした顔や度を超したチェーンスモーカーぶり、同情心に欠けた態度を思った。いままでずっと、異常に清潔好きなティーンエイジャーの姉妹に夫を殺されたと思いこんでいたなんて、笑える話ではないか。

キャリーだったらあれこれ尋ねていただろう。

リーにはそのどれにも答えることはできない。空を見あげた。天気予報は雨だったのに、流れてくるのは白い雲ばかりだ。あの雲の上で、キャリーはデジタル通貨で国税庁の目をごまかしている子猫にチョーサーを読み聞かせていると思いたかったが、現実が邪魔をする。

それでも、ドクター・ジェリーの言うとおりだったらいいのにと思えた。妹との関係がこれで終わりだと思いたくなかった。ヘロインに依存していないキャリー、獣医クリニックで働いて動物の赤ちゃんを引き取り、毎週末にはランチに来て、おならばかりするカメのジョークでマディを笑わせるキャリーに会いたかった。

いまはただ、ドクター・ジェリーのオフィスで最後にふたりで過ごした時間を思うだけだ。キャリーが抱きしめてくれたことを。嘘が秘密に変わり、秘密が裏切りに変わったのに、それでも許してくれたことを。

大人になってもずっと罪悪感を抱えていたのなら、そんなの捨てちゃいなよ。

キャリーがそう言ってくれても、重荷が軽くなったような気持ちはしなかったが、時間がたつにつれて、胸の内が少しだけ軽くなったように思うので、少しずつ軽くなって、いつか――たぶん――その重みは完全に消えてしまうのではないか。

ほかにも、キャリーがリーに残した形見があった。ドクター・ジェリーが休憩室にキャリーのリュックを見つけた。なかには、意味ありげなものばかり入っていた――ジュリアベル・ギャツビー名義の日焼けサロンの回数券、ヒマリ・タカハシ名義のディカーブ郡図書館の利用者証、カタツムリに関するペーパーバック、プリペイド式携帯電話、現金十二ドル、靴下の替え、リーの財布から盗んだシカゴの住所の運転免許証、猫用段ボール箱に入れられたマディを包んでいたブランケットの切れ端。

最後のふたつはとくに意味深長だ。十六年間、キャリーは勾留されたり服役したり、あちこちの更生施設に出入りしたり、安モーテルに寝泊まりしたり、路上暮らしをしたりしていたが、リーの写真とマディのブランケットはなくさなかったのだ。

マディはいまだにそのブランケットを手放さない。なぜ端が切れているのかも知らない。ウォルターとリーは、マディに真実を伝えるべきかどうか何度も話し合った。選択肢はない、正直に話すべきだ――秘密はすでに嘘になっていて、遅からず嘘は裏切りになるのだから――という結論に達するたびに、キャリーに止められた。

リュックのなかには、リーへの手紙も入っていた。十六年前にマディと一緒に残していった手紙と同じような文面だった。キャリーはドクター・ジェリーのオフィスで話し合ったあとに、それを書いたようだ。二度とリーに会えないと予期していたのだろう。

〝どうか贈り物を受け取ってください。姉さん自身のすばらしい人生を。あなたはあたしの自慢のお姉ちゃんだよ。なにがあっても、姉さんとウォルターはいつまでも変わることなくマディを守り、幸せにしてくれる。ひとつだけお願いがあるの。あたしたちの秘密は絶対にマディに言わないでね、あたしがいないほうがあの子の人生はずっと幸せなものに

なるから。愛してるよ。愛してる！〃

「ねえ」リンダが捨てていった吸い殻の火を、ウォルターが足で揉み消していた。「ジャガーに乗ってた人はだれ？」

「アンドルーのお母さん」リーはウォルターがゴミ袋のなかを覗きこむのを見ていた。彼はVHSテープをひっくり返してラベルを読んだ。キャリー・8。キャリー・12。ハーリー＆キャリー。

「なにをしに来たんだ？」

「赦《ゆる》しを請いに」

ウォルターはテープをゴミ袋に戻した。「赦したのか？」

「いいえ」リーは言った。「そんな簡単なものじゃないわ」

著者あとがき

読者のみなさま

小説家としてキャリアをスタートしたころ、わたしは作品を書くときに時代を細かく設定しないことにしました。特定の時代に話題になったことやポップカルチャーに邪魔されることなく、物語を独立させたかったからです。しかし、〈ウィル・トレント〉シリーズや単発作を書いていくうちに、その考え方は変わりました。社会の様相を作品に反映させるためにいま現在を書きたいと思うようになったのです。わたしはフィクションのなかで問いを立てようと試みてきました。たとえば、『警官の街』では、どうして＃ＭｅＴｏｏが広がったのか。『プリティ・ガールズ』では、どうして女性に対する暴力に社会全体が鈍感になってしまったのか。あるいは『破滅のループ』では、どうして怒りに満ちた群集が国会議事堂のドアを叩き壊すような事態が起きてしまったのか。

社会問題について書きつつ、スリラーらしい推進力を維持するのは、つねに微妙なバランス調整が必要です。わたしは骨の髄までスリラー作家ですので、持論をぶつためにストーリーを中だるみさせたり、作品のリズムを壊したりしたくありません。また、自分とは考え方が対立する人々の意見も含め、ものごとの両面を書くように努めています。そういったことを念頭に置きつつ、本書のもとになるプロットを考えはじめました。新型コロナウイルスのパンデミックを物語に組み入れることは決まっていましたが、同時に本書はパンデミックの物語ではなく、人々がパンデミック下でどう生きるかを描く物語でもないとわかっていました。もちろん、わたしの視点はアメリカ人を代表するものではなく、ジョージア州民どころかアトランタ市民を代表するものでもありません――みなさんと同じく、わたしもわたし個人のレンズを通して世界を見ていますので。

二〇二〇年三月に本書の執筆に取りかかったころ、わたしは未来学者でもないのに、およそ一年後の世界がどうなっているのか予測しなければなりませんでした。もちろん、執筆しているあいだに状況は刻々と変わっていきました。医療従事者のマスク不足を防ぐために一般市民は使わないようにと言われていたのが、そのうちマスク着用が必須となったり、手袋を着けろと言われていたのが、手袋を着けさえすれば安全だと勘違いするのでよくないという話になったり、一方で次々と変異株が出現し、そんななかついに、ワクチンが認可されたのはよろこばしいニュースではありましたが、ほとんど完成している小説に、いささかややこしいワクチンにまつわるあれこれについて書きこまなければならなくなったわけです――とはいえ、世界中で失われた命や、この恐ろしいウイルスが引き起こした悲劇にくらべれば、ごくささいな問題です。

このあとがきを書いている時点で、アメリカ合衆国ではウイルスによる死者が五十万人というすさまじい数を超えました。感染者は一千万人——なかには後遺症が長引いている人、一生治らないかもしれない障害が残った人もいます。新型コロナウイルスには孤独な死がつきもので、惨事を目の当たりにしなければならない医療従事者はひそかにトラウマを患っています。検死医も検死官も葬儀社も、大変な人数の死者をなんとか受け入れてきました。教員、現場の最前線で働く人々、ファーストレスポンダー——あげていけばきりがありません。パンデミックは、程度の差こそあれ、地球上のわたしたちひとりひとりに影響を与えているのです。毎日おびただしい数の人々が亡くなっていますが、その影響は何世代も先まで残るでしょう。長引く悲しみがわたしたちの生活にどのような影響を及ぼすのかは、いまのところ定かではありません。子ども時代の虐待の研究により、心に大きな痛手を与えるような強烈な体験は、鬱やPTSD、卒中や心臓発作などの心血管疾患、癌など、二次的な問題につながりやすく、薬物やアルコールの濫用のリスクを高め、極端な場合には希死念慮を増幅させることが明らかになりました。Zoom世代が子どもを育てるようになる十五年から二十年後の世界がどうなっているか、考えていかなければなりません。

わたしは読者のみなさまを愛していますが、いままで作品を書いてきたのはほかならぬ自分のためであり、フィクションを通じて周囲の世界を理解しようとしています。本書にパンデミックを組みこむにあたって、リアルに描くための手がかりを求め、ここ数十年で流行した感染症について調べました。新型コロナウイルスが徐々に理解されるようになった過程は、さまざまな面でエイズ危機と呼ばれた時期の最初のころに似ています。わたしの世代はあのころ痛みを抱えながら大人になりました。新型コロナウイルスと同様に、HIVが猛威を振るいはじめたころはわからないことばかりでした。感染経路も発症機序も感染源もすぐには特定できませんでした——毎月のように新たな勧告が出され、同性愛嫌悪《ホモフォビア》や人種差別がはびこりました。当然、HIVもしくはエイズに対する人々の反応は、不安や怒りや否定から受容、そして完全なる〝知ったことか〟まで、さまざまでした。エイズは新型コロナウイルス感染症よりはるかに危険ではありましたが（また、ありがたいことに飛沫《ひまつ》感染はしないのですが）、新型コロナウイルスのパンデミックにおいても、同じような反応が顕著に見られました。ただし、刻々とかたちを変えていったふたつの災禍のどちらにおいても、理解しがたいヘイトとしか思えないものに対し、いたわりと思いやりに基づいたカウンターがあったことはつけくわえておくべきでしょう。危機ほどわたしたちの人間性の有無が浮き彫りになることはありません。

パンデミックから一年半はひどい混乱の時期でしたが、それにつづく危機は、いまやわたしの作品の特徴となった社会的様相を意識した語りの土台となりました。新型コロナウイルスによって、持てる者と持たざる者の格差が広がり、住宅危機、食糧不安、教育や医療や高齢者支援に充分な資金が行き渡っていないことに注目が集まり、公的機関の経済的な破綻が明らかになり、拘置所の収容者や刑務所の服役囚の待遇がますます悪化し、外国人へのヘイトや女性嫌悪や人種差別に満ちた言説が急激に増え、人種間の不平等が広がり、いまにはじまったことではありませんが、また女性に過度の負担がのしかかっています。わたしはそのすべての事象について、いまあなたが持っている本のなかで言及するようにしました。もっと理解したいという思いとともに、いまもよく知ろう、共感を深めようと努めています。

キャサリン・アン・ポーターの『幻の馬 幻の騎手』はわたしの好きな短編小説で、一九一八年のスペイン風邪のパンデミックが舞台です。ポーター自身も実際に罹患《りかん》したこの病に襲われる主人公を通して、わたしたちはインフルエンザウイルスの恐ろしい影響力を垣間見ることができます――主人公は仕事を失うのではないか、家主に追い出されるのではないかと、ふたつの社会的不安を抱き、病院に空きが出るまで四、五日待たされ、熱に浮かされて青白い騎手、つまり死神の幻覚を見ます。小説の最後を締めくくるのは、時代を超越し、かつ先見性のある一文です。この残酷なパンデミックの最悪な時期を乗り越え、わたしたちそれぞれがニューノーマルへの道筋を見つけたときには、きっとこんな気持ちになっているのではないかと思います。

〝さあ、すべてのはじまりだ〟

二〇二一年二月二十六日
ジョージア州アトランタにて
カリン・スローター

謝辞

まずいつものように、わたし自身よりも長くわたしを知っているヴィクトリア・サンダーズとケイト・エルトンに感謝を捧げます。そして、同点決勝者のエミリー・クランプとキャスリン・チェシャーに――同様に、GPPのチームのみなさんに。VSAのバーナデット・ベイカー-ボーマンに大いなる感謝を。彼女は無限の忍耐力の持ち主みたい（毎朝わたしの人形をナイフでぐさぐさ刺しているのかも）。

カヴィ・カジャヴィ、チップ・ペンドルトン、マンディ・ブラックモンは、骨と関節に関する珍妙な質問に答えてくれました。デイヴィッド・ハーパーは二十年来、わたしが人を殺すのを手伝ってくれていますが、今回も彼にもらったアドバイスが非常に役立ちました。彼はテキサスのものすごい雪嵐を携帯電話とチャンネルロック社の工具で乗りきろうとしている最中でしたが。エリース・ディフィーは、動物病院業界の暗部について教えてくれました。ただし、本文中の不埒な行為は完全にわたしの創作です。また、本書を読んでグレート・ピレニーズをドゥ・クロードと名付けるジョークに気づいてくれるのは彼女だけかもしれません。

アラフェア・バーク、パトリシア・フリードマン、マックス・ハーシュは、合法とはなにかという問題について助けてくれました――間違いがあれば、責任はわたしにあります（悲しいかな、法律とは個人の期待するものとはまったく違いますね）。ちなみに、二〇二〇年三月十四日、ジョージア州最高裁判所首席判事は、〝法廷に招集される人数〟のため、全州で陪審裁判を禁ずるという命令を発しました。十月には命令が解除されましたが、クリスマスの数日前には感染者の激増によってふたたび命令を発する事態となりました。二〇二一年三月九日、〝新型コロナウイルスの感染増加のピークは越えた〟として、命令は再度解除されました。現在のこの状態がずっとつづくよう、心から願っています。

最後に、本書を執筆するあいだずっとわたしが不在だったこと（体も心も）に耐えてくれたDAに。長年、自主隔離的なライフスタイルを楽しんできたわたしは、本物の自主隔離もさほど大変ではないだろうと思っていたけれど、ああ、そんなことはなかった。なにがあってもそばにいてくれる父に感謝を。最悪の事態が過ぎたいま、近いうちにスープとコーンブレッドの配達が再開されるのを楽しみにしているよ。それから姉に。わたしの姉でいてくれて、ほんとうにありがとう。

最後の最後に。ドラッグとその使い方について、事実ではないことを書きましたが、それはドラッグに関するハウツーを提供するのがわたしの本分ではないからです。あなたが依存症と闘っているたくさんの当事者のひとりだったら、どうか、あなたを愛している人がかならずいることに気づいてください。

訳者あとがき

初っ端《しょぱな》から自分のことを語って恐縮だが、東京都で新型コロナウイルス感染拡大防止のための緊急事態宣言がはじめて発令された二〇二〇年春以降、こんな時代にフィクションというエンターテインメントにどれほどの力があるのだろうかという悲観が、いつもわたしの頭のどこかにあった。こんな時代だからこそエンタメが必要だという意見も理解していたが、わたし個人はそんなふうに感じることのできる環境にはなかった。それでも、訳した作品や読んだ小説に励まされる体験を何度か重ね、もう少しフィクションの力を信じてみようと思いはじめた昨年春、カリン・スローターのノンシリーズ最新作が夏にアメリカで刊行されると知った。

それが本書『偽りの眼』（原題 "*False Witness*"）である。ここ数年、そのときどきの社会で起きていることにフォーカスしたサスペンスを書いているスローターが、こんな時代を背景にどんな作品を完成させたのか、期待半分、不安半分で原稿を読みはじめた。訳し終えたいま、スローターのスリラー作家としての力量のすごさはもちろん、彼女がクライム・フィクションを書くことで、こんな時代、つまり以前からあった構造的な欠陥がパンデミックによって表面化、あるいは悪化した社会において、生きづらさを背負わされている人々に対する理解と共感を深め、連帯を表明しようとしているのを再認識し、さらにはフィクションの持つ力の強さをあらためて実感している。

カリン・スローターの暴力描写の生々しさは読むのがつらいほどだが、多くの評者が指摘してきたように、彼女は確たる意図があってこのスタイルを採っている。『凍てついた痣』の田辺千幸氏による訳者あとがきから引用すれば、スローターが〝本当に書きたいのは被害者のその後〟である。本書に書かれているのは、親に虐待されて育ち、恒常的に性暴力を受けていた子どもの〝その後〟だ。

二〇二一年春、パンデミック下のアトランタ。リー・コリアーは、大手弁護士事務所に籍を置く弁護士で、おもに刑事事件を担当している。夫とは別居中ではあるが友好的な関係を維持し、十六歳の娘マディはすこやかに育っている。一見して普通の生活だが、リーは親からの虐待を生き延びたサバイバーでもある。必死に努力し、生まれ育った町から脱出して、現在の生活をつかみ取った。

そんなある日、リーは弁護士事務所の経営者に呼び出され、レイプ事件で起訴された裕福な男の弁護を命じられた。被告人と対面したリーは、その男がいわば過去からやってきた亡霊だと気づく。彼はリーが四半世紀のあいだ隠してきた重大な秘密をなぜか知っている。その秘密を質に取り、リーに裁判で不正な手を使ってでも無罪を勝ち取るよう要求するばかりか、リーと彼女が愛する人たちの人生を破壊しようとしている。窮地に陥ったリーを助けることができるのはたったひとり、彼女の妹しかいない。だが、リーは、妹だけは巻きこみたくなかった。妹はその秘密のせいでさんざん苦しんできたからだ。リーは残忍なレイプ犯の言いなりになるしかないのか？

性暴力や児童虐待、薬物依存が当事者とその家族にどれほどの苦痛を与えるか、わたしたちは現実の当事者の証言から教わることがあるが、フィクションという形だからこそ、高い解像度で見えてくるものがある。本書は上下巻合わせておよそ七百ページのボリュームだが、一行たりとも無駄はない。リーと彼女の妹がどんな町でどんなふうに育ち、どんなしゃべり方をするのか、なにが好きなのか、コロナウイルス禍で生活がどう変わったのか、さまざまなエピソードから読み手はふたりを深いレベルで知る。すると、愛情だと信じたものが暴力だったと気づいた少女の屈辱と絶望、その後の怒りの大きさと悲しみの深さが、強烈なリアリティをもって感じられるようになる。依存症者がただでさえ傷ついているみずからをさらに傷つけてしまう衝動の抑えがたさを理解し、家族の味わう無力感を疑似体験する。そしてここがスローターの作品の肝でもあるが、人が他者にどんなに心を寄せることができるか、他者のためにどんなに強くなるか——ならざるを得ないかを知る。読む前と読んだあとでは、わたしたちのなかでなにかが変わっているはずだ。

今回、本書の刊行に先行して、読者の方に原稿を読んでいただく機会があった。寄せられたご感想は非常に熱く、借り物ではない言葉でパーソナルな体験や思いをしたためてくださったものばかりで、本当に感激しながら拝読したのだが、ある方が、長い文章の締めくくりに、スローターの作品がもっと読まれるようになれば、〝社会が良くなると本気で信じている〟と書いてくださった。小説が社会を良くするかどうかという視点で評価されることは、少なくとも本邦ではあまりなかったように思うが、この方の直球の言葉には、はっとした。そう、やはりフィクションには力があるのだ。作り手の側にいる者が悲観している場合ではないと、襟を正した。この場を借りて、先行読者のみなさまにお礼を申しあげます。

今年に入り、カリン・スローターの既刊『彼女のかけら』は、Ｎｅｔｆｌｉｘドラマ化によって再注目され、検死官サラが主人公の〈グラント郡〉シリーズの続刊がハーパーＢＯＯＫＳから刊行予定とのこと。本書でスローターを知った方には、ぜひ警察小説〈ウィル・トレント〉シリーズとあわせて手に取っていただければ、カリン・スローターの熱烈なファンのひとりとして、これほど幸せなことはない。

二〇二二年五月

訳者紹介　鈴木美朋

大分県出身。早稲田大学第一文学部卒業。英米文学翻訳家。主な訳書にスローター『血のペナルティ』『彼女のかけら』『ブラック&ホワイト』『破滅のループ』『スクリーム』(以上ハーパーBOOKS)、ボイル『わたしたちに手を出すな』(文藝春秋)など。

ハーパーBOOKS

偽《いつわ》りの眼《め》 下

2022年6月20日発行　第1刷

著　者　カリン・スローター
訳　者　鈴木美朋《すずきみほう》
発行人　鈴木幸辰
発行所　株式会社ハーパーコリンズ・ジャパン
東京都千代田区大手町1-5-1
03-6269-2883(営業)
0570-008091(読者サービス係)
印刷・製本　中央精版印刷株式会社

定価はカバーに表示してあります。
造本には十分注意しておりますが、乱丁(ページ順序の間違い)・落丁(本文の一部抜け落ち)がありました場合は、お取り替えいたします。ご面倒ですが、購入された書店名を明記の上、小社読者サービス係宛ご送付ください。送料小社負担にてお取り替えいたします。ただし、古書店で購入されたものはお取り替えできません。文章ばかりでなくデザインなども含めた本書のすべてにおいて、一部あるいは全部を無断で複写、複製することを禁じます。

この書籍の本文は環境対応型の植物油インクを使用して印刷しています。

© 2022 Miho Suzuki
Printed in Japan
ISBN978-4-596-70828-1

20カ国以上で1位を獲得した
Netflixドラマの原作！

彼女のかけら

上・下

カリン・スローター　鈴木美朋 訳

銃乱射事件が発生。居合わせた
アンディの母親は犯人の少年を躊躇なく殺した。
ごく平凡に生きてきたはずの母は何者なのか。

「スロー ター史上最高傑作」
——ジェフリー・ディーヴァー

上巻　定価978円（税込）
ISBN978-4-596-55100-9
下巻　定価978円（税込）
ISBN978-4-596-54101-7